名家散文典藏

艾青散文精选

彩插版

艾青 著

长江出版传媒 | 长江文艺出版社

图书在版编目（CIP）数据

艾青散文精选 / 艾青著. -- 武汉 : 长江文艺出版社, 2019.11(2024.8 重印)
（名家散文典藏：彩插版）
ISBN 978-7-5702-1182-1

Ⅰ. ①艾… Ⅱ. ①艾… Ⅲ. ①散文集－中国－当代 Ⅳ. ①I267

中国版本图书馆 CIP 数据核字(2019)第 174236 号

责任编辑：李婉莹　　责任校对：毛季慧
封面设计：龙　梅　　责任印制：邱　莉　杨　帆

出版：长江出版传媒 | 长江文艺出版社
地址：武汉市雄楚大街 268 号　　邮编：430070
发行：长江文艺出版社
http://www.cjlap.com
印刷：三河市百盛印装有限公司

开本：640 毫米×970 毫米　1/16　印张：19　插页：6 页
版次：2019 年 11 月第 1 版　　2024 年 8 月第 2 次印刷
字数：247 千字

定价：69.80 元

目录

散文精选

艾青

名家散文典藏

◆ 第一辑　行走·羁思 ◆

◆ 第二辑　往事·纪怀 ◆

◆ 第三辑　杂感 · 心迹 ◆

◆ 第四辑　为诗·为文 ◆

◆ 第五辑　谈艺·诗论 ◆

第一辑　行走·羁思

忆杭州

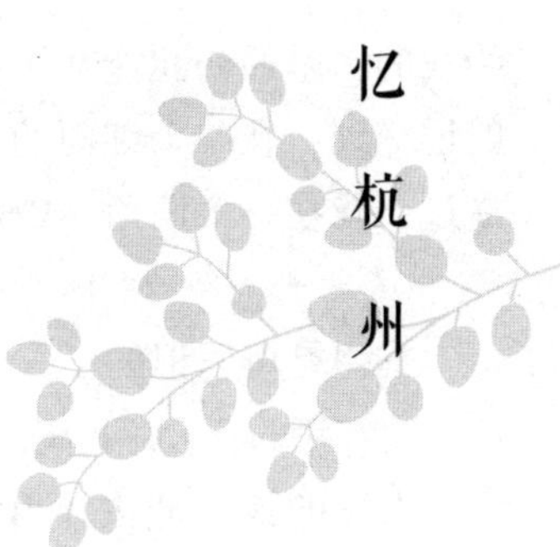

九年前的这些日子——

每天，在吃稀饭以前，不论是晴天还是细雨罩住湖面的早晨，我常是一个人背了画具，行在西湖的边上，或是孤山的树林间，或是附近西湖的田野里，用自己喜爱的灰暗的调子，诚挚的心，去描画自己所喜爱的景色。那时的我，当是一个勤苦的画学生，对于自然，有农人的固执的爱心；对于社会，取着羞涩的嫌避的态度；而对于贫苦的人群，则是人道主义的，怀着深切的同情——那些小贩，那些划子，那些车夫，以及那些乡间的茅屋与它们的贫穷的主人和污秽的儿女们，成了我作画的最惯用的对象。

因为自己处境的孤独，那种飘忽与迷蒙，清晨与黄昏的，浮动着水蒸气的野景，和那种为近海地带所常有的，随气候在幻变的天色，也常为我所爱。

除了绘画，少年时代的我，从人间得到的温热是什么呢？

我曾凝视过一个少女的侧影，但那侧影却不曾在我的画册上留下真实的笔触之前就消隐了。

我曾徘徊于桥头，曾在黑夜看过遥远的窗户上的灯光。

就在那时，我开始读了屠格涅夫，而且也爱上了屠格涅夫。

西湖，是我的艺术的摇篮，但它对于我是暧昧的，痛苦的。它所给我的，是最初我能意识的人生的寂寞与悲凉——我如今依然很清楚的记忆到，在一个细雨的冬天的早晨，寒风从那些残败了的荷叶丛中溜过，我在一个墙角，曾落下了冰冷的眼泪。

杭州是可咒诅的了。

第二年的春天，我离开了杭州。想起它时，只是充满了懊丧与埋怨。

大海的浪，冲去了我心中的那种结郁，旅行给我以对于世俗的忘怀。

我所住的不再是那中世纪式的城市：机械与人群的永不休止的呼嚷，使我忘却了孤独，生活影响了我的思想，也改变了我的审美的观念，我开始使自己了解人类文明的成果，我能用鲜明的对照的彩色来涂抹我的画册了。

几年后，我曾几度在旅行中经过杭州，每次经过时，也不知由于畏惧呢还是由于憎厌，心底里像有一种隐微的声音催促着我："不要停留呵，不要停留呵……"就像我是从它那里逃亡了似的。

今年九月，我又在杭州住下了。

它仍是使我感到沉闷、窒息，难于呼吸。

我仍是用逃避的脚步，在街上走着，在湖边走着。

西湖没有什么变化——迷蒙，飘忽，柔软。人们依然保持着中世纪的情感在过着日子。一种近似伪饰的安闲浮泛在各处。

战争并不曾惊动他们，他们——杭州的市民，有多少曾为民族的命运顾虑过呢？

我的绘画学生时代的教师们，多数仍在西湖，他们都买了地皮造了洋房，成了当地的名流，有的简直不再画画了。

十一月，敌人已从金山卫登陆，杭州在军事上已极重要，但除了单纯的军事的调防之外，负责当局仍不曾在民众运动上开放过——个人的地位与荣禄使他们忘却了整个民族的厄运。

最后，我教书的学校，没有学生来上课了，我也就借了盘费，离开杭州。

不久，听说杭州的居民已逃走，省政府与省党部都早已迁至金华，而那在临走前两天还劝人们“高枕而卧”的《东南日报》，也改在金华出版了。

有一天，我在一个村上遇见了一个背了包袱的警察，他说是从杭州逃出来的——他走时，城里已三四里路看不见一个人影了。

那时，敌军还不曾攻嘉兴。

今天，我在想念着杭州……

我不能违心的说我爱杭州，它像中国的许多城市一样，挤满了偏窄的、自私的市民，与自满的卑俗的小职员，以及惯于谄媚的小官僚，和专事奉迎的文化人，他们常以为自己生活在无比的幸福里，就像母亲似的安谧。在他们，从不曾想到会有如此大的祸患，真实的落在自己的头上。他们恐怖着灾难，但他们不会反抗，而且也不想反抗，最后，他们逃跑了——却仍旧不曾放弃掉偏窄，自私，自满，谄媚与奉迎；所放弃的是农人们给他们耕植的土地，和工人们给他们建筑在土地上的房屋。

今天，敌人已迫近了杭州，明天或后天，我们的英勇士兵，将以温热的血与肉，作着保卫杭州的防御战了。

杭州，从来迷漫着和平的烟雾的西湖，将要迷漫着战争的烟火了。

或许，敌人的残暴的脚步，很快就踏遍了整个的杭州；或许，敌人的兽性会把西湖的一切摧毁；或许，西湖的血会染成紫红的颜色……

但是，我们却应该为杭州欣喜，因它愈为怯懦的、无耻的人们所弃，却愈为英勇的、坚强的战士们所爱，它将在敌人与我们间的争夺战中惊醒过来……

今天，我想念着杭州，我想念着，眼前就浮起了它少时的凄凉，我是极度的悲痛着，但我却不再流泪了。

我以安慰自己的心情，默诵着这为我最近所爱的话：“让没有能力的，腐败的一切在炮火中消灭吧；让坚强的，无畏的，新的，在炮火中生长而且存在下去。”

一九三七年十二月二十五日

西行

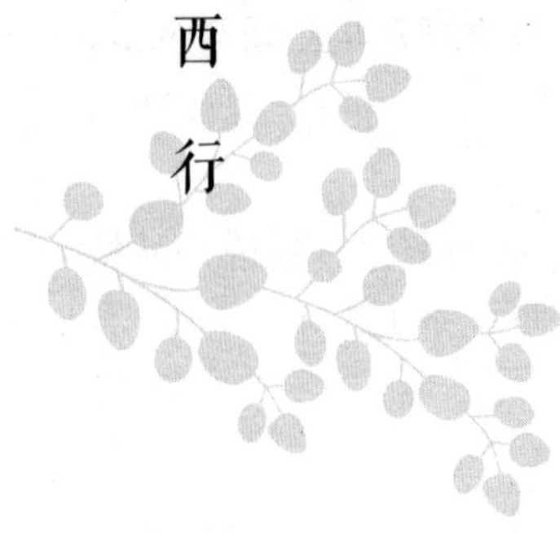

金华车站。早上八九点钟。

我追上一个车站里的办事员："先生，几点钟有车到南昌？"

"十二点。"他并不停止走路，也不把头朝向我。

我们继续等。

在月台的旁边，还是停着那早已到站了的列车，里面挤满了伤兵，难民，行李。

据说，我们就要等这车开走了之后，另外的车来了才可以上车。

时间过去，我们等着。……

"先生，到南昌的车还不卖票吗？"我又追上了另一个办事员。

"不卖票，有车，挤上去就是了。"声音是很低的。

车站里，很多伤兵睡在铺了一层稻草的地上。

有几个用稻草燃起了火，伸手取暖。

墙上贴了一些路工团体的标语，漫画。在走进月台的门口那儿，贴了一份《浙闽赣边为共产党员来归告民众书》。

妹跑来，说在挤满了人的那排列车的那面，还有一排列车，很多人就从车厢下面的铁轮边曲着身子走过去。

我们也就从车厢下面的铁轮边走过去。

一排列车停着，从每个车窗看去里面都挤满了人。这也是到南昌

的车。

我们挤上去。

在厨房车的过道间用铺盖和皮箱安排了我们的座位。

时间过去，我们等着。……

我旁边站的是一个伤兵，他是从前线归来的，我们谈上了——谈话的中心是后方的民众运动的欠缺。他时常摇着头，叹着气，阴郁的眼射出灰暗的光，凝视着车窗外面。

“昨天，我在这里（金华）看见一个伤兵在街上卖他的仅有的一条军用毯——他是已饿了两天了。后来，我给了他两毛钱。”

“到处的伤兵医院都说人满，拒绝收容。”

摇头，叹气，失望的眼。

夜了，车还是停着。

在黑暗中，只看见火车头在轨道上徐徐地，来回地驶行着。强烈的灯光扫射着车站附近的景物。汽笛尖锐的嘶叫冲破这黑夜的静寂——真的，我会极度的为这现代的生物所感动，而且爱上了它。

九点多钟时，车终于开了。

车厢里没有一点灯光，很静。间或有小孩的哭声，也很快就被母亲们的催眠声音带走了。

我看着车窗的外面。……

机头的灯光照耀着轨道两旁的原野。我这黑夜里的乘车者，很安然地让自己内心的波动随着这铁轮的转轧的有节律的声音展开我的思绪，我是如此的坚定：这披示给我的漫长的行程和广大的中国的土地，都使我有做一个中国人的强烈的欢喜与骄傲。

黑夜甚至带给我一种宗教的情感，纯朴地愿望着祖国能早日从少数人的自私与顽固的枷锁里解脱，明日的自由的天国，不就在我们的前面了么。……

夜行的列车，愿你加速驰行吧。……

醒来时，感到寒冷，知道天快要亮了。

在晨曦中，三四个六七岁的小孩唱着“打回老家去”。

歌声里，传出了中国的悲哀与对于解放的遥远的呼叫。这歌声，给我在我的眼前描出了一幅在冰天雪地中的东北义勇军行军的美丽的图画。

到玉山时，天已完全亮了。

当车离开玉山时，我就留心着要发现“碉堡”——昨日的，我们民族的不幸的疮痕。

看吧，那土红色的岩石砌成的“碉堡”，对它们除掉古旧的凭吊的感情之外，还能说什么呢？历史带给人们的常是对于已往的罪行的宽恕么？

有些“碉堡”上，依然还留有“剿匪安民”“土匪不减，民众不安”等标语，倒是可哀的古迹呢！

车至南昌，已是夜间十时左右了。

出车站时，路警强索车票。

争执的结果，补半票（他得钱，我们不要票）。我们一共六人，我就眼见他把二十四块钱的纸币放进了裤袋里去。

乡居

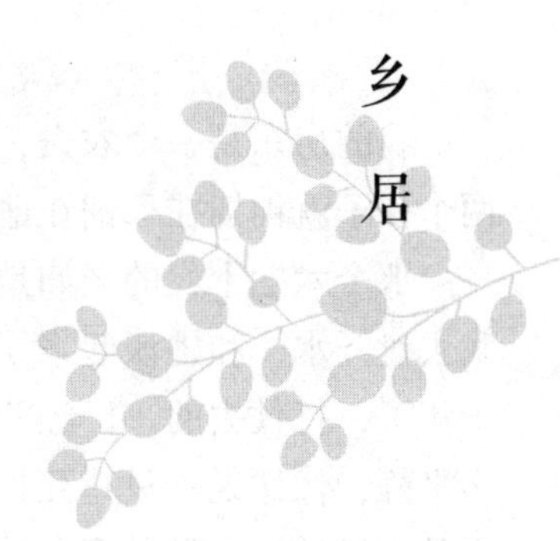

我搬到乡间来了，住在一个农人家里，我的隔壁是一个猪栏。

房间是低矮的，站起来，伸手可以触瓦片。在倾斜着的屋顶中间，嵌了两片明瓦，整天，阳光从这透明的洞里射进来，直到微湿的泥地上，成了两片浅黄色，于是，时间就以无比悠闲的脚步，移动着……

房子的四壁是泥墙，上面遗留着已经破烂的白报纸，在这白报纸上，有着许多土黄的条纹，显然的，这是被雨水冲化了的墙土流到上面所留下的痕迹。

那唯一的小窗，从倾斜着的顶屋的最低部分垂直下来，占了最矮的一面泥墙的中上部，恰好占了那泥墙的六分之一的空间。而窗子外面是小天井，对面是被柴烟熏成乌黑了的厨房。

当我来租这房子的时候，这房子原有的房客已搬走了，但还留下一副电话机，而屋瓦的上空也还横着一条未曾拆去的电话线。房东告诉我说，那房客是航空机关里做事的，随时有电话来报告敌机的进袭情形，所以，房东说，如有警报，总是先知道的。

房间里充满着的，是何等强烈的猪栏的奇臭啊。这气味，是如此辛烈，如此复杂，如此放任地蒸发着而没有一刻停止啊……

而我终于住下了，同时，我还很安谧，好像只有这样，我才能更和生活抱得紧一点，我的情感也更显得伏帖，像那些畜生之于土地一样。

我的房东是一个农夫，他的妻子和他的弟媳在坐着捡毛芋，他的两个孩子就匍匐在那铺在地面的席子上。

那个六七十岁的老妇是他的母亲，今天当着只有她一个人在家时，我去讨开水，和她谈起来了，她告诉我，她有三个儿子，第三个出门十年了，打仗去的，已经两三年没有消息了，她说这话的时候她竟那么平静，像述说一只鸡死掉一样，似乎在她的观念里，战争是一种再平凡不过的，而且是宿命的事。

房东指给我一个解手的地方，离他的房子十丈多远，石块堆成两尺多高的短墙，粪坑就朝天仰开着，而当我在大便时，四周竟毫无遮蔽。而全个粪坑都拥挤着粪蛆，拥挤着拥挤着，拥挤就是他们生命唯一的活动。

但是，这究竟是何等奇异的变动啊，这一切都滞留在最粗陋的条件里的村庄，这原是只有几代都生长在这里的人在住居的村庄，已增加了十倍以上的村民了，而这些村民，来自如此不同的遥远的地域，和如此不同的身份，战争把他们捣散了，却又重新把他们汇集在一起。黄昏的时候，树下坐着一些男女，他们的口音的繁杂所给我们的感觉真是何等怪异啊……

柚子树已结成很大的果实了，在那些树枝与树枝之间，搭着一根一根的竹竿，上面飘晒着无数杂色的衣服，那么多的西装衬衫，那么多的女子的旗袍，刺激人的胸褡和短裤和一些零乱的布片啊……而在较远的处所，那更长的一根竹竿上，却很整齐地飘晒着几十件中国兵士的草黄色的军服。

那些留声机唱片的声音，从飘散着植物的气味和动物的气味混合着的空气里流来，一曲西班牙的恋歌之后，接上了那到处都可以听见的《璇宫艳史》里的歌片，和其它的等等，我好像看见那些旋律与音韵，它们从那石阶拾级而上，转进了星布着畜粪的石铺的小巷，在那一只母牛啮草的空地盘旋一圈，就向川野与空旷消逝了。

这些原是只能听见几种家畜的单调的鸣叫的中国的小村庄，现在已由于那些异邦的名歌而富有现代风味了。

昨天我来这村庄找房的时候，在一座房子的中堂里铺了很多床铺，军用毯是那么整齐而又平妥地放在一边，而那些钢盔——这些每次看到时都曾使我肃然起敬的东西，就压在每条军用毯的中央，静寂而又坚定。

早晨，我走在村边，有着两群士兵在田堤上，散乱而沉默，有的用望远镜在凝视远方的山峰，有的用测量器在测量那些山和田野的地形……他们是显得如此肃穆，像在举行着一个比结婚与送丧更庄严的礼节。

有人劝告我不要在这村庄停留，我追问了他的理由，他终于说这村的背后是我们的高射炮阵地，但这消息竟如此蛊惑了我，我是应该安然地，比任何地方比任何时候更安然地住在这里了，我并且愿望着敌机的到来……我想，在那些树荫浓密的地方，在那些田野上，将会发出舒泄了全个民族的愤恨的，任何力量也难于压制的暴叫声来。

如今，我更能欣赏中国的风景了，我似乎在每条河流的边上，每一个山峰里，每个树林的深处，都看到了一些东西，这些东西像是蛰伏着的，他们蛰伏着，像死了一样的静寂，却没有一秒钟不以可怕的惊觉去等待那使它们突然跃起，或是突然嗥鸣起来的一刹那，那一刹那所发出的美丽是亘古未有的。

如此，我在中国的土地上生活着，而感到无比的幸福。

一九三九年八月

夏日书简

我们来到这里已一个星期了。我们住的是一个已经古旧了的大院子，这院子的原来的主人，我想，该是一个起码要有一百个佃户才供养得起的大地主；但这家庭早已衰落了，老主人已在去年死去，他的儿子死的更早，留下他的孙子——一个三十几岁的游手好闲的鸦片烟鬼，和三个孙女，和老的小的一起六七个人。

这院子在一个小山的脚边，它的四周差不多有一里宽，在这么大的地面上，砌了一层五尺高的基石，这基石，如我刚才所说，就至少该有一百个佃户被沉重地压在下面。

育才学校把这院子的大部分租下来，每年二百八十块钱，用以作为一部分教员的宿舍，于是这院子，这原是在衰落中荒废了的大院子，住满了一些文学的，戏剧的，音乐的，以及绘画的青年。

院子的前面，是顺着山的斜度向下凹进的一条窄长的低地，这低地被一片非常茂密的杂木林所遮覆，里面有一条因久旱而干涸了的小溪，现在只剩下几片不连续的积水，流水的声音早已哑默了。

这里育才学校的文学组的小朋友把它命名为“普式庚林”，用来纪念诗人逝世的一百〇三年，而林子里，还有一条由稚小的手所开辟的道路，这道路，也由小朋友给了一个魅人的名字：“奥涅金路”。

假如走路的人从这山地经过，走近这小林，当会看见一块画了一

个有着丰密的美髯和环住了厚厚的鬈曲的长发的清秀的脸的木牌，在那木牌上，画像的旁边，就用方头字写了“普式庚林”。而“奥涅金路”的牌子，则是隐没在那柏树和女贞和桦子树之间。

沿着钢琴的声音所传来的方向，朝着另一个小山的松林间寻觅，一个壮丽的寺院就隐现在里面，这就是育才学校。

那寺院离我住的院子不到一里路，但这一段短短的路程，所走的却完全是上坡或下坡。

我所担任的功课是文学讲座，同时他们要我负责文学组，现在还没有开始。

我是欢喜这山地的。站在稍稍高一点的山坡向远方看：何等的旷野的壮观！无数的山互相牵连着又各自耸立着，褐色的，紫色的，暗黛色的，浅蓝色的山！温和的，险峻的，宽大的山！起伏不平的多变化的山！映在阳光里的数不清的山！

岩石，茂林，峡谷，峰峦，山与山之间的窄小的平野，沿着山向上延展的梯田，村舍，零散在各处的村舍……构成了这旷野的粗壮而富丽的画幅。

我就生活在这环境里。每天我起来很早。我起来时月亮还在我的房子里留下最后的光辉。为了白天太热，我常趁这时候写一点东西。但我写的并不多，一到天大亮了就被一些谁都不容易逃避的日常琐事所打断。

上午看一点书。躲在床上看，这是最近才有的坏习惯。到午后一时左右照例是听见了敌机马达的震响声，等这声音将临近我们的上空了，我们就出去……于是一架、两架、三架，而一连几天了都是二十七架。于是眼见它们向北碚与重庆方面消失……不久，就紧缩着心听着远方的轰炸声……

但我却在一种始终如一的信念里，一种只能出于最高的理智和最强的情感的信念里，非常宁静地过着日子，我非常安宁地信任自己的工作，像一个天文学者信任他由于数字证明某颗行星在某个时间内一定要陨落的工作一样。

于是，我在这种信念里，显得有些庸俗地自满了。

当我戴着麦秆编的宽边的草帽，穿着草绿色的布质的褪色的军裤，和缝补了好多次的白衬衫，脚上是麻质的草鞋，手上拿了一根爬山用的木杖，我常常发现自己有些可笑——这不像那由于狂热而割伤了耳朵，又用狂热画了包扎了绷纱布的脸的自画像的，忘戴着草帽的凡·谷（Van Gogh）么？那老是用极强烈的黄色去歌赞太阳的庄稼汉？而当我走过了一片玉蜀黍的林子，又走进了一片玉蜀黍的林子，闻着被太强烈的阳光所蒸晒的干土的气息，我岂不像那可怜的朋斯（Burns），或是那些欢喜向家畜致礼的可怜的田园诗人么？

我将在这里住下去。一天，人们把我最初介绍给小朋友们，我曾说："我将要向你们学习，我要向比我年轻的一代学习，因为中国假如不向年轻的一代学习是没有希望的。"这些孩子最大的不过十六七岁，但他们经历了多少的患难了啊！他们从沦陷了的家乡跑出来，尝尽了饥饿与流亡之苦……于是他们都变得很坚强，知识与能力都超过了他们的年龄所能具有的程度。

在我没有到这里来之前，我已经看过他们里面的一个孩子的诗作，那诗作，比我们每日所看到的报章杂志上的作品还要显得新鲜一点；同时，我还听说，他们里面有立志要做鲁迅和高尔基的。而我的那可怜的小诗集《北方》，他们竟每人都手抄了一本。

而更可贵的是他们对于真理的拥护的热情。他们最富有热烈的探讨的兴趣。他们常常一群一群地散坐在树木或是岩石上，在谈论着他们所接触到的新的问题。我常常担忧：我的气质和我的习惯会不会妨害他们对于我的接近？但我必须努力使自己和他们生活得和洽，至少使我成为他们的可以坦白相处的朋友。

每天黄昏时，我们散步。普式庚林我们将会多去走走，因为它离我们住的院子太近了——不，它是横列在我们住的院子前面的低地上。改天，我还想找几个小朋友帮忙搬几块石块做凳子，这样，我们岂不是可以在林了里朗诵诗人的"奥涅金"和其他的诗作么？……但是，我们不久恐要举行夏令营了，或许我们会在一个小镇的街上出壁报，贴街头诗……即使要朗诵，恐怕也将在茶馆里举行呢……

啊，我所说的太芜乱了。

六月二十九日，北碚乡间

走向胜利

——从延安到张家口

一九四五年九月二十日

今天是八月中秋，我随华北文艺工作团，离开解放区的京城，民主中国的首都——延安，出发到华北。上午十时，骡马的鞍架都已装好，大家穿着新的军装，结着新的皮带，整队成单行走出“鲁迅文学艺术院”的大门。在桥儿沟街上，站满了老乡、“鲁艺”的教员和学员。他们是欢送我们出发的。大家握手道别。一片告别和祝福的呼喊！大队有一百多人，华北文艺工作团是一个分队，一个曾经在平北一带做过地方党工作的同志是大队长。一切都按照军队的制度进行。大队部正式发下了命令，通知各分队在四十里铺集合。

天气很好，薄薄的一层云遮住了太阳，很凉爽。大路沿着向东而去的延河，在一条平川上蜿蜒前进。我们全队一共五十六人，戴着新的草帽，有的背着乐器——二胡、三弦、箫、小提琴，有的背着军用水壶，有的背着挎包，挎包里装的是水果、干粮、诗集、小说集和笔记本。

一路歌声未断。唱的都是民间歌曲，很少有人唱“洋歌”了。这是两三年来的新现象。

走了四十里，下午三时左右到了四十里铺，大家就在村边干草堆的阴影里坐下休息。

女同志们在抢看各人带的照片。

在一个院子里吃晚饭，人很多，分组打菜；吃的是小米饭，菜是煮洋芋。

今天就在四十里铺宿营。我和三个同志分配在一个新的小窑洞里。主人是一个青年农民，他给我们送来了一盏小油灯。

二十一日

到中途，有一片很大的枣树林，枝叶间还闪耀着酱红的枣子。大家散坐在林间的草地上休息，大路旁边有三个女人在卖枣子，没有秤，是用饭碗量的，价钱很便宜，两百块边币一大碗。林子里有一个女同志唱道情“减租会”，乐器配合着，声音响亮、健康、愉快，流露了西北高原地带农民强烈的感情。

下午到甘谷驿。这是一个市镇，每逢三六九是赶集的日子，属延长县治，两排平房，中间一条长街。今天正逢“集”，街上很热闹，两旁排满了杂货摊。卖的是犁铧和日用布匹、毛巾、肥皂之类，各种水果和零吃。炖羊肉只要五十块边币一碗，梨、沙果，都比延安便宜。

在村边有一个“圣母寺”，是外国教会所建的，显得很古老、荒凉、冷清。

二十二日

得大队部通知，离这里不远有一架大山，不久前发生了一件惨案：一个通信员正在大便的时候，被两个国民党派来的“政治土匪”用石头砸死，把一支木壳枪抢走了。为了安全，大队部决定全队一起走，由武装部队护送。

从延安到甘谷驿九十里，是一条大平川，延水就弯弯曲曲地流动在这平川上。从甘谷驿再向东，延水进入比较窄的山沟，在走出甘谷

驿十九里的地方，延水便向东南方转折过去，被山遮住，看不见了。

从一九四一年三月起，我就在延水边生活着，延水哺育我四年半的时间，我衷心感激。如今当我看见延水流向东南，而我却走向东北，不知什么时候能再看见它，心里难免有些留恋。

上了一架大山，山是西北高原上的灰黄色的土山，山道是在山峡里，窄而曲折，愈走愈高。

过雁门关——不是山西的雁门关。这一带就是政治土匪活动的地方。雁门关在山顶，关口很狭窄。在山顶的狭道上，遇见六个从平津来的外国人。我问他们："你们到哪儿去？"他兴奋的回答："延安！"大概是日本投降后最初出来的一批法国侨民。

下山后，逆着一条小河走，这就是清涧河。北方许多河里流的大都是黄泥水，而这条河的河床是大岩石，河水很清，所以叫清涧河。

到禹居，这是一个小村子，村里很干净，村边是河，街上有十几家小吃食铺，先到的人已在里面喝起酒来了。

二十三日

这一路上，树木比较多，常常出现一片一片葱郁的小树林，大都是果树。

到郭家塔。村子很小，村里设有一个兵站，由两排石窑洞所构成，房子比较整齐，宽敞，招待也比较周到，大家都很满意。墙上贴着许多促进军民团结的标语，有人说这是一个模范兵站。

二十四日

在郭家塔休息一天，重新调整轻装。为了保持行军力，严格规定连衣服和被褥，每人不得超过小秤十五斤。

二十五日

下午下小雨。一路都很泞滑。到清涧时，大家都淋湿了。清涧城在秀延河边。秀延河原是清流见底，今天由于下雨，山里的水冲下来，河水也混浊了。城背是山，山上是一片墨绿色的古松柏林。

这个小城很净洁。一尘不染的石城。大街小巷，屋顶、台阶、天井一律都是用一寸左右厚的青色的方石板铺成的。这是一个有名的产石板的区域。有两句话流行在陕北：

米脂的婆姨绥德的汉，
清涧的石板瓦窑堡的炭。

我们的分队住在城边。我们借住的院子很好，正房三个石窑，西边两个石窑，中间是天井。门窗是雕花的，石窑里的炕也很干净，家具都是油漆的，水缸和铜勺都是发亮的。天井的石板上放着几个花盆，一株夹竹桃的尖顶上，还留着最后的一簇红花。大家都忙着把淋湿了的东西拿出来晾起来。

今天很多人都到城里街上去上了馆子，有的吃了烧鸡，喝了酒。是出发以来最高兴的一天。

二十六日

吃过早饭，到县政府去做了一次访问，在秘书的房里坐了一阵。房子里是解放区地方政权工作者典型的布置：墙上挂着毛主席像、林伯渠同志像（他是陕甘宁边区政府的主席）、八路军、新四军抗战形势图、陕甘宁边区地图、战时中国全图。墙边是放文件的木箱子，粗糙的木家具；而墙角地上却是一大堆玉茭——这是机关人员参加农业生产的标记。

我们到的时候，他们正准备开饭。

一个职员从木箱子底里掏出一把新筷子招待客人——这说明很少有客人来，或是很少招待客人。而我们，我们也是吃了早饭来的。他们吃的也是小米饭、洋芋。

县委的宣传部长是一个四川人，年轻的知识分子。说话四川音很重。他告诉我们一些清涧最近的概况：

清涧分七个区，东四区经过土地革命，西三区未经土地革命。杨家园子，解家沟，袁家沟都是陕甘宁最老的革命根据地，边区许多领导干部都是这些地区的人。

解家沟最近举行了一次试选，派三个人去帮助工作，宣传选举的意义，登记干部。选出一个二十来岁的完全小学刚毕业的学生，当过乡文书，是个好人，但没有工作经验。

在选举会上，妇女们看见人一多，脸也红了，心也跳了，选举时就慌慌张张。

选举的方式一般都是“投豆豆”“背箱子”。

（“投豆豆”的选举方式是把候选人的名字分别放在许多碗里，选举的人按候选人的数目拿着豆子，有一个人在旁边告诉他这是谁，那是谁，他要选谁就在放了谁的名字的碗里投一颗豆子。“背箱子”的选举方式是背着贴了封条的箱子到各村去收集选票。这两种选举方式，一种是为了克服文盲选举的困难，一种是为了陕北农村太分散，开会不容易。）

城里居民一般都识字（占百分之八九十），有十几个妇女识字组，四十多人；“完小”有学生二百多，原来男女分开，去年才合并。

今年闹旱灾，东区较重，西区轻些，东区最近并且下了冰雹，旱灾之外又加上了雹灾。

清涧道情很发达，每到夜晚，月亮初升时，即弹着三弦，唱起道情来。旧艺人很多。分区准备在今年冬天开一个“民间艺人代表大会”。

老乡欢喜吃稻黍饭，钱钱饭（小米榆钱煮在一起）。产丝、产枣，原来红枣是出口货，卖到宁夏一带，现在受国民党“经济封锁”，货物不能出口，枣子也只有留给自己吃了。

从县政府出来，在街上，一家商店的门前，走来了一个说书的，两眼失明，人家帮他搬了一条长板凳，让他坐好。他的腿肚子上缚了一副三岔板，脚一颠动，三岔板就打起拍子，怀里放着一把旧三弦，他用手指在试弄弦子。

弹了许多鄜鄠调子做前奏曲，最后才唱起来：

……为人在世须有钱，手中无钱万事难……

还是旧东西。三弦已很破了，在手弹的地方蛇皮也破了，像贴膏药似的补了很多层纸。

唱了一阵，商店里的人，拿了一顶帽子，帮他兜钱，听说每唱一次能得到一两千边币。

黄昏时，由县政府介绍了几个唱道情的民间艺人到我们住的地方来演奏，华北文工团和民间艺人举行了一个小型的联欢晚会，买了水果花生之类招待他们。文工团的同志们也唱了好几个填了新词的道情曲子。

二十七日

走了不久，天下小雨。下午到石嘴驿。是一个小村子。

二十八日

翻过一架大山——九里山，山上有韩信庙。庙前有石牌坊，刻有“韩蕲王故里”五个字，下山后，到绥德。看见了陕甘宁边区最大的城市，大家都很快乐。这是一个山城，下临无定河。街市很热闹。我们住在老乡家里。女同志们住的房子里，有一个少妇，听说我们是延

安“鲁艺”的，她就非常高兴，表示欢迎。原来“鲁艺”在去年春节时，曾在绥德米脂一带工作过，老百姓对“鲁艺”的印象很好。这是文艺工作者深入民间的结果。老百姓是多么爱为他们服务的艺术家！

二十九日

为了住的集中一些，搬到绥德师范住。和当地的文艺工作者开了一次文艺座谈会，交换了一些文艺工作经验。晚上是“华北文艺工作团”的戏剧、音乐两组和“绥德文工团”“抗大文工团”三个团体联合公演。“绥德文工团”演的《喂鸡》很好，听说剧本是两个女孩子写的，很生动。

下了一次冰雹，猛烈而迅速地完了。地委和专署在新华饭庄请路过这里到前方去的人吃饭，到陈将军、张教授等十余人。席上有人劝酒，谈起了一件有趣的事。说陈将军曾在绥德任警区司令员，住了好几年，每有宴会人家劝他喝酒，他都不喝，大家以为他不会喝，直到他调任，本地人们饯行时，才发现他很会喝酒。

三十日

天晴了。

晚上请本地文工团给我们演幻灯和皮影子戏看。这些都是经过改造的宣传工具，内容是部队生活、防旱备荒、卫生等。

十月二日

下午走过永定桥，到城外“绥德文工团”去，座谈歌剧《白毛女》演出的一些问题。“绥德文工团”住址是名胜所在地，有泉水，一个游泳池，但已荒废了。

三　日

在绥德住了好几天，今天又要出发了。

天还没有亮，“抗大文工团”的同志，送来几件乐器给我们。早上和一个同志到“绥师”教务主任处告别。出东门，在永定桥的尽头处，看见六七个青年男女，其中有《喂鸡》的作者两姊妹站在那儿——原来他们和她们是一早就来等着欢送我们的。

走了几里路，看见一个天主堂。简直任何穷乡僻壤都有这些建筑，外国传教的力量深入到这个地步！

路上的庄稼已开始枯萎了。田野已呈显了暗褐色了。

霍家沟一带，前几天下了一次大冰雹，沿途所见，庄稼树叶都被冰雹打光了。到兵站时，听老乡说，这次冰雹连六十多岁的老人也从来没有见过，最大的冰块，像饭碗那么大，小的也有鹅蛋那么大，在霍家沟村子里，有一头牛和两个老乡被冰块打死。这又是一次灾难。

在解家渠宿营。

四　日

一路风景很好，树林很多，河水也很清，不再像过去那样处处是单调的灰黄色的土山。在白家沟有一真武庙，庙在一条很狭长的小山的巅顶上，庙门在山脚下，是一个石牌坊，两旁蹲着两个百兽之王的狮子，从庙门到山顶，是一条很长的台阶。山下的溪流，水声很响，这风景精致得竟完全像是一架假山。

翻了三架山，到辛镇休息。镇属吴堡县治。街上吃食摊生意很好。有人在兜换晋西北“农民银行”的票子，这里换比绥德便宜，在绥德十七八块陕甘宁边区银行票，换一块“农民银行”票，在这里只要十五块。多年不见的银元也出现了。

又翻了两架山，沿途很多枣树林。山沟里，远远看出，有许多村庄。有村子就有树林，到郭家沟，村子外面，到处是枣林，听说从这

里再翻过一架大山就是黄河的西岸。

黄昏，大队部开会，讨论明天渡河的事。这里离黄河只有三十里了。

五　日

这一带的村庄窑洞比较整齐，居民的衣服显得更新鲜，个个脸上都流露着欢愉之情。爬山，这是黄河西面的一架大山，山很高很高，整整走了一个上午，才到山顶。站在山顶上，向西可以看见陕甘宁边区万里山峦起伏，像是一片波涛汹涌的灰黄色的海洋，东面是山西的大山，岩石焦黑，峰岭丛簇。中间是万古奔腾的黄河……

瞭望着西面的群山，我的心在激荡着——

再会，陕甘宁边区！

再会，母亲延安！

再会，解放区的京城！

再会，民主中国的首都！

再会，思想的摇篮！

再会，革命的圣地！

再会，亲爱的毛主席！

再会，自由幸福的人们！

再会，高原上的高亢的歌声！

从山上到黄河边，走了二十里路，到河边时，很宽的河滩地，无数等渡的人群，无数的牲口、货物堆、行李堆；许多小摊，卖的是硬饼、蒸馍、凉粉、枣、梨等。人群喧闹的声音和黄河波浪沉洪的声音混在一起，六七只大木船，靠在岸边，许多船夫全身赤裸着，鼓着肌肉，正在用尽力量，发出各种呼喊，拉那些笨重的马和骡子到船上去。有时，牲口向船上一耸，铁蹄猛击着舱板，就发出好像什么东西爆裂的恐怖的声响。这是充满野性的美的画面。

一九三八年年初，我从汉口到山西，在潼关曾看见黄河，如今匆匆已八年了。抗战已得到胜利。这里的河面，没有潼关的宽，渡船也没有潼关的庞大与庄严。但波浪是一样险恶。这河流，真像一群无比巨大无比凶恶的野兽，无年无月的发出一片狂吼怒号，在奔突跳跃。老百姓有一句形容黄河的话，说的很好：

一到平原乱翻身……

对岸是山西的碛口镇，镇在黄河和湫河的会合口上，远远看见一大片很密的房子和码头的景色。

平安地渡过了黄河，最初走上被敌人统治过的地区。碛口是晋西的一个大镇。也是陕西和山西的交通口道之一，抗战前，原有三四百家商店，一九三八年年初沦陷后，被敌人烧杀奸淫，成了恐怖世界，老乡很多都在夜晚偷偷泅泳过黄河，到西岸陕甘宁边区逃难。很久以来，碛口的商业就陷于停顿状态。最近我们从敌伪手中夺回这个大据点，市面就一天比一天繁荣。近河岸的房子，建筑很坚固，下面一丈左右用大石块砌成的基础，是防黄河涨水的。

六　日

利用休息的时间，大家在湫河边洗衣服。河水很清，也很平静，在和黄河汇合时，清浊成了对照。上午和四五个同志去看黑龙庙，庙很大，是古人建造起来供奉治水之神的。庙的第一进，只有一个古式的戏台还很完整，庙的后二进，已被敌机炸毁，到处是瓦砾堆。

碛口市价比河西高，河西炖羊肉只要五百边币一碗，但在这里却要五十元“农民银行”票（合边币约一千元）一碗。

街上的女人，不像河西的显得朴素而健康，很多在衣服外面罩上一件很长的毛线背心，上衣多对襟，袖管很小，萎靡不振，是小城市居民的模样。

七　日

从碛口到三交一带六七十里是新解放区。这就是被法西斯野兽践踏过的土地。

过去这些地方都是游击区。现在行人仍很少。当我走到这地带时，心里有一种很奇异的感觉，好像处处都含有神秘的意味。各个交通要道上，敌人的检查哨还没有平毁，只是里面已空了。

在一个转弯的地方，遇见一个农民和一个老太婆，她穿着新衣，看见我们的女同志，脸上露出纯真的愉快的笑说："和男人一起打鬼子去了……"

经万佛洞。门前匾上留着斑驳不清的"晋西古刹"四个字。在庙底有一个大石洞，几丈高，全个洞的壁面上塑满数不清的三四寸长的泥菩萨。无数的泥菩萨散落在地上。大家选择了一些比较完整的，准备带着作为纪念品，但由于太重，走路不方便，这些泥菩萨，很快就被丢在路边田沟里和河水里了。

路上看见一个魁星楼，楼下是石拱门，门边还留着敌人占领期间的八个大字的标语：

明侍日本
暗扶中国

这是伪政权工作人员的"两面政策"。

路上经常可以看见埋地雷的小土坑，有的在村口，有的在路边。这种战术，在抗战的相持阶段中，起着很大的作用。许多地方的敌人据点，是被地雷阵挤掉的。

一个民兵小队长，农民装束，头上扎着毛巾（扎的方式和陕北的不一样，陕北的结在额前，这里的结在脑后）。他和我们同路到三交，谈起打三交的经过，也谈起敌人残害三交人民的情形。他说："这一带的妇女，差不多十个有九个被敌人强奸过。"那时，捐税很重，老百姓很苦。

到三交。今改为临南县，这是去年八月间从敌人手中夺回的重要据点。镇很大。现在商业已很繁荣。敌人的炮楼，改成了我们阵亡烈士的纪念楼。

晚上到分区司令部去了解最近时事情况，知蒋匪与龙云在昆明巷战；胡宗南两路北上，企图抢占北平。

离三交十五里，有一个小庙，里面所塑一尊佛像，极似欧洲新古典主义作品，脸含微笑，身段苗条，两臂与腿均袒露，风致轻逸，很自然地坐在一个好像是麒麟的野兽身上，不像中国一般庙宇里塑像那样死板没有生气。

八　日

从三交到临县，一路上有许多白杨树林，溪流清澈，道路平坦，风景很好。

到临县。休息了一刻钟，城里最热闹处，有一大牌楼，旁边有四个牌坊，建筑形式很富丽庄严——封建时代建筑艺术的高峰。休息了半点钟，继续往前走。

黄昏，到城庄。这是一个村庄。住在老百姓家里。刚收割的庄稼：高粱穗子、谷穗子、小豆、菜豆、洋芋、老麻子……把整个院子都铺满了。四个农妇坐在地上，有的在摘豆荚，有的在捡洋芋，有的在簸扬小米，都很愉快的在忙碌着。在进院的石磨旁边，有两个少女在打转碾黑豆。屋檐下，像悬灯结彩似的，挂满了烟叶，和成捆的又细又长的葫芦丝干。那个捡菜豆的女人，一边工作，一边和我谈起过去的日子……

> 去年，也正是这些日子，秋收刚完，在这个院子里扬谷子的时候，听见院子外面有人喊：“鬼子来了！”大家就把庄稼丢了，门也来不及上锁，连一个生了小孩才三天的媳妇也从床上爬起来跟着走。全村的人都逃到山里。

等人们回来时，全村的庄稼都被敌人抢完了。敌人是年年秋天来抢粮的。

为什么都要逃呢？她说前年八月，敌人来，有的人没有逃，敌人就强要财物首饰，拿不出的就砍头。这村子里有十个人被砍死。

有一个老人，敌人向他要白洋，他不给，敌人把他用麻绳绑起来，又用锯子锯开他的脑盖，他仍没有死，敌人就把他吊在屋梁上，再用刀将吊绳割断，把老人摔死。

一个老太婆（她一边说一边指给我看：在同一院子里，洋芋堆的旁边，跪着那个六七十岁的老女人）因为拿不出白洋，被敌人用木棍打断了腿，现在她只能在地上爬了。

一个十三岁的小孩，被敌人捉住，要他说出“八路”，他说不出，被打破了头。又被关起来，过了好几天，趁敌人午睡的时候，才偷偷逃出来。——（这小孩，现在在院子里捡洋芋，他知道我们正在谈他，很得意的笑着。）

这村子里，许多房子都被敌人烧掉了。我们住的旧石窑的门窗，都是被烧后重新安上的。

今天行李来得很晚，半夜才到。驮行李的是牛车。天黑，过河也看不见，押行李的同志鞋子都湿了。

九　日

今天动员到的还是牛。大家心里都很气闷，因为牛走得比人还慢，一小时才走几里路。

这一带很荒凉，偶然有几家住户，也都是很穷的。到处都留下敌人“扫荡”的遗迹，一路上什么也买不到。

在杨家沟休息，大家都很饿，找一家老乡请他烧洋芋卖，十块农民票一斤。结果三十斤洋芋一忽儿就卖光了。

天黑时，到康宁镇。这原是一个大镇，经过敌人几次“扫荡”，房子被烧光，现在只留下十几家居户了。找房子很困难。

晚上睡在一个很小的窑洞里，老乡烧热炕，炕上铺了刚打下的豆子，一到半夜，豆子发出水蒸气，热的发烫，一夜都没有睡好。

十　日

早上起身时，天上有乌云。

一路上找不到卖东西的，后来在一个路口看见一个小摊，有几个饼子，叫“石头饼”——是用水和了面粉，铺在放了许多烧热了的圆石子的锅里，拿锅铲把石子压在面饼上，烤熟了就成了一张凹凸不平的干饼。每个十块农民票。

下午到兴县，墙上贴着一张号外：“毛主席定日内返延，国共谈判达到部分协议”。

宿营在离城三里的村子峁儿上。

这里也经过敌人许多次的“扫荡”破坏，老百姓的生活很苦，我们所住的村子里，居民大都是蓬首垢面，衣服褴褛。自从过了黄河之后，在新解放的地区，到处所见的都是贫穷。

在院子的边上，矮墙脚，一个七八十岁的老太婆脱光了上身，露出一副干皮包裹的骨骼，在晒太阳，一面拿着破烂的衣服捉虱子，一面诉说敌人的暴行，她很平静地记数着这村里几个，那村里几个，一共杀了三十多个，而且还念出死难者的名字。嘴里不停地咕噜着：“杀呀，烧呀，……”

我们住的一家，是一对年轻的夫妇，佃户，从敌占区逃难来的，男的很健康、愉快、乐天，女的是一个哑巴，还有一个十岁左右的孩子，是前妻养的。这一对夫妇对我们很好，第二天，男的在装洋芋，对我们说：“你们要吃就拿，像自己家里一样的。”晚上，我已睡了，他们把我们叫起，请我们吃油炸糕，说今天他们过“重阳节”。我们不吃，他们就显出很不高兴的样子。

十三日

我们住在这里好几天了，决定后天走。中午，老乡一定要我们吃窝窝头，蒸洋芋，他说“再来时，到我家里来”，我们说“一定来”。下午他要陪老婆回娘家去一次，我们送给他几百块茶水钱。他推却了很久才接受。

十四日

晚上去看两个文艺工作的同志，他们的老家在东北。从“九一八”事变后，他们就流亡在关内，参加抗战，现在抗战胜利了，他们携眷回东北，路过这里，住在离峁儿口一二里远的村子里。在旅行中会见同志，特别感到亲切。回来时，走过几个月光照映的小山坡。

十五日

早晨离开兴县。天气已冷起来了，沿途看见了许多开始枯黄的白杨树。下午到离兴县六十里路的界河口，是一个小镇，一条街，几家吃食铺，几十家住户，在兴县、岚县、岢岚三县的交界处，是军事重地，可以控制兴县到岢岚的交通，故为兵家必争之处。

队里一个怀孕的女同志在路上流产了，胎儿才两三个月。临时动员老乡用担架把她抬了回来。

晚上吃莜面。莜麦是晋西北一带的产物。许多南方人都从来没有吃过。听说这东西吃多了就要肚子痛。

十六日

这里已很冷。早上吃莜面饸饹。一走出村就爬山，山很高，叫烧炭山，是岩石构成的，在山顶可以看见黄河，和陕甘宁边区山峦起伏的远景。上山十里，下山只有二三里——即是说，山的北面的地势，比南面要高七八里。村庄很少，偶然看见有几户人家，一家墙上歪歪扭扭写着：

骡马大店
茶水方便
草料俱全

心里就感到很亲切和温暖。

山的北边，比南面冷多了。杨柳叶子都枯黄而且在凋落了。

在大涧村休息，村里有一所民办小学。

今天路上先后看见三个女人脸上长了肉瘤。

在一条小河边洗脸时，听见深绿色的水流过石块时发出的声音，像一曲活泼清新的歌。

宿营在离岢岚城五里远的坪后清村里。

为了过敌人的封锁线，决定把产妇和孕妇留下，由地方工作同志设法护送。

十七日

早晨出发时，很冷，路边积水都结冰了。远远看见在晨光照耀和白雾衬托中的岢岚城，以及城里的树林，显得有一种幻异的美。

岢岚城听说是唐朝时建造，城墙和城门，均用每块六十斤的大砖砌成，城门很高，是从来没有看见过的，听老百姓说，古时樊梨花曾在此驻守，她出征凯旋，进城时，城门碰到她头上的野鸡翎，她生气了，把城门拆掉重修的。听说附近还有樊梨花西征时的“点将台”，可惜没有时间去看看。

街道很宽，但店铺却很少，街上也很冷清，有的药铺门前，挂着古式的招牌，这些招牌和着那耸立在街头快要塌的灰色的高大的钟鼓楼，看了都使人感到古老的气味。

许多同志都在购买“果楂皮”——是用山楂之类的果肉，磨成酱，制成像紫红色厚纸卷似的食物。这是岢岚的特产。

路过三井镇时，休息了一阵，看见有两个旧式的戏台，一个上写着“绘形楼”，很有意思。

今天所走的公路是在岢岚的高原上。地势很高而又平坦，四周的山都好似沉陷下去似的，使人分外感觉得广阔。远处的山峰，朝北的一面，有银白色的积雪。在广阔的地面上，星散着一些“烽火台”，每个相隔五里之遥，台已颓废，只成了一个个大土堆了。这些“烽火台”，在古代战争中，是起过很大的通信作用的。这一带，原是古战场，不知经历了多少次战争。在抗日战争中，岢岚一带也是敌我必争之地，是曾经几次沦陷与收复的。听说续范亭将军曾驻扎在这儿。

许多梯田，田里堆积着收获物，如今，老乡们用不到再担心着敌人来抢粮了。农民已把战壕里窄长的土地翻耕出来，准备来年春天可以播种。

傍晚到一个村子，村被树林掩护着，树林里有羊群和牧者，夕阳映照着这一切。像一幅米勒的画。

在夕阳照映的远方，无限广阔的低地上，是五寨城。路上遇见从城市赶集回家的老乡，赶着几头小毛驴，毛驴子驮的是几棵大茴子白，每棵有二十斤左右重，听说只要四十块“农民票”一棵。

浅紫色的雾气在天边升起，天、山野，都披着一层时时在变化着的彩色的迷雾。

进城时，月光照着城门。

这是一个被敌人盘踞了七年八个月之久的城市，直到今年三月十四日，才被八路军解放。

十八日

我们住在靠近城墙的老乡家里。早晨进城上街，看见了许多尚未洗刷掉的敌伪标语：

“明朗五寨”“东亚和平”“打倒西欧”。

还有一些鼓吹奴化思想的春联：

“打倒西欧自由主义，发展东亚王道精神”，“和风五桂香，日暖三槐茂”，“知足者常乐，能忍者自安”；横额是“和平建国”——这是在敌人的指挥刀尖上的苍蝇的梦想。

听说五寨受敌人的怀柔政策毒化最深，敌人是以五寨为据点，组织伪军，用以攻略附近城镇的。有人说，敌人捉到岢岚人就杀，对五寨人却比较好，五寨人当“黑狗子”（伪警）的最多。所以岢岚老百姓至今还痛恨五寨人——这岂不是又上了敌人挑拨离间的当？

这里，我想起昨晚我们雇来给我们送行李的老乡是岢岚人，他说找不到柴烧饭，连出钱也买不到，这里的老乡，脑筋还没有转过来。

在城里看见好多个戴白帽戴孝的男女，想是家属当伪军阵亡了。

大队部召集各分队小组长以上干部开会，准备过封锁线。

情况了解：

神池，八月二十九解放，已为我军掌握。宁武，驻敌（日）伪（阎）共七百人。

神池汉奸百分之八十已逃走，尚有百分之二十留下埋伏活动。

铁路沿线住敌伪，五里一碉堡；铁路左右两旁五里敌人打过埋伏。

掩护我们过路的部队有两个团，路线临时由团长指定通知，未得通知不能过。

轻装，检查骡马鞍鞯。如有皮条坏了的，必须换。

换票子：换白洋，买金子，买牲口均可。

明天宿营地是村子，村里组织不健全，缺水，粮食柴火都成问题，没有肉，没有面粉，百分之百是莜面。

准备干粮：鸡蛋、饼子。

病号留下。

军事化，行动要一致，一个人都不能掉队。

保守秘密，不向路人问路，不答路人问话，政权尚未改造，汉奸敌特很多，五寨前几天还发现放冷枪。

情况：没有什么大问题。只有小股特务、伪军，敌人有时出来袭击。我们有强大部队护送。

坏的估计：打埋伏，有变化。

党中央最近给晋绥分局的电报，号召大家："迅速过路，到达目的地，完成党的任务。"

不久就要过封锁线了。

二十日

清晨，离开五寨出发。走出五寨城时，听见城郊驻军的号声，唤起了无比新鲜的感情，很清楚的觉得：

又一个新的时代开始了！

仍是岢岚高原地带。一路上都是行军的人马，断断续续，延续到几十里路长。无数的人们都涌向前方。这是一个非常庄严的大进军。

从五寨到神池的路上，在公路附近，有许多等距离的土墩子，上面垒着大石块，旁边挖成一条圆壕，我们研究了很久，才知道是敌人用来保护电线杆的。

到于庄子宿营。这是一个六七十家户口的村庄，但由于敌人长期占领的结果，连一家铺子也没有。敌人在时，不准做生意，连神池城外南关也不准开市，平时买布只准买二三尺，村庄里假如开了铺子，日本人就随便拿了货物不给钱。从"七七事变"之后，这村里就不再有卖东西的了。今年阴历七月十五日八路军解放了这村子。村边有一个庙，庙前贴的汉奸春联和桃符，与五寨所见的完全一样。

和平建国，仰赖盟邦迭摧前敌，完成圣战先固后方。

原来是石印的！这倒是一种和老百姓的风俗习惯一样的宣传方式。

敌人在沿铁路线附近施行怀柔政策，以保全交通要道。听说这里敌人临走时开了一个会，说什么“现在英、美、苏联和日本都不打仗了，讲和平了，我们也走了！”竟也有人相信。

这个村子里的老百姓很消沉，敌人七八年高压统治的恐怖阴影，深刻的留在他们身上。当我看见一个五十多岁的老人，垂着头，静悄悄地——好似害怕被发觉似的，从远处走来时，我的心里引起很深的悲哀。要消除这个伤痕，不是很容易的啊！

门前墙上贴着解放后的几种通告：

晋绥军区第二军分区随营学校招生广告
神池县政府师资训练班招生广告
神池县第一完全小学招生简章
神池县城复集筹委会广告

下面是复集广告：

本城旧有双日集市，客商云集，百货皆备，自敌侵占后，勒索敲诈，商号倒闭，统制货物，集市废弛，今赖八路军血战竟夜，神城及其全境已告解放，经新政权极力扶植，各大小商号已逐渐复业，敝会与各方会商，兹决定于阴历九月初八日起，连集三日，恢复旧有双日集市，现全城各商号备置大批粮食货物，是时一律减价三天，并演唱秧歌以资助兴，希我四乡买卖粮食货物各顾客届时光临，不胜欢迎之至。

此启

神池县城复集筹委会启　九月二十八日

一切都在恢复中。

庙里墙上还有残缺不全的敌人报纸《时事快报》和《山西派遣军布告》，以及阎锡山时代的标语。看了令人恶心。

在外面，在大路边的墙上，写着很大的新的标语：

建设新民主主义新中国
消灭日本法西斯
打倒汉奸阎锡山

而最大的标语是：

拥护中国人民的领袖毛主席

旁边是中国共产党在一九四三年所定的“十大政策”：

对敌斗争
精兵简政
统一领导
拥政爱民
发展生产
整顿三风
审查干部
时事教育
三三制
减租减息

这里离敌人驻防的宁武很近，为了预防意外，晚上派人在街上放哨。

二十一日

早晨起得很早，当我到大队部去的时候，看见即将下山的圆月，金红色，显得特别大——我们出发已整整一个月了。

这一带由于地势太高，没有河，没有井水，没有泉水。吃的完全是下雪和下雨积起来的“窖水”，水色灰暗。

从于庄子出发，一路上大家心里都很紧张，提心吊胆地在前进，因为这一带附近都有敌人。过东湖镇，东湖是大镇。从东湖到九姑村二十里，尽是荒地，好像连野草都长不高，只有一个小村子，我们从村边经过时，村里的居民站着看我们，当农妇们发现我们的行列里，有穿军装戴军帽的女同志时，她们就很亲切地笑着，轻轻地说：“女的!”

九姑村是大村，有六七十户。通知大家在村里休息，把精神养好准备过路，没有事都不许出门，怕把队伍暴露了。

村子很穷。什么也买不到，没有铺子，没有食物摊，没有油，连酱油、醋、辣椒也找不到，好像在沙漠里旅行。

想买一只鸡，整个村子兜了一圈，只在一家门前的园地里，看见一只公鸡和两只母鸡。找到了主人，想买一只，他说是刚从远处媳妇家捉来的，不愿卖。这显然是奇货了。

走了许多家，问他们：“老乡，有没有鸡卖?”都很沉默地摇着头：“没啦，早给日本人捉光了。”

为了整个分队人没有菜吃，想买一两只羊，问了好几家，都说：“没啦。”有一个老汉叹气说：“四五年没有见羊了，牛也没啦，连狗也杀了吃。”剩下来的只是一些困苦的人们。

而在一家农户的门上却贴着“和为贵”，另一家贴着“忍为高”，一副春联是：

为人万事皆宜忍
教子千方莫若勤

这可说是敌占区人民的一对挽联。

二十二日

找村长雇牲口和民夫，村长戴着一顶旧毡帽，穿着长褂子，和另

外一个农民在田野上修理大车，我们站在离他有几丈远的地方，说有一件要紧的事找他商量，请他过来，意思是暗示给他旁边有人不方便，他却大声说："不要紧，这里老乡政治上没问题。"当我们告诉他今天"过路"，要求他帮助时，他慨然答应了。

下午二时出发，走山路，愈走愈高，在高山上看见远处几十里以外的摩天岭、五台山和晋中平原。过了长城的缺口，到丁庄窳——这就是掩护部队所指定的集合场。逐渐地来到了许多队伍，这些队伍都是今晚一同过敌人的封锁线的。

等了很久，人很多。还有许多牲口，许多行李。大家忙着吃东西，喝水，检查人数，检查牲口驮子，检查鞋子……

月亮上升了，队伍在村下面的河滩上集合，分四个大队排列，差不多有一千人左右，我们这个分队排在当中，牲口驮子在最后面。

月光很亮——是阴历十六七的样子。掩护部队先出发，已走了一小时了。整个队伍开始移动了，很整齐，很严肃，没有说话的声音，只听见人群的脚步声，和马蹄踩着砂石的声音。队伍按身体强弱重新编排，女同志和身体弱的男同志夹在当中，以备在紧急时仍能夹带着过路。出发时成双行，走得很快，每人只知道紧紧地追随着前面的人的脚步前进。走过月光照映的两个大村庄，队伍在村子中间的街上走过。在街边，一个院子里，有老百姓在门缝里偷看。又在一个村庄边上走过——听说村子里就驻有敌人。狗叫得很厉害，但敌人不敢出来。走出村子不久，发现驮子掉队了。大家都很担心。有人在附近村子里找来两个老乡，请他们给我们引路。在村口看见两辆牛车，是老百姓帮助运送搭过河用的木板回来的。我们的队伍很快的走过，几个老乡默默地看着，充满了解与信任。大家踩着石头和木板过了河，在河的那边，看见了一群掩护我们过河的骑兵，背上背着枪，在月光下，刺刀发亮，人数也显得很多。

最紧张的时刻来到了。

队伍改变，以四路纵队（女同志和身体弱的男同志夹在当中）的形式急速地前进，愈走愈快，后来等于是跑步，到同蒲铁路边，看见星散地埋伏着的掩护部队，有的伏在机关枪旁边，枪口瞄准着过路口的两边。站在一根电线杆旁边，看着红绿灯，又看看手表，指挥我们快走的，听说是支队的参谋长。我们匆忙地跨过铁路，月光下，看见路轨发亮，两旁是树和电线杆，风景充满现代感，敌人宣布投降了，武装却没有解除，而且控制了交通干线，真气人。走不多远，即看见路东的掩护部队，整齐的站着在迎接我们。后来听见远处有火车的声音……

听说我们过路的地方是在敌人两个碉堡的当中，一边五里，一边七里。掩护部队用机关枪监视着碉堡，敌人就不敢出来。听说每次过路都是这样。

平原，敌人的封锁线总算过来了。在田野上前进，闻到一阵阵干蓬蒿的香气。高空里有向南飞的雁的叫声。

后半夜了，很疲倦，但是不能休息，只是继续迅速地移动脚步。常常一边走，一边在瞌睡。

到大徒沟，由于过路部队人多拥挤，连房子也找不到。后来在一个老汉的家里住下，没有被子——行李和牲口都掉在后面了。老汉给我们烧了热炕。实在太疲倦了，只是朦朦胧胧地听见他自言自语的谈了许多话。

睡了一下就天亮了，大队部来通知："继续前进"！调查结果，敌人有七个据点在附近——有的甚至远远的可以看见，因为这里已是晋中平原。

这一带，沦陷时期，属伪"蒙疆自治政府大同省"，经常驻有敌人和伪军，并将古庙圣母寺改为炮楼据守。这个据点，直到今年八月十七日才由八路军收复，炮楼也平毁了。

路上看见一个小村子墙上写的广告很有趣：

住人小店
茶面方便
走的肚饿
来住我店

晋中平原，广阔的平原。一大片一大片的杨树林，叶子红了，远远看去很华丽。大村子很多，而且房子比较整齐。一想到这广阔的土地和美丽的村庄，原来都是被人占领的，现在都已解放了，而且建立了人民政权，我的心里就激荡着欢愉之情。

从昨天下午九姑村出发，到现在已走了一百多里路，中间只在大徒沟休息了几个钟头，大家都很疲倦了。路上什么也买不到。村庄都是荒凉得连人影子也很少看见。这就是一个明显的对照：在陕甘宁边区，一路上什么都有得卖，各种水果，各种干粮饼子，老百姓生活得很好，衣服都是新的，脸上红光满面，总是含着笑，到处都听见歌声；但是，在新解放的地区，到处都显得贫穷，什么也没有。每当我们经过村庄时，街上就站着一些蓬首垢面的女人，和光着身子的孩子，穿了衣服的，也是褴褛不堪。甚至像现在已是冬天了，还有些少妇和少女都像热带的土人似的，裸露着胸背，挺着乳房。各个人的脸色都是苍黄的。八年了，长期恐怖的生活，使他们的脸失去表情。没有欢笑，没有歌声，只有叹息和呻吟，或是呆望和沉默。

到旧广武，可以说，不是走到的，而是拖到了。从旧广武到新广武还有几里路。到新广武时，天已黑了。

住在一个老乡家里，房主已六十多岁，一个女人，两个儿子。一家人对我们很好，帮助我们煮水，做饭。一提起敌人，就摇头叹气。女人说，敌人一来，就把老汉二千多白洋抢走了。广武城里，在这七八年间，杀了不知多少人。敌人连狗也杀，拿狗皮做冬衣领子。敌人常常用手枪打狗，没有打死，狗满院乱跑，到处都淋着血。他家里的门窗都被敌人烧掉了。

这是一个县城，但什么也买不到，没有店铺。找鸡蛋，找了半天找到了几个，要二十块（农民票）一个。老乡说："鸡给鬼子吃光了。"

晚上通知有情况：敌人出动，步兵一百，骑兵五十，已到南万庄。南万庄离这里三十里，现在城里民兵已派人到二十里的地方侦察，假如敌人出来，即以三个手榴弹为信号。城楼上设双岗。我们是非武装部队，假如敌人进城，即出南门，沿沟边大路撤退，到后腰堡与大队集合。

二十四日

昨夜后半夜，突然有人来叫大家准备撤退。后来查明原来是发生误会：我们民兵支队的侦察员看见一个人，叫了不响，问了不答，那人马上逃了，侦察员就扔一个手榴弹。城上守岗的就以为敌人出动了。闹的大家都起来了。

大家都很疲劳，决定留在新广武城里休息一天。

听说昨天在这里枪毙了一个敌探，我们来迟了，没有看见。墙上还贴着罪状。

街上走过穿老百姓衣服，头上扎着白毛巾的荷枪的民兵，个个都年轻力壮，唱着新歌。

新广武城在晋中平原东面边上，是两架大山的进口处，山上是长城，广武城门很雄伟。门上箭楼已完全塌掉，只留着一个古堡式的建筑，大门紧闭，听说已改为仓库。城门和这个建筑，约十丈高。站在城墙上，可以看见一二百里的朔县大川（即晋中平原）。城墙北面有一砖楼，是孔庙，楼内石碑刻着“鲁司寇造像”，为明万历年间所制，姿式与服装均与南方所见者不同。碑从代州广武城（即今代县属旧广武，离朔县属新广武仅几里）移立。上刻有《至圣先师遗像碑记》，说到这小城的形势：

> ……据雁门之险，南障太原，北控云中……三晋之门户，天下之雄关……

另有一楼，是为了感恩一口水泉而立的。这地带特别缺水。

下午，天阴。晚上，过封锁线时掉队的一部分人和牲口行李仍没有来。可能是倒回去了。

房主的老太婆，谈起他们的生活，感叹地说：

“这些山，啥也不长，只长石头，咱们啥也没有，只有石头多，……”

到处都是石头。山也是石头山，山下是石头沟……

二十五日

出新广武南门是一条小川，小川两旁是崇山峻岭，向东南，有公路通代县。代县仍为敌人据守。我们朝东北走，进川十余里。上山时云里露出很微弱的阳光。山顶飘着很细的雨。从山顶朝南远远的可以看见雁门关与敌人的大碉堡。

下山是沟，一路上都是大石滩，很难走，沟愈走愈宽，弯弯曲曲走了半天，在新腰子休息。看见一家老乡在盖新房子。一个老太婆忙着给我们煮洋芋吃。她有一个媳妇和一个孙女，女孩已十八岁，长得很美，眉目清秀，而衣服却很褴褛。我问老太婆："敌人来过么?"她说："来啦，来过多次了，"又说："一来就要米要面，连铺盖都抢光，"又说："小孩都得逃，不逃就杀。"她显然是愈说愈兴奋了。

这一带晋察冀的纸币信用很高，老乡都要冀币，听说这是由于晋察冀边区执行了正确的货币政策的缘故。

下午到了一个小村子，叫胡家滩。这真是一个破村子，原来有五十多家，六年前就被敌人烧了一次房子，今年五月敌人又来烧了一次房子，现在只剩下十几家了。远远一看，村子简直像一片瓦砾堆。我们住的房子到处是破洞，又没有被子，怕会冻出病来，后来换了一个房子，房东是年轻的庄稼汉，村的行政委员，很高大健康，他自己养了六只鸡。

今年五月敌人来，大家都逃走，敌人在这里住了一夜，抢走了五十二头牲口，后来敌人退了，在山上找回二十几头，这些牲口已由原主认领回去，其余二十几头都被敌人杀掉吃了。

敌人来，什么都破坏，饭锅打破，连醋坛也打破。

房主很骄傲地告诉我，他们村庄里出了一个民兵英雄，曾用地雷炸死敌人一个队长，而且曾到边区参加过"群英大会"，得过奖——是一支木壳枪。

我问他："知道毛主席么?"他说："怎么不知道！他住在延安，

他对穷人真好！”

这里地势很高，早已下过雪，现在所有树木都已光秃得连一张叶子都没有了。

黄昏时，天气很冷，脚底冷得发痛。

二十六日

昨晚和今天早晨吃的都是莜面鱼鱼。（将莜面搓成两头尖，再放在手掌心里一压，像一条小鱼。）

出村一里多就上山，愈走愈高，走了二十多里都是大山，没有一所房子，听说这里已是铁甲岭梁，奉直战争时，曾在这里大战。极目瞭望，可以看见远处在晴空云影覆盖下的千里平原，与一条闪着白光的滹沱河，以及平原那边的五台山。

隐隐听见了炮声。每次响声，时间相隔很久，有人说：“我们正在围攻繁峙城。”

下山是碾子沟，休息，喝开水。

山、白杨、小村、泥和苇秆覆盖的屋顶，石砌的矮墙，构成了一幅非常和谐的山野的风景画。

经过分水岭。叫做分水岭的，是在几座大山当中盆地上的一个村子。听兵站里的人说，我们宿营在柴底沟，离分水岭还有几里路。大家都很疲劳了，只有再拖着走。到了柴底沟，又说我们分队住在东梁上，还有五里路。又上山，到半路，遇第二分队的同志说，那边村子很小，房子不够住，粮食也找不到（在没有兵站的地方，粮食由村政权向老百姓拼凑，折合公粮），容纳不下两个分队。我回柴底沟找大队部商量向村干部交涉找房子，找了半天，还是没有房子。仍回东梁上。村在高山上。村的对面是一架更高的大山，听说大山的那面即为繁峙县，是敌人的大据点，离这里只有三四十里。

从村子转过山的北面去，可以看见远远的五台诸峰，五台山上已积着厚雪，峰顶被浓云所遮蔽。

下了一阵雨，吃晚饭时，天晴了。满天是星，山很高，好像这些

星星就在我们头顶上似的。很冷，没有被子，想向房主买柴火取暖。说了半天不肯卖。找村长，是一个十七岁的年轻庄稼汉，戴孝，头上扎着麻编的辫子，身体很结实，很大胆，会说话，当初他也不答应，柴火缺少，后来和他说了许多道理，简直是向他哀求了，而且告诉他我们的行李掉队了，山又高，天又冷，明天还要赶路，他终于答应了。

二十七日

天快亮时又下雨了，慢慢的，雨成了雪花。听说这已是第三次雪。怕雪不会停，会把山路蒙住，大家决定冒着雪走。在诸峰之间走转，风很大，我裹着一床人家借给我的毛毡子走。很细的雪，很密的雪，不停地下着。转过一个山峰，又是一个山峰，白茫茫地，走了二十多里，到柴梁沟，这是山梁上的一个小山庄，只有五六家住户。但在这极目荒凉的万山丛中，发现这样一个小村子，已足够使行路人留恋了。村干部很热情地招待我们，给我们煮了两锅开水。他们才知道日本已投降了。大家在这里喝了开水，又走了二三十里，都是高山，好大的风雪啊，不当心就会把人刮到山沟里去，山路看不清，一片苍茫，前后看不见行人，好像已和世界完全隔绝了，听说这里常常冻死人和牲口。

下山是黄水河。从柴梁沟到黄水河二三十里路，连一个村子都没有。到黄水河就没有风雪了，是晴天，走了五里路，进入一条小山沟，到金王店。

房主是一个五六十岁的老人，耳聋，和他谈话很费力。从岱石堡来了一个客人，三十多岁的农民，是一个民兵（听说凡是十八岁以上三十六岁以下的男子汉都是民兵）。这是一个很精明的人，非常健谈，坐在炕上，兴奋地谈着民兵的事，放哨站岗，看见敌人来了就各村互相报信，一齐把所有的东西带着，连锅子都拿走，逃到山沟里去。他很亲切地向我说："你们来了，咱们一起这样谈谈笑笑，日本人来了，大家都逃走，什么也没有了，连烧饭的锅子也没有了。"

这村庄，敌人在四五年前曾来过一次，以后就不敢再来了，是老根据地，没有经过什么破坏。老百姓生活安定，很愉快，各个人的脸色也很好。对我们很欢迎，政权工作做得很好，动员柴油粮食也很快，和那些经过敌人多次摧残，被敌人长期蹂躏，搜刮光了的地区完全不同。

二十八日

早上，一个到应县驮盐的二十岁的农民到我们住的房子里来，身材矮小，也是一个很愉快的人。我们问起沙河的情形，因为我们要经过那里，他告诉我们沙河已解放了。我问：

“沙河敌人是打走的？是自己走的？”

“咦！打走的，敌人扎得牢牢的，不打怎么会走！”接着他说，“好多的队伍……枪呀，子弹呀，挂着满满的……敌人的工事，连镢头都打不开，炮楼两炮弹就炸开了。”

他讲起这些事，全身都摇动起来，显得非常高兴，我问他：

“你为什么不当八路军？”

“人家嫌我不够尺寸——我十六岁就报过名了。”

接着他又讲了一个民兵去打碉堡，敌人从机枪眼伸出机枪头想射击他，他捉住了机枪头，用力过度，拉断敌人机枪的故事。

这时，房东的客人进来，坐在炕上，他也参加了谈话。我好奇地问这年轻的农民：

“你看见日本人没有？”

“咦！没有！远远的看见过……一说日本人来了，咱就跑到山里去了……日本人来了，咕哩咕噜的说几句，就拿柴棒打人，拿刀砍人，逮住了就问你是八路的？你是民兵？要你说出粮食藏在哪里。”

最后他告诉我们，最近打下浑源的消息，浑源离这里一百多里路，他说敌人有二千多，八路军一万多，包围了二十多天，阴历八月开始打，一打就打开了，敌人死了八百多。炮声连这里都听见。

每次打仗，在民间都会流传一些动人的故事。

这条沟里气候比较暖和，树叶还没有落。

二十九日

早上出发，下小雨，沿沟走，风景很好，树木和溪流很多，水很清，只是石头都是乌黑色的。沟里有几个小村庄。被林木所掩护，叶子红得像一片桃花林。一家院子里，还有葡萄架和几株蜀葵花，而院外是一片果树林。这里，和南方很相似，我已好几年没看见这样美的小山村了。

走进沟时，雨停了，天仍是阴的。沟外是比较宽的河滩地，沙滩的两旁，是灰黄色土山，山像陕北的山，有许多土窑洞，只是这里树林比较多，许多树木的叶子仍是绿的。翻过一架小山，是一片大平川。几年来第一次看见的大平原！

来到了广大的新解放区。走了一个多月的路，真是越过了千山万岭，如今，要和山告别了。山是那么单调，枯涩；山里的居民是那么贫穷，痛苦。但山是伟大的。山里的居民是伟大的。山和它的居民在抗日战争中，起了伟大的作用。就是那千万险峻的山峰，波涛汹涌似的岗峦，成了我们军事力量的摇篮，不驯服的山，培养了不驯服的人民。我由衷的感谢山！我们和你相依为命，你保护了我们，支持了我们，使我们成长壮大，最后战胜敌人。

滹沱河。大平原。在平原大路边的土墙上，写着很大的新标语：

> 中华民族解放万岁

路过沙河，是大镇，市面已恢复。一家住户门上，留着一张春联：

> 无容忍岂是丈夫

完全是奴隶哲学！到下汇。是一个一百多家的大村子，有小学。到处都是树林。村在繁峙川上，比较富庶，俗称："繁峙川，米粮川"。敌人搜刮很厉害，一九四二年索粮八千吨。

村里有许多地主，房子很阔，门窗都是雕花油漆的，玻璃窗，炕上是芦席，炕沿用油漆画着花卉鸟兽以及仕女之类，墙壁粉刷得很白，朱红家具，有的房里挂着天津来的彩印花鸟琴条，有的是敌人印的“勤俭持家”图。内房的门上，有朱红黑字的油漆对联：

九时终有益
百忍身无忧

事理通达
心气和平

我们住的那家院子的窗户上，贴着许多小对联：

洗砚鱼吞墨，烹茶鹤避烟；伴我书千卷，可人花一枝；读余煮茗，琴罢焚香。

门联是：

正欲清谈闻客去，偶思小饮报花开；园中草榭村无数，湖上山林画不如。

看了这些对联，心变得悠闲了，苍老了。好像中国仍旧是陶渊明时代的中国，好像世界上并没有反法西斯战争，山西也没有用屠杀镇压人民的日本匪徒“皇军”。这也说明了一个事实：敌人是千方百计的想把中国拉回到封建落后的境地去。敌人所谓“东亚新秩序”，是不折不扣奴役人民的“封建旧秩序”。广大的中国人民，反对这种血腥统治的黑暗的旧秩序，广大的中国人民，要求民主！民主的政治，民主的经济，民主的文化，中国抗日战争的革命意义就在这里，最后能取得胜利的原因也在这里。

在下汇街上散步，看见墙上贴着许多解放后的新布告：

为枪毙白银告同胞书

繁峙县政府特种刑事判决书

特刑字第十一号　民国三十四年九月十四日

敌特犯　白银　男　二十三岁　五区古家镇村人

还有一张“告伪军伪组织人员书”：

伪军伪组织人员们：

你们背叛祖国，给敌人做帮凶，苦害同胞，自身发财享乐，本来是国法难容，人民不许的。我抗日政府屡念你们都是中国人，或被迫而当汉奸，也许还有一点天良，故以宽大为怀，争取你们悔悟前非，毅然反正，可是你们有的老是犹豫不决，甚至执迷不悟。你们以为日本鬼能靠一辈子吗？告诉你们吧：现在日本已经投降了！如果现在你们立即缴械反正，政府还能宽大，予以原谅，并保障你们的正当财产；若还迟疑不决，这非但证明你们已经丧尽天良，同时也表明你们是死心塌地的汉奸！那么，城破之日，即是你们倒霉之时，到那时，人民和抗日政府坚决给你们以应得的严重惩处，你们将要落一个“悔之晚矣”！

繁峙抗日政府　八月十三日

布告是油印机印的，文体是白话，富有感情。听说县长是一个拦羊娃出身的年轻人，现在已能看报写报告了。在八年战争的时间里，我们已成长了无数新的人物，他们的出身，在旧社会里显得很卑微，但由于他们受苦最深，对抗战最坚决，为人民服务的思想也最彻底，进步最快，都成了有力干部。我认识很多年轻的军事干部，他们是长征时跟了红军走的一些“小鬼”，在八九年的战争中长大，现在不但能看《解放日报》，而且会做文章，写字写得很好，也很会演说，待人接物很谦和，是这时代的一种新的典型。

三十日

从下汇到大营是一条很宽的大车路，我们动员到几辆牛车，坐的是女同志和病人。大车路旁，有许多高入云霄的老白杨树。到大营，刚好碰到赶集的日子，热闹得很。街旁摆满了食摊，同志们刚换了冀票，很兴奋地买这样那样的东西。街上吃的东西很多：炖羊肉、羊杂碎、蒸馍、包子、豆沙饼、枣糕、麻花、豆腐、红烧牛肉；水果有梨、柿子、小西瓜、沙果、红枣；以及葵花子、干果片、核桃……这是很久以来没有的日子，大家的疲劳一下都消失了。我们很快就要到达目的地了。听说，我们从浑源再走三天，即可到阳高乘火车到张家口了。

同志们从大营贸易公司要来了五份《晋察冀日报》，是在张家口出版，用白报纸印的，已经四五年没有看见用白报纸印的日报了。大家抢着看，从新闻和广告里了解了许多张家口的情况，大家谈话的题目，转到城市了。

走了十五里，到齐林，在这里宿营。

这村子很大，有一百多户，兵站就在村里。

晚饭吃大米饭，炖羊肉。晚饭后，房主和我们闲谈：

前年敌人在这村里，要了四十头毛驴，四辆大车，抓了许多民夫，一个也没有放回。

房主兄弟三个都是种田的。去年五月，老二在地里做活，日本人被迫向西撤退，他在地里躲了一下，看见走远了，他就在田垄上站起身子，哈哈大笑，高兴地喊着："走啦！走啦！"敌人听见了喊声，就回过头来打了一枪，把他打死了。他已经四十二岁了，是个很老实的农民。

这里离平型关只有三十里路。老乡们至今还想起抗战初期八路军在平型关老爷庙战斗的胜利情景。说从敌人手中缴获的东西，老乡可以随便拿，有一辆汽车，装的完全是冰糖，士兵发给老乡们，房东说他的表妹夫只拿了一包，当时不知道是什么，回家放嘴里一尝——甜得很！他马上赶回去再拿时，都已被人家拿光了。

这村子，处在敌我进退不定的地带。几年来，村干部所采取的都是革命的两面政策。

这一带，出产比较丰富，物价也比晋西北要低。

三十一日

很早就醒来，只听见远处有一只雄鸡在叫，这是一百多户的村子，只听见一只鸡在叫！

天阴，很冷，可能要下雪了。

在王庄堡大休息。这村子，经敌人破坏，街已不成街，小吃摊却不少。

从王庄堡出来，是沙河的河滩地，路很难走，走了三四十里路，只看见两个村子，都破烂不堪。有一个村子叫云路街，在山上，原来有几十家住户，现在烧得只剩下一所破庙了。这就是日本法西斯主义者在中国农村所施行的“三光政策”（抢光、烧光、杀光）。

这条路上所看见的到处是冷寂、荒凉。

宿营在宗庄堡。房主是一个年轻的农妇。外面已飘了一阵雪，她的孩子还只穿一件单衣，光着下身。

一个同志问她：“到浑源多少路？”

她说：“六十里。”

那个同志问：“要爬山么？”

她听错了，以为问的是：“要怕啥么？”她很大声地叫着：“打走了！再啥也不要怕了！”看她的样子，她是全心感到愉快的。

过去，敌人驻扎在离这里一二里远的村子里，那里有敌人的碉堡，敌人经常出来到附近村子里抢东西，直到今年二月才被赶走。

这些山村里，到处都呈露着贫穷，可怕的贫穷。

宗庄堡原有几百家，现在只剩二三十家了。

老乡说离这里十里路有一大村子，烧得一家也没有了。

这一带狼很多，听说经常成群结队出来寻找食物。不久以前，有两个大人被吃。在我们烧饭的地方，炕上坐着一个从狼嘴里抢救下来的小孩，他的脸被狼咬得像长了梅毒腐烂之后的样子，嘴和鼻子都烂得结合成一起了。这都是由于敌人杀人太多，死尸乱丢，把狼引来的。

十一月一日

爬上抢风岭，风很大，天气很冷，下了山，在一个小村里，坐着等几个掉队的同志。看见许多破房子，屋顶没有了，但又不像是火烧的样子。我问一个老乡："这些房子怎么会这样的?"他说："是敌人拆掉当柴烧的。"又说："敌人来了，给他们麦秸烧也不要，专找家具，箱橱，门窗，用斧子劈开了，当柴烧。"

"有时，敌人捉了一头牛，拿三辆大车，把牛扣在大车中间，再用柴火堆起来把牛烧熟了吃。"

"有时，敌人用刀从活牛身上割下一块肉，或者把猪捉住，砍一只腿下来，放在火里烤起来吃。"

到了一个村子，找不到卖食物的，遇见了几个背着长柄铁叉的农民，他们都是村政权的干部，来这里开会回去。他们叫我们一道走，说到庙山门就可以买到东西吃。我问他们拿着铁叉干什么用?他们说：这一带出门都要带这个，原来是用叉狼的，现在是用捉汉奸的。

路过北岳恒山，在庙山门前休息了一阵，恒山顶有一个大庙。恒山对面是翠屏山，两山之间是一条很窄的山峡，像是岩石分裂而成的样子，有几里路长，一条小河沿着这条窄峡穿过。出山峡，是桑干河所流经的平原，在平原上，远远可以看见浑源城。

走进浑源城，城比一路所经过的都大，只是解放不久，市面还没有完全恢复，街上有一些小摊。

我们住在永盛街姓郭的家里，房主表示很欢迎。女主人说："来了就欢喜!"马上给我们烧开水泡茶。

姓郭的是商人，已五十左右，很忧郁地谈着过去的生活，最后，他说："现在不受敌人欺负了，人人平等。"听说，我们还是第一批过城的队伍。

房子很阔，有很大的玻璃窗，很大的炕，很大的红漆衣橱，春凳。

房子中间，有地炉，火力很旺，很干净，桌上放着白细瓷的茶具。

敌人在这里，每天每家要出二斤莜面，八斤炭，六两小米，不交就打杀，伪军也一样，动不动就打老百姓。

在新解放区所看见的老百姓，脸上常常流露出一种奴顺的笑，在这笑的掩盖下，是畏缩和胆怯的表情，他们已惯于这样去应付随时到来的不可测的灾害。在浑源街巷上所看见的市民，脸色大都是苍白的，很多是“烟民”。女人头发长垂，涂脂抹粉，显出很颓废的样子。敌人在中国人民心里所烙印的创伤，并不比其他的罪恶轻，医治这些创伤，消除疑虑与恐惧，将是很艰巨的工作。

二　日

和大队长一同到离城十几里路的分区司令部，和分区地委。

在司令部副政委的房子里，看见几位和我们同路来的指挥员——旅长、团长、政委。他们在和几年不见的朋友——一个分区的副政委谈着延安的事情：整风、生产、学习。大家都很兴奋。当他们谈起毛主席的时候，大家突然显得很宁静，好像心也特别净化了似的，眼光凝神，想得很远。

到地委，正在开会，地委书记在做报告。几十个人，穿着便服——北方农民的装束，坐在院子里听报告。地委副书记陪我们到房子里坐。

后来地委书记也进来了。大队长和他们谈起借款和补充棉衣的事。进来一个穿黑色棉便衣的人，经介绍才知道是这个分区的专员，显得很温和，三十多岁，是个知识分子。脚上穿了一双日本士兵的皮鞋——这是战利品。

晚餐是县大队请客，客人是陈将军，张教授（这两位曾在绥德的宴会上见过，同路到这里），军区供给部部长；主人是军区司令部副政委，县大队长等。

县大队部原为汪子和的司令部。汪部已完全被我军歼灭，汪本人亦已击毙。现在他的房子换了新的主人。吃了晚饭之后，我很好奇地去看汪子和的住房。炕特别矮，新式衣橱，沙发、圆桌，桌面铺着花漆布，上面压着玻璃砖。墙上挂着银色照相框，里面嵌着许多张照片，和这房子很不调和。都是一个农民装束的青年和他的爱人的照片，这个青年就是这房子的新的主人，也就是县大队长，他是一个长期在农村工作的知识青年。在矮炕上，铺的是日本席子，上面盘腿坐着一个穿着崭新的短棉衣的年青女人，低着头纳鞋底，她就是县大队长的妻子。这一对，从外表上看完全像农民夫妇。

汪匪是灵邱人，才二十八岁，抗战初期即投敌。帮助敌人镇压抗日人民，杀害抗日干部，光在浑源城里就有一百二十八人牺牲在他的手下。日寇投降后，他把富商和地主找来，以全城财产作押，印发“兑换券”，不久就接到阎锡山的委任状，委为浑源的“城防司令”，而且做好了新的军装，想把统治权从自己的右手转交给自己的左手。这也就是阎锡山和日寇之间关系的一个说明。

敌人很信任他，在日军撤退后，留下大松、铃木二人帮助他守城，并且给他二百五十箱子弹——约两万发。汪是下决心死守的。

浑源城墙原有三丈六尺高，加新接上的约五丈高。很不容易攻打。伪军在城上冷嘲在城外包围的八路军，但是八路军下令总攻，一夜就把浑源城打下了。这次作战主要靠炮手瞄得准，打得好，听说汪子和亲自上城指挥，被打中，但他把伤口包扎好，继续顽抗，直到击毙。敌人的指挥官大松亦被击毙，铃木被俘。这次战斗，打死伪军一百多，俘五百多，投降三十多人。伪军大部抽大烟，作战不能持久。

八路军进城，群众热烈欢迎。有的说“八路军能打仗”，有的说“汪子和一千多人，八路军也一千多人（这是老百姓猜测的），八路军能打到天上（指上城）！”这次战斗，大大降低了附近各县伪军警的士气。

汪子和有几个老婆，大老婆已被弃多年，与汪无关系，被俘后不久即释放，一个小老婆平日帮助汪逆残害人民，毒化很深，现押在公安局。

浑源就是八年前中秋节沦陷的，经过了整整八年黑暗恐怖的统治，到今年中秋节才由我军从敌人手中解放出来。

西门城墙有炮轰的缺口，街上的许多电线断了，很乱的纠缠在电线杆上，这一切说明了战争是很激烈的。

大街上，公安局门前，站着农民装束的守卫者，精神饱满，显出很严肃的样子。

原来的伪县银行，在账房门口居然还留下“奇货可居”的红纸横条，现在却是县大队政治部的所在地。汪子和的“司令部”是人民武装县大队部，还残留着敌人宣扬“武士道”精神的书报。写着“壮志凌云”“日军奋勇杀敌鬼泣神惊”标语的“兴亚分会”，已经是人去楼空了。

由于敌人长期欺骗宣传的结果，市民们最初对我们也难免抱有怀疑态度。他们所怕的是我们不会长期住下，怕我们力量不大，怕我们走了敌人回来要报复。等看见我们每天都有大队的人马，经过这里，开往前方，他们才知道八路军是壮大的，他们的心也就安宁下来了。

他们逐渐地了解了八路军。听说当“北进剧社”在街上写了几条大标语，市民们看了就说：“八路军有人才！”

昨天，我们到天主堂去参观，有人向一个德国神父问了几句话，市民看见的就说：“八路军能说外国话！”

今天，我们在街上举行了照片展览会，看的人挤得紧紧的。下午，我们举行了一个盛大的“军民联欢会”。唱了许多歌，又演了好几个剧，其中还有一个剧反映浑源城解放后锄奸的故事。到会有几千人，男男女女都打扮得很漂亮。

这两天，街上到处都是人群，像是在过节。

三　日

在过封锁线时，掉队的同志、行李、牲口和留在岢岚城外的三个女同志（两个孕妇，一个小产）都归队了。离别很久，大家都很担心，现在终于团圆了。今天县政府又送我们八十斤白面和两只羊，慰劳我们，大家都非常高兴。

四　日

到望狐宿营。是一个大村子，一家铺子都没有，什么也买不到，老乡却和我们很好，政治觉悟比较高。听说一九三八年间，八路军三五九旅曾在这一带驻扎过。附近村子里有许多年轻人参加了八路军，抗属很多。我们住的房主家里，一个中年女人生病，我们给他找同路来的医生看了一下，她很感激。

想买鸡蛋买不到。听说敌人在时，每户每月要缴五个鸡蛋。老百姓一提起敌人和伪军都摇头叹气，说动不动打人。

这次行军，经过了老根据地，游击区，新解放区。这三种地区，对我们的态度，是有区别的。老根据地的老百姓和我们是完全打成一片，血肉相连；游击区的老百姓对我们好，就是怕我们不能长住；新解放区的老百姓对我们半信半疑，他们想为什么这个军队对老百姓这样好？是不是因为他们刚到？新解放区有些老百姓，由于敌人长期欺骗宣传，对我们最初是恐惧的。听说在浑源，我军进城时，有个别的市民甚至以为我们要大烧大杀。等了几天过去，毫无动静，有人竟问："还要不要杀？"我们部队就向他解释我们的政策，告诉他除了首要的敌人和汉奸，我们从来不会乱杀一个人，他才知道自己是上了敌人当了。一般老百姓对八路军有好感。说起来也很简单：八路军不侵犯群众利益，不拿老百姓一针一线，八路军对老百姓态度好，讲道理，从来不打不骂老百姓，借东西有借有还，坏了照价赔偿，借住人家的地方临走前打扫干净，等等。这些事很微小，但是每件都很重要。也只有人民的军队才能做到。尤其是"不打不骂"这件事，老百姓看得很重要。在半封建半殖民地的中国，很久以来，老百姓都是受尽军阀部队压迫和欺负的。现在看见了八路军又讲理又和气，有说有笑，真像是一家人，老百姓自然就拥护了。

六　日

天还没有亮，就起来吃饭。今天要渡桑干河。没有桥，河边是一大片淤泥地，有二三里路宽，渡船不能靠岸，过河很麻烦。雇了几辆牛车，想架桥到渡船能接近的地方。大家在河边等了很久，渡船来了一只，在河的彼岸边上。水流得很急，喊他过来也过不来，太阳晒得结冰的淤泥地发软了，再等就有陷下去的危险。最后大队部决定：动员所有军事干部的牲口，来回倒运，人骑牲口渡河。

渡过河，走了五里路，就到一个大镇。遇到赶集，卖吃的摊子很多。一路村庄很多，而且都是大村子。这一片大平原，听说有六十里宽，几百里长，公路很平坦，大家都愈走愈起劲。

宿营在杨家店，这个村庄有很多到张家口做过生意的。我们住的一家是富农，主人最近才从张家口回来，谈到张家口的情形，听了很兴奋。主人给我们烧水泡茶。我总想知道他对我们好的原因，后来他告诉我们，敌人在时，他一年要交一石五斗粮，八路军来了，他一年只要交二斗。每年他可省下一石三斗。

明天是十月革命节，晚上吃炖羊肉，葱爆羊肉。

七　日

为了庆祝十月革命节，我们决定聚餐。早上吃三个菜：炒鸡蛋、炖羊肉、炒茴子白。大家都特别愉快。在上一个山坡时，不停地唱革命进行曲，几乎把苏联的好歌都唱完了。

> 我们祖国多么辽阔广大，
> 她有无数田野和森林，
> 我们没有见过别的国家，
> 可以这样自由呼吸。
> ……

快乐的心随着歌声飘荡，
快乐的人们神采飞扬，
我们的歌声唤醒了城镇，
也唤醒了遍地大小村庄……

路上看见从天镇来的汽车，坐满了人，有的戴着礼帽，穿皮鞋，这种装束好多年不见了。有一种临近大城市的感觉。

村子的墙上，贴着许多解放后的石印的、宣传城市政策的红字新标语。

在山上，远远的看见天镇。城在平原上。模糊的看见铁路上一列列车冒着白烟在移动，心里竟有说不出的欢喜。

到天镇。城上有许多被炮弹轰击的窟窿。进城的地方，敌人的防御工事很坚固。城在长城口，北上即为口外。天镇是军事要地，抗战开始不久，敌人即来进攻，守城者为阎锡山的女婿李服膺。天镇失守，敌人打开了到大同的门户。经过了八年的敌伪统治，九月九日天镇被我光荣的子弟兵收复了。

进迎恩门，农民装束的民兵在把守城门。城很高。街也很宽。街上贴着《晋察冀画报》《晋察冀日报》，报道邯郸国民党第十一战区副司令长官高树勋率部起义，反对内战。

街上看见两个穿着日本式制服的中学生，感到很奇异。

八日

车站离城十里，快五年没有坐火车了，多年不见的铁路，多年不见的火车站，小贩的叫卖声，火车头的汽笛声，这一切都使人觉得很新鲜。

车站上的工作人员，有很多都穿着原有日本式制服，帽子上还钉了一枚青天白日的帽徽。

开车了，大家都满心欢喜。今天是我们这次行军的最后日子。我

们从出发到现在将五十天，走了二千几百里路，全部都是步行。而今天，我们坐上火车，马上要到达目的地了。

火车开得很快，只有过桥梁时比较缓慢，铁桥的桥基已被破坏了，现在是用许多沙袋垫起来的。

坐在车棚口，望着从车边闪过的景物，望着一片美丽的田野，心里充满着愉快……

天黑时，我们到了张家口。

当列车从许多工厂厂房旁边经过，慢慢地进入车站时，大家多么高兴啊！不久天黑了，城市在电灯光的照耀里，显得多么可爱！

大家都在车站上等着招待所来接我们的人。利用这时间，我们欣赏着这个十分现代化的城市。大家都已好几年没有看见大城市了。从车站伸引到城市繁荣街道去的，是许多林荫路。而在车站附近，那些三四层高的西式建筑，想是堆货栈和仓库之类了。

当我们想到这是我们的城市，这是人民的城市，这是人民经过了多么长久的艰苦斗争而解放的城市，人们将在这里生活着，不受帝国主义强盗们虐待，不受军阀官僚们欺侮，可以自由地呼吸，自由地生活，自由地歌唱，该是多么幸福啊！

一九五〇年二月发表

湛江、夹竹桃

一九六五年春天，中央农垦部在湛江召开“全国农垦会议”之后，有一个朋友回来说：“湛江真美，水是蓝的，街道整齐而且干净，两边的林荫路上种的是夹竹桃，我们去的时候正在开花，叶子像竹叶，花像杜鹃花，几乎条条街上都有，你想，湛蓝湛蓝的江水，艳红艳红的夹竹桃……”

林荫路种夹竹桃，我还是第一次听见。平常所见的夹竹桃都是种在大花盆里，只有一人高。种在街上，那该有多高，而且花要比杜鹃大得多，条条街上都种了夹竹桃，该有多美。

于是，我的脑子里，湛江和夹竹桃就连在一起，再也分不开了。我对湛江久久地向往。

今年三月，我终于有机会到湛江，心里自然想亲眼看看夹竹桃构成的林荫路。

湛江港务局把我们安排在新盖而没有完工的、五层高的“霞山饭店”。

我走上“霞山饭店”的五楼，马上在走廊的窗口向外看，远方是蓝色的湛江，近处的房顶有很多避雷针，后来听说湛江所处的雷州半岛是以雷多而出名的。

我在窗口看了很久，没有发现夹竹桃。

我到湛江当然不是为了看夹竹桃，我的任务是访问湛江港。

港务局的副局长张仁恕同志来看我们，点上一条烟谈起来。他是从什么开会的地方挤出时间来的。他是个北方人，对湛江赞不绝口：“咱们这儿可好啦，也不用人工造岛，港深，江面很宽，贴着两岸设一百个泊位没有问题。这儿也不用搞防波堤。这儿的水总是蓝蓝的，下雨这样，晴天也是这样，是个清水港，也是个深水港，又是个避风港，冬天不冷，夏天不热。我是从‘三大火炉’（南京、武汉、重庆）来的，这儿可好多了。这是我国大陆海岸线最南的港口，进出口都方便，从地图上看也是个好地方。海员们反映：‘湛江的水好喝。’”

最后他把烟头拧死在烟灰缸里补充说：“湛江是个天然良港。周总理来过，他说湛江是‘南方的青岛’；陈毅将军也来过，他说湛江是‘中国的日内瓦’。”

一个是“南方的青岛”，一个是“中国的日内瓦”，无非都是说湛江美得很。

在到“海员俱乐部”吃饭的路上，人行道并不干净，种的是菠萝蜜，结的果子很大，但没有成熟，不知道是什么味道。另外还有棕榈，却没有夹竹桃。

为了搜索湛江的历史影迹，我们访问了两个老工人。一个是湛江本地人郑南山，已经五十九岁了。另外一个是海康县人陈亚香，也已五十一岁了。除了他们之外，还有一个年轻的湛江人，从空军转业的杨振洪，他在港务局搞宣传工作。

谈话是散漫的。像拆一件旧毛衣，找到线头拉一段，又得找线头——断断续续地说着、想着。一开头就说：“从一八九八年法国人登陆到今天已八十一年了。

“我们小的时候，湛江只是一里多长的小码头，只能停靠三十吨以下的木帆船栈桥码头，用驳船装卸货物，由二百多个码头工人肩扛杠抬。以‘寸金桥’为界，划为‘洋界’（法国租界）、‘唐界’（中国人地区）。

“湛江口上的东山岛、沃州岛都是法国人。我们和法国人打过仗，把他们赶过了‘寸金桥’。

“法国人在湛江开了一个‘万利公司’，是赌钱的，有大烟馆卖鸦片，一船鸦片可以赚回去几船金银。法国每年从鸦片收入一百六十万元西贡币。

“那时候，总人口不到五万，却有一千多娼妓。

“日本人的‘三井’‘三菱’也在湛江做买卖。

“法国人、日本人、国民党，一共统治湛江半个世纪，只有一个发电厂、一个火柴厂、一个手工织布厂、一个制爆竹的小厂。

“那时候湛江工人很苦：

一个杠、两条绳，
流浪街头难活命……

“过去的旧码头，就是现在的第一作业区。那时都是甘蔗地、地瓜田，死人坟地，常有土匪出没，下午五六点钟没有人敢到那边。

“那边也是刑场，尸首扔在沙滩上。海面也常有浮尸。

“湛江工人都是从四处逃荒来的。

“海员有革命传统。二十年代就有党的工作。一九三九年成立广州湾第一个支部。

“一九五〇年开始有了自己的引水员。

“解放后盖了许多新楼，修了马路，在林荫路上种了夹竹桃、棕榈、菠萝蜜、椰子，但是海南岛的椰子种在湛江不结果子。

“那时候，湛江的街道很干净，夹竹桃开花，就显得更漂亮了。

“湛江人口增加到四十万，它成了我国第七个大港。有了化工厂、机械厂、农机厂、糖厂、罐头厂……十几万工人。办了水利专科学院、医学院、气象师专。

“现在最热闹的市区就是过去的尸骨狼藉的沙滩。”

郑南山是从放羊娃开始，现在是全港的总调度员；陈亚香现在是第一作业区办公室副主任，管龙门吊的修理技术指导。

港务局安排我们首先参观的是第一作业区。我们坐小轮船到第一作业区。这个码头有五个泊位，承担的是粮食、化肥、水泥以及杂货的进出口。这个码头能停泊五万吨级的货轮，有五万平方米的仓库。有十五台龙门吊，工人三千二百多人。年吞吐量二百三十万吨到二百五十万吨。

湛江是一个与欧洲交往的港口。一九六六年周总理批示："把湛江港建成支援世界革命的港口。"

建港中遇到最困难的时期是一九六八年到一九六九年，许多工人都出去"闹革命"了，只有不走的部分继续上班。

引进技术也受到无政府主义的干扰不能使用。

磷矿码头是一九七〇年设计的，我们不同意工字型方块，也没有看见计算书，交通部没有批，总工程师没有签字就动工了。不听总工程师的，说是"敢想、敢干"，实际上是无政府主义，结果梁断了，为了加固耽误了两年的时间。共损失六十多万元。这叫做什么"设计单位把好关"。

桥吊与门吊之间也有反复。门吊两边漏，污染很厉害。

磷矿码头属第三作业区。

这个作业区受"四人帮"的干扰，什么"崇洋媚外""贪大求洋"，一顶顶帽子飞来，码头建好了，上海承造的设备来不了。

"四人帮"的"要做码头的主人，不做吨位的奴隶"黑风吹来，经常发生"压船"现象。磷矿运不出去，影响农业生产。

一九七三年，外轮来货积压太多，周总理指示："三年改变港口面貌。"像一声惊雷，使大家振奋起来，湛江港先后发展了第二、第三作业区（后一作业区在一九七〇年就已设计了）。

我们来到第二作业区。

码头上停泊着一艘二万三千吨级的希腊船。这个码头也有加拿大和澳大利亚的货轮。

我们走不多远，停泊着一艘二万吨级的巴拿马"色西拉"号。

这个作业区有十九台龙门吊，最大的一台是意大利造的。

小轮船把我送到油码头。

这儿有五万吨级的油码头和千吨级的供油码头，还有长达一千五百米的原油码头。

附近停泊着一艘七万吨级的大油船“大庆”号。

一艘巴拿马的“雅伦”号从海面驶过……

这个作业区是转运石油的，如果把港口加深，可以容纳二百四十万吨。年吞吐量达七百六十万吨。

第三作业区原是一个岛，现在用人力把它填成一个半岛。

这儿有十八台龙门吊，去年达到了九百五十万吨吞吐量。

港务局的同志说：“按吞吐量说，湛江是全国港口的第七位。去年共停泊过十六个国家的二百四十条船，其中有日本、索马里、苏联、希腊、巴拿马、英国、荷兰、瑞典、法国、利比里亚、罗马尼亚、南斯拉夫、巴基斯坦……

“外轮装卸是规定时间的，有奖有罚，装卸慢了，每天要罚六七千元。租船也一样。

“去年本港上交利润二千一百五十三万元。”

今天，江面上无风也无浪，我们所定的小轮船直线来回走了十六海里，回到了第一作业区，大家上岸。

我的确看见了“南方的青岛”“中国的日内瓦”的壮阔的风光。

但是，使我感到遗憾的是我始终没有看见夹竹桃——红艳艳的夹竹桃，作为林荫道的夹竹桃，它们是什么时候被什么人砍伐了的呢？是什么人竟会仇视美呢？

我的心里一直很纳闷。

一九七九年五月，北京

怀念天山

天下的名山大川很多，唯独天山和我的关系最深。最近我坐飞机从欧洲回来，在飞越中亚细亚之后，我问航空服务员："什么时间到新疆?"我的目的是要从高空看天山。临到国境线上，我从一万米的上空看下界的万重山，时间是早晨，天山的雪峰映着初阳，像大海中的万顷波涛奔腾而过……

天山！雄伟的天山！壮阔的天山！

我就曾经在这茫茫无边的群山的脚下生活了十六年，占我的生命的四分之一的时间，今天我看到它，怎能不激动呢？

我是在一九五九年冬天到新疆。从那之后我曾多次进出玉门关。我从星星峡、哈密到吐鲁番的路上看见了火焰山。远远看去，好像在燃烧着千年不灭之火，难怪古代的诗人由它而产生了神话——孙悟空借了铁扇公主的扇子想扑灭火焰山。

我第一次到乌鲁木齐之后，我接受了一个任务，写一个活动在天山一带的出色的驾驶员。我几次到天山里面的一个峡谷——后峡，从住帐篷到住楼房，那儿有一个新建立的钢铁厂，交识了不少人。我曾几次到一个四千多米高的明槽——南北疆分界的地方，那是个新辟开的山口，风很大，有一次还刮着风雪，而山下却是一片骄阳。

在明槽附近有一片永不消融的冰大坂，很大的银白色的平面，谁也不知道那儿的冰有多厚。

那时，我们所走的是一条解放后新开辟的公路。天山的路是难走的。公路有些段落很窄，不仅窄，而且大都是急转弯，汽车必须不断地按喇叭，以便对面来的车找一个比较宽的地方等着，让这辆车过去了再走。

路的旁边，上下都是陡直的崖壁，在灌木丛的掩盖下的深渊，不断地传来山涧的流水声，那正是水獭出没的场所。

想当年筑路的人们该多么艰难。公路经过的几个地方，山夹口的平坦的处所，可以看见留着纪念碑，那就是埋下筑路时死了的人的坟墓。让我们过路的人采上一束野花向他们致敬吧。

在这条公路上还可以看见牧民从这个草场搬到另一个草场，他们只要两匹骆驼就把帐篷和家具，全家男女老少都搬走了。他们走山路就像在平地上一样地安详。听说这条公路如今已加宽了。

我也常常跟随热心于边疆建设的人们进入天山。天山里面有煤矿、铁矿，有石灰窑、水泥厂、陶瓷厂、玻璃厂，有不少的居民点，有的已经形成村镇。

在天山的北坡，覆盖着葱郁的云杉、塔松林，这些树种的生命力特别旺盛，它们常常依靠积雪融化的一点水，让种子发芽，把根扎入岩缝，紧紧地攀住岩石，把枝干直直的指向高空生长，既茂密又整齐，蔓延几十公里，形成苍茫的林海。

我曾经到煤矿的路上看见无比巨大的红色的岩层，远远看去像古代的城堡，比什么建筑都更雄伟。我们的画家和建筑师可以从中得到启示。

天山里面的著名的紫泥泉种羊场，是培育细毛羊的基地，那儿有百年以上的榆树林构成幽美的风景。树林里有蘑菇。这一地区的土壤肥沃，土豆特别大——有的一个一公斤多重，吃起来又甜又面。种羊场的主人很热情，我们曾经吃到非常丰美的晚餐。

天山里面，在石灰窑不远的地方发现有温泉。军垦农场的一个师政委曾和我谈起，他想在温泉边盖一个疗养院，让军垦战士有休假的地方。但他却在没有实现计划之前已被调到另外的省去工作了。

你要在天山南麓，在孔雀河畔的库尔勒，能吃到世界上最好的梨。它们的个子不大，但水分充足，用不到削皮吃，核特别小，这种梨具有香、甜、脆三种长处。

我从乌鲁木齐到奇台，公路沿天山北麓向东伸延，天山像无比长的壁垒横列在南面，雪线是平直的，雪线以上群峰矗立，而五千多米高的博格多峰像银色的古寨在闪光，构成了出于神笔的画卷。

天山是新疆中部众河的母亲。

从天山群峰化雪的水流经峡谷，或是拦成大大小小的水库，或是砌起长达几百公里的水渠，灌溉农田，构成成百个商品粮的基地，种植棉花和各种经济作物和瓜果，满足人们生活的需要。

新疆的哈密瓜自然是闻名中外，其实新疆的西瓜（小籽西瓜）也是最好的品种。

后来的岁月，从一九六八年夏天开始，我是在军垦农场的一个连队里度过的。那个连队离天山很远。但我无论在哪儿，只要是晴天，我都要朝南方寻找它的影子。有时它混在白色的云团一起，几乎分辨不出哪是云，哪是它的雪峰。而在万里无云的日子，它就像浮在空气里似的，向我露出和善的微笑。

使我感到遗憾的是：东面没有到吐鲁番盆地，那是产无核葡萄和长绒棉的地方；西面我没有到伊犁地区，听说路上可以经过果子沟，是七十华里长的一片野果林。我也没有到过天池。

感谢新疆人民出版社的《天山》提供了二百幅彩色摄影，对天山作了比较全面的介绍，热情地歌颂了祖国的大好河山，对有心作西北之游的人们是一个详尽的介绍。希望画家们为如此壮丽的景色多留下些笔墨，以丰富我国艺术的宝库。

新加坡的聚会

今年一月十三日，我们到新加坡参加“国际华文文艺营”的讨论会。

从北京到新加坡，是从冬天赶往夏天的聚会。

“国际华文文艺营”的讨论不仅在东方是创举，即在世界上也是创举。新加坡处在太平洋与印度洋的连接点上，是一个四季如春的地方，我对能参加这次聚会感到荣幸。

感谢新加坡东道主为我们安排了这样的聚会，使许多国家从事华文写作的作家和诗人们在一起讨论如何发展华人文学的问题。

过去由于种种原因，诗人作家之间的距离被拉远了，彼此失去了联系与了解，这原是不正常的现象。现在大家能坐在一起，靠近了，心灵有了交融，是个良好的开端。

华文文学不但有悠久的历史，而且有非常丰富的传统。华语是一个表现力极强的语种。华文文学可以和世界最优美的文学比美。

人类的历史，即使有迂回，总是向进步的方向发展的。无论如何变化，也总是反映到文学上。

诗是最敏感的。近代中国的巨大变革，一九一九年“五四运动”开始了白话文的文学革命，有了新诗的革命。

一九三七年，中国的诗人和作家们把自己的命运和整个中华民族

的命运联系在一起，进行了艰苦的抗日战争。当代的一些著名诗人和作家都是战争年代涌现出来的。那时候的作品影响了整整一个时代，直到今天依然广为传诵。(那时候，有些人到了东南亚，到了新加坡，而且传下了种子。)

我们从来也不反对向外国学习。我们的新诗，从它诞生的时候起，就深受外国诗歌的影响，这种影响使我们的文学艺术更加丰富、更加发达。

文化像水，像空气，是会流动的；文化在交流中产生影响。只要善于吸收，善于借鉴，就会发扬光大。

在发展民族文化、如何吸收外来文化影响方面，我们一贯采取求大同存小异的方针。

在如何对待民族遗产的问题上，我们既反对“唯我独尊”，也反对民族虚无主义的态度。

去年春天，我在日本参加联合国教科文组织的“亚洲作家会议”上，曾说过：“咖啡与茶叶可以并存，鸦片与大麻必须禁止，科学和迷信应该区别。”这样的观点为大家所首肯。

工业的高度发达，科学技术的迅速进步，都给人类带来幸福。

它同样给许多国家造成大规模失业、空气污染，以及其它的许多社会问题。

在引进外国文学的同时，也同样无法阻止有上千万的华人——也即是若干年前从闽、粤甚至黄河平原流徙到那一带的中国人的后裔，他们在中秋也赏月，上元佳节也吃元宵，挂彩灯。尽管有的经过了几代，也大都还操着华语，在极端困难的条件下念着华文，出版着华文报纸书刊。在他们中间，也涌现着一批批新老作家。像我们一样，他们也日日夜夜地在用方块字（有时还蘸着血泪，例如写到日本占领时期的题材）写着诗歌、小说和散文、随笔。他们也有文艺团体（如文艺研究会和写作人协会）。他们怀念郁达夫、老舍和王任叔。他们也自称是“五四”运动的产儿。事实上，在反帝反封建，在提倡民主与科学这些大方向上，大家的目标是共同的。今天，我们也同样在现代化的大道上前进着。

我们为了现代化，正在搞着文字改革。先从简化汉字入手，最终要摆脱方块字，朝着拉丁化迈进。

东南亚的华人所面临的，却是如何保存华文问题。这比保存华语更要困难多了，因为这涉及国立学校里（如在马来西亚）教什么文的问题。同时，由于跨国公司林立，还有个饭碗问题。然而保存华文华语，对东南亚华人绝不仅仅涉及文学创作，而是个民族文化的“认同”（identity）问题，也即是保存他们固有的（从中国带去的）文化，还是丧失掉，被同化到旁的文化中去。

在告别宴会上，邝摄治意味深长地指出，尽管英文英语在经济前途上好过华文华语，但是当一个外黄（肤色）内白（文化）的“香蕉人”是痛苦的。那样，就会像无根的浮萍般地飘荡了。

我深深感到我们应该关心那个角落里华人所面临的问题，帮助他们不要把“根”丧失掉。不但关心，而且应该给予有力的支持。

这次在新加坡举行的国际文艺营的与会者中间，有一位贵宾特别引起我的注意。他就是日本东洋大学的今富正巳教授。十五年来，他一直献身于新马文学的研究。他告诉我说，在日本，像他这样专门从事新马文学研究的，有将近十位。他在大学讲授这门功课。每当放假就去新加坡和马来西亚旅行。他们正在筹备新马文学研究会。我听了十分惭愧。

难道我国大学的文学系里，不更该设这门课，文学研究单位里，不更该有专人从事这方面的研究工作吗？

对新马文学的评论和介绍，只能在研究的基础上进行。

目前，甚至在华人占人口近百分之七十的新加坡，华文也处于江河日下的趋势中。对新马文学的支持，是雪中送炭。这炭还要送得快一些才好。

第二辑　往事·纪怀

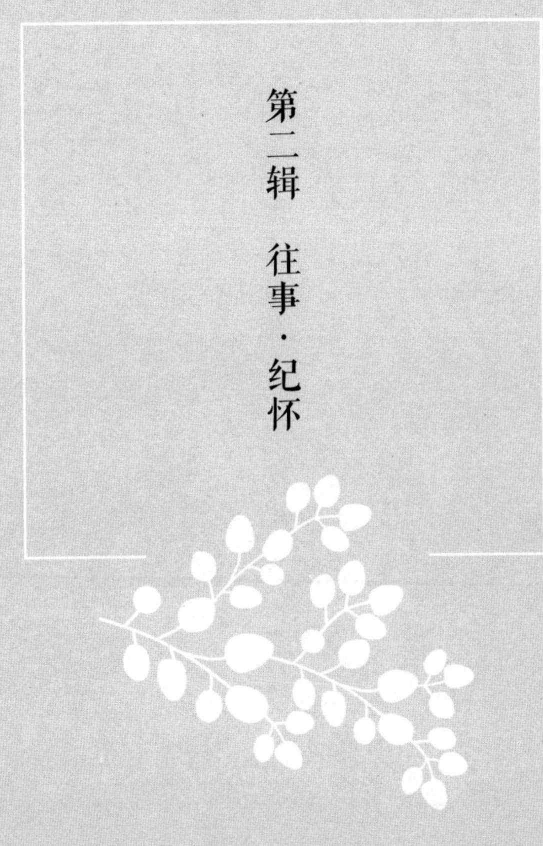

先知

——普希金逝世一百〇五年纪念

起来呀，先知，你且望着，听着，
以我的意志缠绕着你的灵魂，
漫游过灰色的海，黑暗的路，
以我的语言燃烧一切人的心。

普希金在他的诗篇《先知》里，很美丽而又痛苦地，叙述了诗人受了神明的托付，成为先知的故事，上面引的就是《先知》的结尾。

在诗的传统里，诗人常常是先知——他向一切凶恶野蛮的人民的敌人挑战；用自己的心血，呕吐出人民的愿望，与不可抑制的叛乱的意志。

俄罗斯的人民愿望就这样燃烧着诗人普希金的心——

在光荣与至善之希望里
我勇往直前，一无恐惧。

普希金用明确而又大胆的语言，诽谤俄罗斯无人性的农奴制度，攻击高利贷剥削。他崇拜毕尔泰、昂得利·谢尼哀、迭特罗，以及拜仑。

普希金生在俄罗斯最黑暗的时代，尼古拉一世的暴虐镇压着整个俄罗斯。但是他在中学时代，就萌长着无神论的思想，反对专制。他写了许多充满辛辣的讽刺的短诗。他的关于军事大臣的，教育大臣的，希腊教主教的，检查官的，以及当时政府的重要官吏的那些短剑似的诗篇，被人们以手抄本流传着。（这些诗，至今被保留下来的，大多数都已残缺不全了。）

作为民主政治的渴求者，诗人普希金与当时民主政体的活动，有着内心的响慕。而在那著名的“十二月党”被暴君政府摧毁之后，许多的反叛者被绞死，有的被流放到西伯利亚。于是普希金写了那著名的《致西伯利亚》——

……

就要来了，那等候着的一天。

爱情和友谊都倾给你，
跨过那阴暗的重门，
就在你的奴役的床前，
也传到了我的自由的歌声。
一个字就能使围墙坍毁，
也将跌下重负着的铁链；
自由的光明之中祝贺你，
弟兄们将交还你的刀剑。

普希金最后终于死在沙皇的阴险的谋害下。但是，就是这个无限残暴的，黑暗的俄罗斯，不到一百年之久，即在我们的先知的预言中“坍毁”了。新的俄罗斯，已在生产者的手中握有绝对的权力。在这新的世界上，作为先知的诗人普希金，从千百万人民中，领受了和它的伟大的创造人马克思、恩格斯、列宁，同等的永生的怀念，和至高的敬仰。

爱国诗人闻一多

——纪念闻一多先生逝世四周年

诗人闻一多出身于湖北一个地主的家庭。他自己在文章里说："父亲是一个秀才，从小我就受诗云子曰的影响。"他曾到美国学习美术。他生长的环境，和所受的艺术教育，使他熟识与爱好古老中国的豪华。打开闻一多的诗集，就像走进一家古董铺和珠宝店。他的一首二百多行的《剑匣》是用尽雕镂的技巧而磨琢成的景泰蓝似的作品：

……让翡翠、蓝珰玉、紫石瑛，
错杂地砌成一片惊涛骇浪；
再用碎砾的螺钢点缀着，
那便是涛头闪目的沫花了。
上面再笼着一张乌金的穹窿，
只有一颗宝钻的星儿照着。

其它如"象牙""墨玉""金丝""玫瑰玉""玛瑙""鱼子石""珊瑚""银线""琥珀""乌金""宝钻""玳瑁""碧玺""碧玉""赤瑛""白玛瑙""蓝琉璃"……都是他的诗里所收罗的宝贝，差不多把中国所有的珍宝都罗列进去了。

闻一多也从英国诗人济慈的诗里借取了意象的丰富的光彩。济慈被诗人赞誉为“艺术的忠臣”“诗人的诗人”。他说他和那西方岛国的年轻诗人一样，意象成了自己的诗的财富：

白鸽子，花鸽子，
红眼的银灰色的鸽子，
乌鸦似的黑鸽子，
背上闪着紫的绿的金花——
倦飞的众鸽子在阶下集齐了，
都将喙子插在翅膀里，
寂静悄静地打盹了。
……
晨曦瞰着世界微笑了，
笑出金来了——
黄金笑在槐树上，
赤金笑在橡树上，
白金笑在白松皮上。

这些不是树了！
是些绚缦的祥云——
琥珀的云，玛瑙的云，
灵风扇着，旭日射着的云。

《秋色》

当时，中国新诗创作中产生了所谓“新月派”，是中国新文学上的“为艺术而艺术”的一个派系。他们所受的是英美式资产阶级的教育，以为“诗坛叫嚣，瓦釜雷鸣……”向中国输送英美式的格律诗。闻一多甚至“反对自然的音节”。他要求诗人要“如韩信囊沙背水，邓艾缒兵入蜀，偏要从险处见奇”。他嘲讽在艺术的困难面前“临阵脱逃的怯懦者”。

丰富的想象，正确的感觉力，鲜明的色彩，是闻一多的诗的艺术的特点。但这些特点，却常常被一种愈来愈严格的近乎形式主义的规律约束着，有时使他的诗成了不自然的雕琢，以致限制了他的原来是异常热情的心胸，形成一种矛盾，虽然他曾试验用口语写格律诗，也一样不能克服这个矛盾。

他对自己的艺术是陶醉的，也是很虔诚的。他写道："蟋蟀在我床下唱着秋歌，我也唱着歌儿作我的活"，"我一壁工作着，一壁唱着歌"，"雕着、镂着、磨着、重磨着……"，"让闲情的芜蔓蚕食了我的生命之田。"他并且祈祷："你不要轻看了我这些工作哟！"

但是，所有他这些辛苦的结果却是：

啊！我将看着，看着，看着，
看到剑匣战动了，
模糊了，更模糊了
一个烟雾弥漫的虚空了……

《剑匣》

这就是说，他对艺术的虔诚所换来的不过是"虚空"。

和那个时代的许多诗人一样，除了虔诚的对待艺术之外，也虔诚的对待恋爱，而这种恋爱却也和艺术一样是一种抽象的观念。他对"爱之神"的态度是：

我的目的不是要赢你，
但只求输给你——
将我的灵和肉
输得干干净净！

《国手》

这种抽象的恋爱的观念是和死的观念联系在一起的：

> 死是我对你唯一的要求
> 死是我对你无上的贡献

《死》

结果仍不外是幻灭，认为“爱之神”——

> 是死魔盘踞着的一座迷宫

《爱之神》

这是因为什么呢？这是因为诗人所生长的国家是一个半封建半殖民地的国家，这个国家一边受着外国帝国主义者的侵略，一边受着国内军阀官僚的摧残，凡是有良心的人，都不能容忍这种境遇。闻一多的壮年，正是中国思想界大变革的时期。“五四时代我受到的思想影响是爱国的、民主的，觉得我们中国人应该如何团结起来救国。”对于国家的观念，在闻一多的诗里就比其它任何观念更强。他在美国的时候，非常想念祖国：

> 太阳啊，刺得我心痛的太阳！
> 又逼走了游子的一出还乡梦，
> 又加他十二个时辰的九曲回肠！
>
> 太阳啊，火一样烧着的太阳，
> 烘干了小草尖头的露水，
> 可也烘干游子的冷泪盈眶？
>
> 太阳啊，六龙骖驾的太阳！

省得我受这一天天的缓刑，
就把五年当一天跑完，又与你何妨！

太阳啊，——神速的金乌，太阳！——
让我骑着你每日绕行地球一周，
也便能天天望见一次家乡！
太阳啊，楼角新升的太阳！
不是刚从我们东方来的吗？
我的家乡此刻可都依然无恙？……

《太阳吟》

这种怀乡的心情很深沉，甚至成了痛苦：

皎皎的白日啊！
将照遍朱楼的四面；
永远照不进的，是——
游子的漆黑的心窝坎！

《晴朝》

他希望人们“……当不致误会以为我想的是狭义的家”。不是！我所想的是“中国的山川、中国的草木、中国的鸟兽、中国的屋宇——中国的人”。

闻一多是一个爱国诗人。有时，他通过怀古的心情来表现自己对祖国的感情。他写了一些对古中国表示崇敬与怀恋的诗，例如：

请告诉我谁是中国人，
启示我，如何把记忆抱紧；
请告诉我这民族的伟大，

轻轻的告诉我，不要喧哗！

请告诉我谁是中国人，
谁的心里有尧舜的心，
谁的血是荆轲聂政的血，
谁是神农黄帝的遗孽。

告诉我那智慧来得离奇，
说是河马献来的馈礼；
还告诉我这歌声的节奏，
原是九苞凤凰的传授。

谁告诉我戈壁的沉默，
和五岳的庄严？又告诉我
泰山的石溜还滴着忍耐，
大江黄河又流着和谐？

再告诉我，那一滴清泪
是孔子吊唁死麟的伤悲？
那狂笑也得告诉我才好，——
庄周、淳于髡、东方朔的笑。

请告诉我谁是中国人，
启示我，如何把记忆抱紧；
请告诉我这民族的伟大，
轻轻的告诉我，不要喧哗！

《祈祷》

他在美国留学的时候，身受过帝国主义国家的民族歧视，这是像

他这样一个具有自尊感情的人所最不能接受的。在他所写的《洗衣歌》里，充满了一个被压迫的民族的抗议情绪，他用了许多责问与反驳性的话，申述了一个民族的悲愤。

洗衣是美国华侨最普遍的职业，因此留学生常常被人问道："你爸爸是洗衣裳的吗?"

(一件，二件，三件，)
洗衣要洗干净!
(四件，五件，六件，)
熨衣要熨得平!

我洗得净悲哀的湿手帕，
我洗得白罪恶的黑汗衣，
贪心的油腻和欲火的灰，……
你们家里一切的脏东西，
　交给我洗，交给我洗。

铜是那样臭，血是那样腥，
脏了的东西你不能不洗，
洗过了的东西还是得脏，
你忍耐的人们理它不理?
　替他们洗，替他们洗!

你说洗衣的买卖太下贱，
肯下贱的只有唐人不成?
你们的牧师他告诉我说:
耶稣的爸爸做木匠出身，
　你信不信?你信不信?

胰子白水耍不出花头来，

洗衣裳原比不上造兵舰。
我也说这有什么大出息——
流一身汗洗别人的汗？
　你们肯干？你们肯干？

年去年来一滴思乡的泪，
半夜三更一盏洗衣的灯……
下贱不下贱你们不要管，
看那里不干净那里不平，
　问支那人，问支那人。

我洗得净悲哀的湿手帕，
我洗得白罪恶的黑汗衣，
贪心的油腻和欲火的灰，
你们家里一切的脏东西，
交给我——洗，交给我——洗。

(一件，二件，三件，)
洗衣要洗干净！
(四件，五件，六件)
熨衣要熨得平！

“现实的生活时时刻刻把我从诗境拉到尘境来。”他虽然出生在地主家庭，在“静庭”里，闻一多宣告着自己不满足于个人的幸福与安乐，他的心，为外界的不幸与紊乱所激动：

……
谁稀罕你这墙内尺方的和平！
我的世界还有更辽阔的边境。
这四墙既隔不断战争的喧嚣，

你有什么方法禁止我的心跳？
最好是让这口里塞满了泥沙，
如其他只会唱着个人的休戚！
最好是让这头颅给田鼠掘洞，
让这一团血肉也去喂着尸虫，
如果只是为了一杯酒一本诗，
静夜里钟摆摇来的一片闲适，
就听不见了你们四邻的呻吟，
看不见寡妇孤儿抖颤的身影，
战壕里的痉挛，穷人躺着病榻，
和各种惨剧在生活的磨子下。
幸福！我如今不能受你的私贿，
我的世界不在这尺方的墙内。
听！又是一阵炮声，死神在咆哮。
静夜！你如何能禁止我的心跳？

《静夜》

当时的中国正是许多帝国主义国家所觊觎的一片肥土，每个帝国主义国家都收买了军阀，并使他们互相厮杀。诗人流露了对当时军阀混战的憎恶：

嚼火漱雾的毒龙在铁梯上爬着，
驮着灰色号衣的战争，
吼的要哭了
……
眼看着宇宙糟踏到这样……

《初夏一夜的印象》

在《荒村》里，他写出中国农村由于军阀混战，居民弃家外逃的荒凉情景：

这样一个桃源，瞧不见人烟！

他在《发现》里写出了对他所眷念的古老中国的失望：

我来了，不知道是一场空喜，
我会见的是噩梦，哪里是你？
那是恐怖，是噩梦挂着悬崖，
那不是你，那不是我的心爱！

这种失望的心情，日子愈久就愈深刻，终于成了绝望的咒语：

这是一沟绝望的死水，
清风吹不起半点漪沦。
不如多扔些破铜烂铁，
爽性泼你的剩菜残羹。

也许铜的要绿成翡翠，
铁罐上锈出几瓣桃花；
再让油腻织成一层罗绮，
霉菌给他蒸出些云霞。

让死水酵成一沟绿酒，
飘满了珍珠似的白沫；
小珠笑一声变成大珠，
又被偷酒的花蚊咬破。

那么一沟绝望的死水，

也就夸得上几分鲜明。
如果青蛙耐不住寂寞，
又算死水叫出了歌声。

这是一沟绝望的死水，
这里断不是美的所在，
不如让给丑恶来开垦，
看他造出个什么世界。

《死水》

在闻一多的诗里，想象的成分常常是多于现实的成分的。有时，他也企图找到更接近现实的题材，例如《天安门》，用流利的北方话，记载了北洋军阀屠杀爱国学生的历史事件：

先生，让我喘口气，那东西，
你没有瞧见那黑漆漆的，
没脑袋的，蹶腿的，多可怕，
还摇晃着白旗儿说着话……
这年头真没法办，你问谁？
真是人都办不了，别说鬼。
还开会啦，还不老实点儿！
你瞧，都是谁家的小孩儿，
不才十来岁儿吗？干吗的？
脑袋瓜上不是使枪扎的？
先生，听说昨日又死了人，
管保死的又是傻学生们。
怨不得小秃子吓掉了魂，
劝人黑夜里别走天安门。
得！就算咱们拉车的活倒霉，

赶明日北京满城都是鬼！

和这相似，另外还有一首《飞毛腿》，写了一个人力车夫的自杀的下场。但是这类诗无论事实与观点都很含糊。这条路他没有走得很远。

诗人终于停止了歌唱，专心研究中国古文学。

诗人闻一多在他创作的历程里，对中国现实的认识是有局限性的。从他所出生的环境，他爱的是古老的中国，当他从外国回来，看见一个被帝国主义和封建势力所统治的中国的腐败情形，他对中国失望，绝望，异常痛苦，以致诅咒。他的阶级出身，社会环境，文化艺术的教养，以及生活方式，等等，限制了他，使他不能在创作上继续发展，也使他不能在当时看见更现实的中国，劳动人民的战斗的中国，这个中国在那个年代，早已在积极地培养自己的力量，准备自己的力量，迎接一次很大规模的革命战争。

直到抗日战争爆发了，“如今人家逼得我们没有路走”，“人家要我们的命，我们是豁出去了，是困兽犹斗”。他终又一次的奋发起来了。

经历了二十多年之久，从无数的历史事实得到了教育，这是异常痛苦的，“当这民族历史行程的大拐弯中”，假如不敢起来抗争，“休想在这地面上混下去了”。亲眼看见了国民党反动派的腐败，诗人闻一多毅然地转向劳动人民。“真正的力量在人民。”发现人民“每颗心里都自有一段骄傲”，“假如我们是和人民在一起，我们就有希望了”。他绕的圈子最大，因而信仰也最坚决。一九四五至一九四六年间，他虽然不再写诗，但他行动起来，愈来愈勇敢，成了中国西南方进步文化界的旗帜。他热情地投身于为中国人民争取自由民主的斗争，成了中国民主同盟的一个组织家，行动家，以全部的热情贡献给革命事业，直到最后于一九四六年七月十五日在昆明遭受到蒋介石的暗杀。

中国文学历史上的“新月派”的成员，在中国革命的严重考验中，分裂成两部分：一部分以胡适之为代表，走向反人民的道路，奴颜婢膝，向美帝国主义者献媚，给中国最后一个暴君作殉葬的侍女；

一部分以闻一多为代表，从不丧失真诚，以严肃的态度对待人生与艺术，努力探求真理，在认识了真理之后，毅然决然走向人民，参加了革命行动。

诗人闻一多的道路，是一个出身教养都优越的，有良心的艺术家的道路。他是一个真正的爱国诗人。他走了一些曲折的道路，但终于找到了人民，投奔到人民的队伍中来。在帝国主义压迫下的中国，如果是一个真正的爱国主义者，他迟早一定会走向劳动人民，一定会为劳动人民的革命事业鞠躬尽瘁，死而后已。

为人民解放而牺牲的烈士永垂不朽！

（这是闻一多逝世两周年纪念时所草写的一篇稿子。当时是在冀中乡下，材料很缺乏。现在修改了一些。如有不妥当的地方，请求读者给予指正。——艾青）

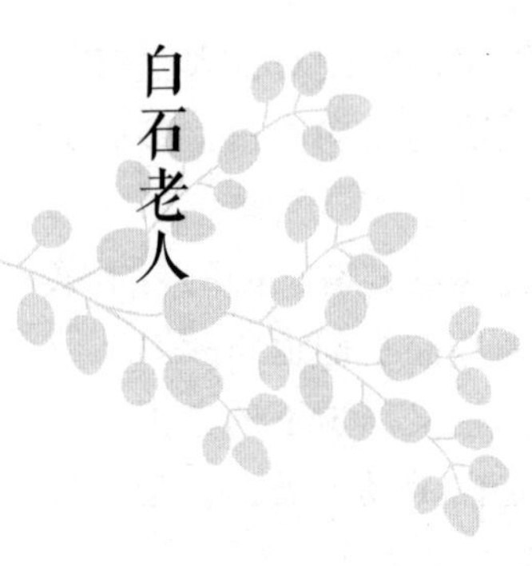

白石老人

在年老的画家们当中，我经常想起毕加索和齐白石。尽管这两个老人一个在欧洲，一个在亚洲，互相也没有见过面，两人所继承的传统和所发展的道路也不同，但他们之间却存在着许多共同的东西。他们都长期地以自己简单的工具，最节省的笔墨，描写他们自己对于外界的感受，对人生采取肯定的乐观的态度，以自己持久的劳动给人类创造精神的财富，以惊人的毅力从事艺术。

这两个老人都经历了这个世界的巨大的变革。几次经历了把整个人类都卷进去的战争，也都亲眼看见了人类光明的前途。

他们都关心和平，关心人民的幸福。

而他们在艺术上所达到的是这样高的境界，使我们觉得传统的艺术和未来之间有了联系。

白石老人已经九十三岁了。他已劳动了七八十年，他还继续在劳动着，而像我们这样的年纪，至多也不过是他的孙子的一辈。这就是说，我们更应该好好劳动。

他所经历的是我们这个民族最激变的世纪，从最古老的、黑暗的年代，到一个充满新生力量的、光明的年代。

他以一个农村的牧童、一个捡柴的孩子，开始他的人生道路。他祖父死的时候，“家财仅六十千文，尽其安葬。于是吾父一人耕，儿

女多，无计为活，令吾学木工”。

他没有机会念书，最初接触文化是“天寒围炉，王父（他的祖父）就松火光以柴钳画灰，教识阿芝二字……”（“阿芝”是他的小名，后来大了，人家叫他“芝木匠”。）

他以“松油柴火为灯”，勤奋夜学，但他的家里缺乏劳动力，他的祖母看见他这样勤学，爱莫能助，不得不叹息：

> ……
> 三日风，四日雨，
> 那见文章锅里煮？
> 明朝无米，吾孙奈何？惜汝生来时，走错了人家！

这些话多么沉痛！

后来他跟当地的周之美学雕花木工，帮有钱人家制结婚用的嫁妆床橱之类，“矜炫雕镂，无不刻画入神”。

到二十七岁才学画，“家境奇穷”到了“灶内生蛙”。

他就是这样一直在困厄的境遇里成长，生活在劳动人民中，学会了刻苦勤劳，始终保留了劳动人民的气质。

他所画的大都是人民日常所见的和所喜爱的东西。这些东西，都是十分平凡的，但也是非常亲切的。

肥大的白菜和萝卜进入了他的画幅。他爱白菜。甚至在一幅画上题“牡丹为花之王荔枝为果之先独不论白菜为菜之王何也”。

成群的充满稚气的小鸡，有的站在刚打开的鸡笼的竹编门叶上，有的鼓着小翅膀，飞奔争吃地上的小虫。

三个两个抖动着尾巴的小蝌蚪，他从它们的形状联想到刚刚学写字的童年。

沉甸甸的谷穗，金黄的稻子，银白色的老玉米，绿到发黑的芋艿和慈姑叶子和在叶子下面活动的青蛙。

水中游动的半透明的虾，以细长的触须去测量自己的空间；静止着的和正在爬行的螃蟹。

各种各样的花和各种各样的水果。

各种各样彩色的草虫。他太喜欢这些东西了。他说家乡人叫黑蜻蜓是“黑婆子”，叫红色的小甲虫是“红娘子”。他画这些东西，赋予生命。有的蛾蝶，工细到连翅膀上的绒毛都可以看见，蜻蜓和蝉的翅膀像细纱，但它们是活的、动的，不是生物学挂图上的标本画。脚上染有花粉的蜜蜂，翅膀在扇动着，使人看了，好像听见了嗡嗡之声。

他虽然很少画人物和山水，但在他的人物画里，也可以发现劳动的气息；而他所画的山水，也不像一般山水画那样堆砌一些根据空想所构造出来的世外的景色，而是平常所能看见的，简单的景色：树林里的弯曲的道路，村子旁边的小山坡和松树林，一片无边的荷池，等等。

白石老人是歌颂生命的画家。他所喜爱的是正在成长的，充满希望的，力量充沛的生物。他歌颂旺盛。他的画叫人看了感到愉快、清新、有力量。他的这种健康的审美态度，是从劳动人民身上吸取来的，是从他早年所接触的民间艺术中吸取来的。正因为他的艺术具有这种健康的气息，才博得了广大人民的喜爱。

他作画的方法是独创的，别出心裁的。他继承了我们民族绘画中那些最杰出的巨匠的传统，经过自己不断探索，创造了新的画风。他主张“作画要在似与不似之间，太似为媚俗，不似为欺世”。这在我们解释起来，就是艺术必须从写实出发而达到高度的真实。他的写意画是有坚实的写实的基础的。而他所画的东西，总是比实物更单纯，更生动，这就是因为他在充分熟识了实物之后，再把特征集中地表现出来。

他的画，在繁复中有条理，在单纯中有变化。他的观察精细而又周密，嫌弃委琐，他反对抄袭和一味的临摹，他勇于创造。他处理每一幅画的题材时富有想象——而这种想象又是以他的观察的经验的积累为根据的。

而他又是这样熟识工具的性能，熟识所描写的对象的特征，精心构思，大胆落墨，而能“形神兼备”。

年轻的画家们，应该学习他的对于对象细心钻研的精神，构图时

的丰富的想象，熟识工具和运用工具的能力，以及不断地劳动和创造的毅力。

祝白石老人永远健康。

忆白石老人

一九四九年我进北京城不久，就打听白石老人的情况，知道他还健在，我就想看望这位老画家。我约了沙可夫和江丰两个朋友，由李可染先生陪同去看他，他住在西城跨车胡同十三号。进门的小房间住了一个小老头子，没有胡子，后来听说是清皇室的一名小太监，给他看门的。

当时，我们三个人都是北京军事管制委员会的文化接管委员，穿的是军装，臂上戴臂章，三个人去看他，难免要使老人感到奇怪。经李可染介绍，他接待了我们。我马上向前说："我在十八岁的时候，看了老先生的四张册页，印象很深，多年都没有机会见到你，今天特意来拜访。"

他问："你在哪儿看到我的画？"

我说："一九二八年，已经二十一年了，在杭州西湖艺术院。"

他问："谁是艺术院院长？"

我说："林风眠。"

他说："他喜欢我的画。"

这样他才知道来访者是艺术界的人，亲近多了，马上叫护士研墨，戴上袖子，拿出几张纸给我们画画。他送了我们三个人每人一张水墨画，两尺琴条。给我画的是四只虾，半透明的，上面有两条小鱼。题款：

“艾青先生雅正八十九岁白石”，印章“白石翁”，另一方“吾所能者乐事”。

我们真高兴，带着感激的心情和他告别了。

我当时是接管中央美术学院的军代表。听说白石老人是教授，每月到学校一次，画一张画给学生看，作示范表演。有学生提出要把他的工资停掉。

我说：“这样的老画家，每月来一次画一张画，就是很大的贡献，日本人来，他没有饿死，国民党来，也没有饿死，共产党来，怎么能把他饿死呢？”何况美院院长徐悲鸿非常看重他，收藏了不少他的画，这样的提案当然不会采纳。

老人一生都很勤奋，木工出身，学雕花，后来学画。他已画了半个多世纪了，技巧精练。而他又是个爱创新的人，画的题材很广泛：山水、人物、花鸟虫鱼。没有看见他临摹别人的。他具有敏锐的观察力，记忆力特别强，能准确地捕捉形象。他有一双显微镜的眼睛，早年画的昆虫，纤毫毕露，我看见他画的飞蛾，伏在地上，满身白粉，头上有两瓣触须；他画的蜜蜂，翅膀好像有嗡嗡的声音；画知了、蜻蜓的翅膀像薄纱一样；他画的蚱蜢，大红大绿，很像后期印象派的油画。

他画鸡冠花，也画牡丹，但他和人家的画法不一样，大红花，笔触很粗，叶子用黑墨只几点；他画丝瓜、倭瓜；特别爱画葫芦；他爱画残荷，看看很乱，但很有气势。

有一张他画的向日葵。题：

“齐白石居京师第八年画”，印章“木居士”。题诗：

“茅檐矮矮长葵齐，雨打风摇损叶稀。干旱犹思晴畅好，倾心应向日东西。白石山翁灯昏　又题”。印章“白石翁”。

有一张柿子，粗枝大叶，果实赭红，写“杏子坞老民居京华第十一年矣丁卯”，印章“木人”。

他也画山水，没有见他画重峦叠嶂，多是平日容易见到的。他一张山水画上题：

“予用自家笔墨写山水，然人皆余为糊涂，吾亦以为然。白石山翁并题”。印章“白石山翁”。

后在画的空白处写“此幅无年月，是予二十年前所作者，今再题。八十八白石”，印章“齐大”。

事实是他不愿画人家画过的。

我在上海朵云轩买了一张他画的一片小松林，二尺的水墨画，我拿到和平书店给许麟庐看，许以为是假的，我要他一同到白石老人家，挂起来给白石老人看。我说：“这画是我从上海买的，他说是假的，我说是真的，你看看……”他看了之后说：“这个画人家画不出来的。”署名齐白石，印章是“白石翁”。

我又买了一张八尺的大画，画的是没有叶子的松树，结了松果，上面题了一首诗：“松针已尽虫犹瘦，松子余年绿似苔。安得老天怜此树，雨风雷电一齐来。阿爷尝语，先朝庚午夏，星塘老屋一带之松，为虫食其叶。一日，大风雨雷电，虫尽灭绝。丁巳以来，借山馆后之松，虫食欲枯。安得庚午之雷雨不可得矣。辛酉春正月画此并题记之。三百石印富翁五过都门”。下有八字：“安得之安字本欲字”。印章“白石翁”。

他看了之后竟说：“这是张假画。”

我却笑着说：“这是昨天晚上我一夜把它赶出来的。”他知道骗不了我，就说：“我拿两张画换你这张画。”我说：“你就拿二十张画给我，我也不换。”他知道这是对他画的赞赏。

这张画是他七十多岁时的作品。他拿了放大镜很仔细地看了说：“我年轻时画画多么用心呵。”

一张画了九只麻雀在乱飞。诗题：

“叶落见藤乱，天寒入鸟音。老夫诗欲鸣，风急吹衣襟。枯藤寒雀从未有，既作新画，又作新诗。借山老人非懒辈也。观画者老何郎也。”印章“齐大”。看完画，他问我：“老何郎是谁呀？”

我说：“我正想问你呢。”他说：“我记不起来了。”这张画是他早年画的，有一颗大印“甑屋”。

我曾多次见他画小鸡，毛茸茸，很可爱；也见过他画的鱼鹰，水是绿的，钻进水里的，很生动。

他对自己的艺术是很欣赏的，有一次，他正在画虾，用笔在纸上画了一根长长的头发粗细的须，一边对我说："我这么老了，还能画这样的线。"

他挂了三张画给我看，问我："你说哪一张好？"我问他："这是干什么？"他说："你懂得。"

我曾多次陪外宾去访问他，有一次，他很不高兴，我问他为什么，他说外宾看了他的画没有称赞他。我说："他称赞了，你听不懂。"他说他要的是外宾伸出大拇指来。他多天真！

他九十三岁时，国务院给他做寿，拍了电影，他和周恩来总理照了相，他很高兴。第二天画了几张画作为答谢的礼物，用红纸签署，亲自送到几个有关的人家里。送我的一张两尺长的彩色画，画的是一筐荔枝和一枝枇杷，这是他送我的第二张画，上面题：

"艾青先生，齐璜白石九十三岁"。印章"齐大"，另外在下面的一角有一方大的印章"人犹有所憾"。

他原来的润格，普通的画每尺四元，我以十元一尺买他的画，工笔草虫、山水、人物加倍，每次都请他到饭馆吃一顿，然后用车送他回家。他爱吃对虾，据说最多能吃六只。他的胃特别强，花生米只一咬成两瓣，再一咬就往下咽。他不吸烟，每顿能喝一两杯白酒。

一天，我收到他给毛主席刻的两方印子，阴文阳文都是毛泽东(他不知毛主席的号叫润之)。我把印子请毛主席的秘书转交。毛主席为报答宴请他一次，由郭沫若作陪。

他所收的门生很多，据说连梅兰芳也跪着磕过头，其中最出色的要算李可染。李原在西湖艺术院学画，素描基础很好，抗战期间画过几个战士被日军钉死在墙上的画。李在美院当教授，拜白石老人为师。李有一张画，一头躺着的水牛，牛背脊梁骨用一笔下来，气势很好；一个小孩赤着背，手持鸟笼，笼中小鸟在叫，牛转过头来听叫声……

白石老人看了这张画，题了字：

"心思手作不愧乾嘉间以后继起高手。八十七岁白石甲亥"。印章"白石题跋"。

一天，我去看他。他拿了一张纸条问我："这是个什么人哪，诗写得不坏，出口能成腔。”我接过来一看是柳亚子写的。诗里大意说：“你比我大十二岁，应该是我的老师。”我感到很惊奇地说：“你连柳亚子也不认得，他是中央人民政府的委员。”他说：“我两耳不闻天下事，连这么个大人物也不知道。”感到有些愧色。

我在给他看门的太监那儿买了一张小横幅的字，写着：“家山杏子坞，闲行日将夕。忽忘还家路，依着牛蹄迹。”印章“阿芝”，另一印“吾年八十乙矣”。我特别喜欢他的诗，生活气息浓，有一种朴素的美。早年，有人说他写的诗是薛蟠体，实在不公平。

我有几次去看他，都是李可染陪着，这一次听说他搬到一个女弟子家——是一个起义的将领家。他见到李可染忽然问：“你贵姓？”李可染马上知道他不高兴了，就说：“我最近忙，没有来看老师。”他转身对我说：“艾青先生，解放初期，承蒙不弃，以为我是能画几笔的……”李可染马上说：“艾先生最近出国，没有来看老师。”他才平息了怨怒。他说最近有人从香港来，要他到香港去。我说：“你到香港去干什么？那儿许多人是从大陆逃亡的……你到香港，半路上死了怎么办？”他说：“香港来人，要了我的亲笔写的润格，说我可以到香港卖画。”他不知道有人骗去他的润格，到香港去卖假画。

不久，他就搬回跨车胡同十三号了。

我想要他画一张他没有画过的画。我说：“你给我画一张册页，从来没有画过的画。”他欣然答应，护士安排好了，他走到画案旁边画了一张水墨画：一只青蛙往水里跳的时候，一条后腿被草绊住了，青蛙前面有三个蝌蚪在游动，更显示青蛙挣不脱去的焦急。他很高兴地说：“这个，我从来没有画过。”我也很高兴。他问我题什么款。我说：“你就题吧，我是你的学生。”他题：

“青也吾弟　小兄璜　时同在京华　深究画法　九十三岁时记　齐白石”

一天，我在伦池斋看见了一本册页，册页的第一张是白石老人画的：一个盘子放满了樱桃，有五颗落在盘子下面，盘子在一个小木架子上。我想买这张画。店主人说：“要买就整本买。”我看不上别的画，光要这一张，他把价抬高高的，我没有买；马上跑到白石老人家，

对他说："我刚才看了伦池斋你画的樱桃，真好。"他问："是怎样的？"我就给他说了。他马上说："我给你画一张。"他在一张两尺的琴条上画起来，但是颜色没有伦池斋的那么鲜艳，他说："西洋红没有了。"

画完了，他写了两句诗，字很大：

若教点上佳人口
言事言情总断魂

他显然是衰老了。我请他到曲园吃了饭，用车子送他回到跨车胡同。然后跑到伦池斋，把那张册页高价买来了。署名"齐白石"，印章"木人"。

后来，我把画给吴作人看，他说某年展览会上他见过这张画，整个展览会就这张画最突出。

有一次，他提出要我给他写传。我觉得我知道他的事太少，他已经九十多岁，我认识他也不过最近七八年，而且我已经看了他的年谱，就说："你的年谱不是已经有了吗？"我说的是胡适、邓广铭、黎锦熙三人合写的，商务印书馆出版的《齐白石年谱》。他不作声。

后来我问别人，他为什么不满意他的年谱，据说那本年谱把他的"瞒天过海法"给写了。一九三七年他七十五岁时，算命的说他流年不利，所以他增加了两岁。

这之后，我很少去看他，他也越来越不爱说话了。

最后一次我去看他，他已奄奄一息地躺在躺椅上，我上去握住他的手问他："你还认得我吗？"他无力地看了我一眼，轻轻地说："我有一个朋友，名字叫艾青。"他很少说话，我就说："我会来看你的。"他却说："你再来，我已不在了。"他已预感到自己在世之日不会有多久了。想不到这一别就成了永诀——紧接着的一场运动把我送到北大荒。

他逝世时已经九十七岁。实际是九十五岁。

一九八三年十二月

往事·沉船·友谊

——忆智利诗人巴勃罗·聂鲁达

又一次打捞沉船的工作。

要从海底捞起一些零星的记忆，并不容易。经过海水的浸蚀，很多都已失去原有的光泽。

多少年来，我和世界是被隔绝了的。现在已经开了窗门，可以呼吸到外界的空气——开始有了互相透露一点真实情况的可能。许多事情又都涌现到我的眼前。

这些年，我对巴勃罗·聂鲁达的情况知道得很少。而我一直在系念着。有人告诉我，他曾对着大海呼唤我的名字。我们之间是有友谊的。我至今仍然感到珍惜。

据材料上说，聂鲁达一九二八年曾到过中国。

我最早认识他却是在一九五一年。那时，我们国家刚解放不久，还处于被封锁的孤独状态。我们多么需要支持啊。聂鲁达怀着对新生的中国的热爱的心情，作为世界和大的代表，和爱伦堡一起，到中国来向孙逸仙的遗孀宋庆龄颁发列宁国际和平奖金（当时叫斯大林国际和平奖金）。我得到接待和陪同的任务。

我们相处有一周之久的时间。他对中国有着强烈的兴趣。我们除正式的集会之外，还有不少共同游览北京郊区风景名胜的机会。逛了颐和园，在“听鹂馆”饮宴，还到过香山卧佛寺等地方。我曾送了他

一张齐白石册页。我们有过多次随便的交谈——充满幽默和诙谐。那是一次愉快的交往。我们相处得很好。但爱伦堡曾对我们出于安全的原因不同意他们去东安市场一事很不高兴，聂鲁达是站在他那一边的。聂鲁达对我们那次接待工作是满意的。

我和聂鲁达的第二次交往是在一九五四年。那年七月十二日是聂鲁达的五十诞辰。不知是谁发起的，利用这个日期，进行一次保卫和平的运动。我得到以智利众议院议长的名义发出的邀请，去到圣地亚哥。同行的还有诗人萧三和当时的中联部副部长赵毅敏，加上翻译陈用仪。

当时，太平洋还没有通航，需要通过欧洲、非洲，才能到达南美，一路上有不少还没有建立外交关系的国家，有些国家见我们如临大敌。然后经过布拉格、日内瓦、里斯本、达卡、里约热内卢、布宜诺斯艾利斯，到达智利首都圣地亚哥。一共飞行了八天。

我们在那里停留了一个月，参观当地的名胜古迹游历了瓦尔帕莱索海港，也到聂鲁达的海滨别墅去过，我曾在海滩上拣贝壳，到集市上去看土产。我亲眼看见了智利的劳动人民对他们自己诗人是如何的热爱和尊敬的。聂鲁达有着外交官的彬彬有礼的风度、诗人的天真的情感和民间歌手的纯朴的品德。他站在别墅门前，就仿佛远洋航轮上的大副。当地官方报纸说我们不是诗人，是做买卖的，因此我写了一些诗如《在海岬上》。在一个集会上女演员朗诵了一首我的诗，完了人们笑着对我说：你这个商人还能写那么好的诗啊！

那次去智利名义上是给聂鲁达祝寿，实际上也是想打通关系。我们送他的礼物是很重的。他也特意上街买了几个牛角杯送我们。

我和聂鲁达第三次会面是一九五七年，他和巴西作家亚马多从南美来，我到昆明去迎接他们。我们游逛了滇池，参观了富有亚热带风光的植物园，石林，一起去洗了温泉澡，然后坐飞机穿过五岭上空到了四川。在重庆，得到四川的诗人们的邀请，开了一个诗歌座谈会。接着坐轮船顺流而下，过三峡、汉口……北京。在长江轮上，适逢聂鲁达生日，船长送了他一个大蛋糕。这是他没有想到的，显得很高兴。

在北京，我个人曾请他吃了一次饭，聂鲁达在他的回忆录中这样写道："我们在世界上最独特的饭馆里吃饭（确实独一无二，那儿只有一张桌子），那家饭馆由皇家后裔经管。"

这儿指的就是二十多年前在新开路的一家私营的小饭馆"康乐"。当时他曾说这是他在中国吃过的最好的一顿饭。其实当时的"康乐"有三张桌子。

那时中国正在进行一次大的政治运动——反右斗争。聂鲁达走时，我没有去送行。从此我们没有再见面，我再也没有读过他写的诗。但他同我的感情是深厚的，一直关心我的行踪。

他曾竞选总统，以为很有把握，结果，没有选上。后来出任了驻法大使。当联合国大会讨论中国代表权的时候，智利代表在发言中还引用了聂鲁达歌颂中国的诗。

这些年来，我们国家出现了一些不容易为朋友们理解的事件。很多朋友和我们疏远了。

聂鲁达已于一九七三年九月二十三日逝世，这是我最近才知道的。

总之，对巴勃罗·聂鲁达，我是很尊敬的。他早期写的是格律诗，后来改写自由诗，比较好地发挥了自己的才华。他在国际上有很大的影响，对世界人民有贡献。我以为他的作品，我们应当翻译、发表、出版。

现在我国正在增强与各国人民的交往。在相隔二十多年之后，聂鲁达的作品又开始介绍给我国的读者了，这是值得高兴的。

好像友谊也正在复活。

一九八〇年初夏，北京

我和聂鲁达的交往

我认识巴勃罗·聂鲁达是在一九五一年八月，那时他以国际和平奖金委员会成员的身份和苏联的爱伦堡到中国给宋庆龄女士授奖。我接受了接待他们的任务。我们很快就成了朋友。

在逛颐和园的时候，我说："你姓聂，按汉字写，聂字由三个耳朵构成，而你只有两个耳朵，多了一个耳朵，放在哪里？"

他马上回答："一个耳朵放在前额上，可以倾听未来。"并用手拍拍前额。

他说"一个耳朵倾听未来"。这回答多好。他就是以一个耳朵倾听将要发生的和没有发生的。这正如他自己所说的："我们向来是朝着远方看的。"

我们到"听鹂馆"吃中饭。爱伦堡是个很爱说话的人，他说格鲁吉亚人常常为干杯创造词句，他喝了很多酒。聂鲁达从十三岁开始写文章，十四岁发表了名为《我的眼睛》的诗，十五、十六、十七岁连续得诗歌奖。

他从二十三岁开始外交工作，在东南亚许多国家当领事，一直到二十九岁在西班牙当领事。三十二岁时，西班牙爆发了内战，作为外交官是不许可卷入的，他的朋友，诗人洛尔加被法朗哥分子枪杀了，他解除了领事职务，在巴黎主持了洛尔加的纪念会，并且积极营救西班牙流亡者。他写了大量的诗《西班牙在我的心中》，参与一系列的和平运动，周游了许多国家，被选为世界和平大会的理事。一九五一年，他四十七岁时到中国。我们相处得很好，愉快地度过了一个星期。这次中国之行，他写了长诗《向中国致敬》，热情地歌颂了新生的中国。

这期间，他的许多诗被译成中文发表。

一九五四年，为纪念他五十岁生日，实际上作为和平运动，智利举行盛大的活动，邀请了许多国家的作家和诗人。苏联的爱伦堡、捷克的德尔达、巴西的亚马多，以及拉丁美洲的许多诗人和作家都参加了。

我也得到了邀请。我们派了一个最大的代表团：萧三、赵毅敏、我，加上一个翻译陈用仪。当时，我们和智利没有外交关系，只有通过维也纳的智利领事馆办签证，在办签证的时候，忽然得到智利政府通知不让我们去。我们就打电报给发邀请电报的众议院议长，众议院议长就发动群众游行，结果还是让我们去了。

智利是“铜矿之国”，铜的出口占全国出口总额的百分之九十左右，美国垄断了智利的铜矿，听说就是美国驻智利的大使不让我们去，后来经交涉，智利政府才又让我们去了。

本来，智利和中国只隔一个太平洋，飞机走很容易，但是那时，太平洋的美国势力很大，我们只能经苏联，绕道欧洲——奥地利、布拉格、瑞士，再穿过大西洋到了南美洲。在空中飞行了八天。

在欢迎宴会上智利人很谦虚，说：“我们是小国家，我们的人口只不过一千多万；但我们和中国在一起，就有了多少亿的人口了。”

我说：“小国家也可以出大诗人，全世界都能听见巴勃罗·聂鲁达的声音。”

智利人说：“你们是中国，是中央的国家。”

我说：“地球是圆的，每个国家都可以把自己看做是地球的中心。”

我们到智利的当天，政府的报纸就发表了蒋介石的大使给智利总统授勋章的大幅照片，用来表示智利政府和国民党的关系。

到智利的第二天，政府报纸发消息：说我们不是什么诗人，最多

写一点“毛泽东颂”“戈德瓦尔德颂”之类的东西；说我们是商人。

聂鲁达就特意为我们举办了一个诗歌朗诵会，请拉丁美洲的著名演员们来朗诵。朗诵会结束时，很多人来祝贺，并且幽默地说：“你们这些商人，诗写得真好!”

我们也参加了一些集会。关于巴勃罗·聂鲁达的活动，警察也在门外旁听。每次会完了，都有些小朋友伸手到汽车里喊：“Amigo，Amigo！(朋友，朋友!)”要和我们握手。我们送他们纪念章。

他在城里的住宅是在一个小花园里。房子有一间喝酒的地方，挂了一块牌子：“今天不收钱，明天可以赊账。”在木柜子里放满了他收集的奇形怪状的空瓶子。

酒吧间有一张大圆桌，桌面用玻璃压住了世界各国有风景的明信片。

楼上有一间是他收藏的上万只海螺与贝壳的木柜子，每个收藏品都有标签。他是一个跑遍全世界的人。

我们到聂鲁达的海边别墅去，路上经过许多荒地，山上长满了仙人掌。他的别墅完全像搁浅的船的模样，面临大海，而他也真像一个飘泊在世界上的人。

我们带给他的礼物很多：象牙雕刻、景泰蓝的瓶子，以及湘绣。有一箱子礼物丢失了，巴西和阿根廷的海关都不承认是他们那儿丢失的。

聂鲁达是喜欢群众的人，他也受群众的喜爱，他在街上走，不断地向普通人打招呼；他很喜欢和民间艺人交朋友。

我们在智利住了将近一个月，临走时，他送我一本马楚比楚山顶古代印加帝国遗址的摄影集；他写了马楚比楚高峰的长诗；还送我一本旧了的他年轻时写的爱情诗集。

临走时，他出去买了两个牛角杯，一个给我，一个给他的诗的译者袁水拍。

我们顺原路而回。

一九五七年，聂鲁达第二次到中国。和他一道来的有他的夫人，巴西小说家亚马多夫妇，取道云南，我坐飞机到云南去接他们。

我们在昆明看了植物园，逛了石林，洗了温泉澡，然后飞往重庆，和四川的诗人们开了一个座谈会，最后决定游长江。从重庆坐轮船顺流而下。

一天晚上，船停泊在万县码头，万县城在山上，我们走上很高的台阶，到一家茶馆听民间艺人一边拉二胡，一边在说唱，聂鲁达兴奋极了。可惜我们都不可能记下来。

轮船在继续航行，过三峡，看不尽的急流险滩。船长知道聂鲁达的生日，为他定了一个大蛋糕祝贺他，这件事很使他感动。

船到武汉，我们在东湖宾馆住了几天。

到北京，人民文学出版社送他一笔稿费，他买了许多礼品，装了一个大皮箱。

这一次，他写了《中国大地之歌》。

不久，反右斗争开始了，我被划为“右派”。

一天，我正在他房里，忽然电话说有个什么部长要上楼来见他，我意识到要告诉我受批判的事，就起来告辞了。听说部长说我被划成右派，他当面就提出抗议。从此，我们永别了。

他走时，我没有送他。

一九五八年，陈定民从欧洲回来，他说在德国碰到聂鲁达，托他带来几件德国工艺品，三个刺猬，一个乌鸦，说智利共产党把他当作总统候选人，他认为很有把握。后来，阿连德当选为智利总统，他当了智利驻法国大使。

一九七三年智利发生政变，过了几天，聂鲁达病死了，他终年六十九岁。

他逝世已经十一年了。

一九八四年七月十日，北京

关于叶赛宁

五十年前，一九三一年在巴黎，我对诗歌发生了兴趣，买了一些诗集，其中也有几本法文翻译的俄罗斯的诗：普希金诗选、勃洛克的《十二个》、马雅可夫斯基的《穿裤子的云》、叶赛宁的《无赖汉的忏悔》。这些诗，都是我作为学习法文用的。

一天，和我同房住的人有一个法文老师——波兰的女青年，看到我的桌子上的诗集，惊叫起来："你喜欢诗！"然后拿起马雅可夫斯基的那本说："马雅可夫斯基自杀了！"

我说："自杀的是叶赛宁。"好像为了纠正她。

她说："叶赛宁是五年前自杀的；马雅可夫斯基是最近自杀的。"

我听了之后，感到惘然。

马雅可夫斯基和叶赛宁两个诗人，在同一时代里，从不同程度上迎接了十月革命。马雅可夫斯基从未来主义的一群中走出来，大声疾呼地奔向革命，写了大量的歌颂无产阶级胜利的诗篇，他的诗是不朽的；而叶赛宁，从意象主义者们中间出来，以旧俄罗斯农民的眼光，看着暴风雪疾驰而至的心情迎接了革命，他的诗充满了哀怨，留给人们以难忘的记忆。

叶赛宁的诗，反映了对旧俄罗斯的依恋，他从土地出发，含情脉脉地，陈述了他的思念。

叶赛宁最早出现的诗是一九一〇年，当时他只有十五岁。

在那白菜的畦垄上
流动着红色的水浪
那是小小的枫树苗儿
吸吮着母亲绿色的乳房。

他从十五岁开始，就写了大量的情诗。像他写的《拉起来》：

拉起来，拉起红色的手风琴
美丽的姑娘到牧场思念情人。

燃烧在心中的莓果，闪出矢车菊的光
我拉起手风琴，歌唱那蓝色的眼睛。

闪动在湖中的缕缕波纹不是霞光
那是山坡后面你那绣花的围巾。

拉起来，拉起红色的手风琴
让美丽的姑娘能听出情人的喉音。

这样的诗，给当时充满神秘主义的诗坛一股十分强烈的田园的芬芳。人们怀着欣喜接受了他的访谒。他到了莫斯科，一边做店员、校对员，一边参加当时的文艺团体的活动。

他也写了现代题材的诗《铁匠》：“以新的力量，向太阳飞去吧，在它的光芒中，把希望之火燃烧起来。”

一九一五年，他在彼得堡和当时著名的诗人勃洛克交往，受到他象征主义的影响。勃洛克是非常赞赏他的。

他出版了第一个诗集《扫墓日》，给文坛以震动。像耕牛跑进了

客厅，受到惊奇的欢迎。

一九一七年大革命来临。他把革命看做“尊贵的客人”，要他母亲“明天早点把我叫醒……我要去迎接一位尊贵的客人……在我们的房子里点起一盏灯，人们都说，我将成为俄罗斯的著名诗人……你喂养的褐色奶牛的乳汁，滴进了笔尖，滋润着我的诗篇。”

他热情地歌颂革命，“太阳的光辉在天空永存”；革命“预示着美好生活的来临”：

金色的俄罗斯，高唱吧，高唱，
急切的风不停地把歌声送往四方！
欢乐的人正浓蘸着喜悦
书写你那牧人痛苦的篇章。
金色的俄罗斯，高唱吧，高唱。

我爱那水浪激荡的絮语声，
我爱那波涛中明亮的星星。
美好已经把灾难代替，
人民都生活在幸福中。
我爱那水浪激荡的絮语声。

“我低头看田地，仰头看上苍，青空和地上都会有天堂……我知道，我坚信——只要有一双勤劳能干的手就会有喷香的乳汁润解庄稼人绝望的愁肠。”

一九二一年他写了《诗人》，显然是自己的宣言：

诗人，他打击着敌人
把真理当作母亲，
像爱同胞兄弟热爱人们
时刻准备为他们茹苦含辛。
他随心所做的一切

其他的人无法完成。
这才是诗人，人民的诗人，
祖国土地的诗人！

但他好像始终在恋爱中，被人抛弃与抛弃别人，时而悲苦，时而欢欣；他生活得颓废、狂热……他和当时著名的舞蹈家邓肯结婚，她比他大十七岁。他到欧美旅行。

他的母亲反对他写诗。也反对他的生活方式。一九二四年，他接到母亲来信，劝他“不如劳动在田里，早些学会耕田扶犁”，“你父亲常空空地计算，你写的诗篇，究竟能值多少戈比”，“在这个世界里，你失去了孩子，妻也被别人娶去”，“我家没有车辆和马匹”，“根据你的才智，在乡委员会里，可以当主席”。

他给母亲的回信里说：“我生活在这个世界上，应该做些什么”，“我最爱的是春天”，“我更爱，春天的急流泛滥”，“但是，我深爱的，那是春天的壮景，我称它伟大的革命！只有为了它，我才肯去自愿忍受一切苦痛。我的心唯把它等待，久久盼它早日来临”，“……我们已经武装起来了，它正在发挥着威严；有人坐在大炮旁边，有人拿起战斗的笔杆”。最后说：“当时光到来，熊熊大火能把整个大地照亮……”

他怎么能回到家乡去过农民的生活呢？他已离不开城市的喧闹的环境。

他依然写着情诗，依然过着忽而悲哀、忽而兴奋的生活。他是为爱情所苦，而又摆脱不掉爱情的人。

他的爱情诗是和大自然联系起来的，是和土地、庄稼、树林、草地结合起来的。他的诗，和周围的景色联系得那么紧密，真切，动人，具有奇异的魅力，以致达到难于磨灭的境地。正因为如此，时间再久，也还保留着新鲜的活力。

他也毫不掩盖自己的思想感情：

我是谁？我不过是个爱幻想的人
蓝色的眼神丧失在烟雾之中

我跟世上某些人一样
随随便便地浪费自己的青春。

跟你亲吻，我习以为常
因为我吻过很多人，很多人
我说那钟情、动听的话
像划火柴一样容易、轻松。

他也常常哀叹流失了的年华，哀叹一去不复返的岁月——

碧蓝的夜晚、月照的夜晚，
那时，我多么年轻又好看。

难以阻拦呵，再也不能相见，
一切都从身边飞走了，很远，很远……

心儿凉了，双眸也已发暗
幸福是碧蓝的，呵，月照的夜晚。

他甚至采取自我嘲讽：“我是个光棍、无赖，写写诗，我酗酒、变傻”；但是，

但我的心是热的，
趁它还未冷却生出霜花，
白桦林的俄罗斯呀
被抛弃的姑娘，我爱她。

眼看着他所爱的那个旧俄罗斯，那个生长着赤杨林的田野，那个急驰着雪橇的——那个他沉溺地爱着的俄罗斯将要消失了：

风雪正急速地旋转，旋转，
那是别人的马车奔驰在田间。

车上坐着一位陌生的青年
我的幸福在哪里？我的快乐又在哪边？

呵，就在这急旋的风雪下面
疾驰的马车把我的一切夺走了。

他为自己和他所生活的时代唱着挽歌。他看见死亡向他逼近。“穿孝的白桦林哭遍了整个树林”，他向世界告别了：

……
再见，朋友，不相握，不交谈，
无须把愁和悲锁在眉尖——
在这样的生活中，死并不新鲜
但活着，当然，也不叫人稀罕。

他已患了精神抑郁症，这一年（一九二五年）的十二月，他自杀。那时，他才三十岁。

他死时，马雅可夫斯基曾说：“死是容易的；活着却更难。”过了五年，一九三〇年，马雅可夫斯基自己也自杀了，死时留下一个纸条：“生命的小船，触上爱情的暗礁。”他，也只有三十七岁。

伟大的十月革命，以无比强大的威力继续前进。这两个诗人，都曾经歌颂了革命，不管他们的死是由于政治的原因还是个人生活上的悲剧，都是革命大洪流中激起的浪花。

一九三二年七月，我在上海被捕入狱，所带的诗集全被抄家抄走了。在这个世界上，无论革命与反革命都是国际性的。

一九八一年十月三十日

赎罪的话

——为儿童节写

我曾听说，我的保姆为了穷得不能生活的缘故，把自己刚生下的一个女孩，投到尿桶里溺死，再拿乳液来喂养一个“地主的儿子”——我。

自从听了这件事之后，我的内心里常常引起一种深沉的愧疚：我觉得我的生命，是从另外的一个生命那里抢夺来的。这种愧疚，促使我长久地成了一个人道主义者。

我是爱小孩的，而且我也相信，每个人都具有爱小孩的本能，假如没有这种本能，人类就没有前途了。

但是，社会制度却每天在削减着人类这种本能，贫穷，迷信，礼教，战争，迫使人类一天比一天更甚地消失这种本能。

我记得：在故乡的污浊的池塘里，我曾看见一个腐烂了的婴尸，不知是哪个母亲偶然犯罪的结果，把它遗弃了的。乌鸦和青蛙站在那模糊了的小小的身体上。

在城市的郊外，常常有用砖石砌成的“千人池”，里面堆积着无数的死婴的腐肉和骸骨。他们里面大多数是私生子。

我记得：一天，我从市集回家，在村边遇见了一个老人，用锄头背了一只平常捡狗屎用的篾箩，那里面，在稻草的掩盖下，露出了一个死的孩子——他的头被菜刀砍了一下，却还没有完全断，无力地垂挂在篾箩的边沿上，从那微微连续着的颈口，鲜红的血，一滴滴地落在冬天的冻结的道路上。这孩子，因长期地生病，吃了很多药，他的父亲以为是“讨债鬼”，把自己用酒灌醉，把他用菜刀砍死了。现在，他的祖父背了他去埋葬。

我记得：一次敌机轰炸之后，在一个低洼地上，狼藉着的死难的人们当中，躺着一个被炸死了的孕妇，她的头歪在一边。人们把她的衣服一件一件地解开，最后看见了她的极度地隆起的肚子，灰黄色膨胀着，已经快要临盆了，但敌人的炸弹的碎片穿进了她的后脑。

我也记得：也在一次轰炸中牺牲了的一个小孩，大概有四五岁了，他的稚小的身体被搁弃在马路旁边，眼睛是合上了，但小小的嘴还开着。他的一双手被炸断了——那只小小的应该拿着糖果的手，那只柔嫩的手，已离开她的身体，被抛在一丈多远的石堆边。

人类是罪孽深重的：每天在互相杀戮着，死亡的数目，百倍超过诞生的数目，好像非到完全消灭不得甘心似的。

这样还不够，还要把祸害加在无罪的孩子们的身上，好像就连这些除了笑、哭、叫、要东西吃东西之外，简直不知道更多的事的天真的动物都是仇敌似的，以看见他们的流血为光荣。

人类是耻辱的：他们竟堕落到不能保护自己的苗芽，他们欢喜采摘生命的蓓蕾。

贫穷，迷信，礼教，战争，长期地支配了世界以后，人类就变成了杀人犯了，这种动物，比任何动物都更狂热地残害生命，而且互相残害，而且残害自己的未来！

我们的战争，必须同时是赎罪的战争。我们必须从旧社会最后的守卫者——法西斯手中，夺回人类的命运，夺回人类的希望。

为了使人类和他的借以延续生存的后代，永远地浸沐在和平与幸福的空气中，我们必须坚持着消灭贫穷，消灭迷信，消灭礼教，消灭战争的光荣斗争。

一九四二年四月二日

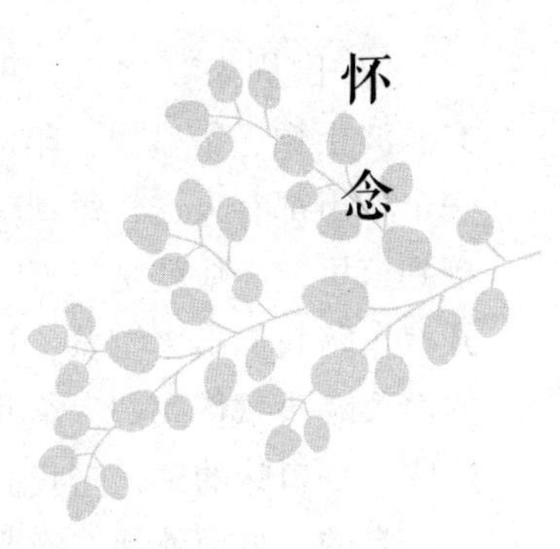

怀念

离别带来了怀念
时间越久，怀念越深

前不久，我们在美国度过了愉快而又紧张的四个月，在这四个月里，使我感触最深的，是同旅美同胞相处时他们流露的对祖国的热爱。我们相互间增加了了解，增进了友谊。

在衣阿华所举办的“国际写作计划”中，只有我们三个人——王蒙、高瑛和我是从中国大陆去的。而在衣阿华举行的“中国周末”时，却来了三十多个中国人。这真是一次盛会。

他们从纽约、芝加哥、洛杉矶、旧金山、波士顿、圣迭亚戈、俄亥俄、威斯康辛、印地安那等地远道赶来参加；还有从台湾和香港来的。“中国周末”，虽只有四天的会，然而每天都置身于热烈的交谈、讨论和欢乐的聚会当中，好像在过节。

在美国的华裔作家、诗人，大都是旅居美国二三十年了，入了美国籍。大都是随父母离开大陆到台湾去的，有的连祖国什么样也不知道。但他们都关心祖国、热爱祖国、问这问那，都强烈地想了解祖国、向往祖国。这种感情，时间越久，思念越深。

“中国周末”之后，我们三个人曾到芝加哥、纽约、费城、纽黑文、波士顿、华盛顿、印地安那、洛杉矶、旧金山等地游历。每离开一个城市都有人送，每到一个城市都有人接，接送的人都是不认识的，接到家里，一住就是三五天，有的甚至十天，天天像接待亲人，自己开汽车陪我们出去游览，请我们吃中国饭，用来自大陆、台湾、香港的卤菜罐头款待我们，给我们喝绍兴黄酒；做麻辣豆腐、梅干菜烧肉这些家乡口味的菜；陪我们去吃烧饼、油条……处处使我们感到温暖。

有的一见面就抱着痛哭流涕，有诉不完的衷肠……

这都是为什么？

都因为我们是中国大陆去的中国人！都因为长期被隔离才见到的中国人！都因为对我们经受了多少年的动乱之后出国的人寄予同情。这是对同胞血肉般的感情。

再没有比旅居国外的人们感到祖国两个字的意义的深刻了。生为中国人，光荣与耻辱，冷与热，每天都感受到。祖国富强了，可以仰起头来走路；祖国衰落了，走路低着头。对祖国的每一变化，都体会很深。

他们是敏感的，好像身上安了什么遥控的机器似的。许多人在大陆有亲戚朋友，关心他们，想念他们。有少数人曾回国探亲访友，热爱祖国的山山水水。看到密西西比河就想起奔腾的长江，当衣阿华的树叶红了就想起西山红叶……

有几个画家，在国外很有名，举行过多次展览会，但在心里感到遗憾的是祖国不知道他们，祖国的人民不了解他们。多么希望能在祖国举行一次展览。写小说的、写诗的也一样，多么希望祖国能发表他们的作品。

旅居国外的人们年老的大都有“叶落归根”的思想。他们在国外已经几十年了，生儿育女。有人放弃学说，在家里教儿女念汉文。有人把侄子接到美国去继承遗产，但侄子住不多久就吵着要回国。侄子说：“人家再好也是人家的”，“人不是光有钱就能生活的”。侄子看重自己的理想。

总而言之，他们对我们的深情厚谊，我们将永远铭记在心中，依

依惜别的情景，永远留在我们心中。

怀念你们啊
远方的朋友
我们在一起
度过了欢乐的日子
忘不了你们
忘不了你们所交付的友情
每当我想起一个地名
我就想起那里的朋友
每当我想起一个人名
我就想起那里的地名
这些地名和那里的人
深深地藏在我的心。

一九八一年春节

第三辑 杂感·心迹

坠马

沿着城墙，我们走在那由城墙上的茸乱的草覆盖着的小道上。这小道由于早晨的凉爽格外显得幽僻了。

当我们走了一段路，突然发现了一匹倒卧着的，有茶黄色的毛的马，它的壮大的身躯，几乎塞住了小道的宽度。

我们惊骇了，这惊骇夹带着无限的颓丧与哀怜。……

那茶黄色的马，它横躺着，四脚是硬直的了，而它的肚子鼓胀着，这样，竟使它横卧着的身躯的很多部分都不能触到地面……

三四个人站着看它，漠然地，它像了解了人们用怎样的感情在看它，于是它很倔强地抖动着，全身都很痛苦地抽搐了几下，伸长了颈子，仰起了头，用着无力的眼，不甘心的眼，微湿的眼，看看人们，看看城墙。

城墙上是野草茸乱着，这绿的陷阱啊，我们的倔强的生物，就从那两丈高的上面坠下了。

在马所坠下的地方，几块石头被马蹄踩去了，陈年的乌黑的古城堞上，就露出了一片金黄色的泥土……

牧马者呢？他一定很早就从绿色的边境消逝了，现在他一定在进行着别的工作了——人可以想象到，他是一个士兵，穿着草黄色的裤子，粗布质的白衬衫，早上一起来，他就把他的主人骑的马，放牧在城墙上……

而它现在却从警戒着死亡的不测中坠下了，横卧着，无力地把头颈贴在地上，从裂开着的嘴里，从有着阔大的白牙的嘴里，流出了一些混浊的液质……

这该是一匹将军骑的马……

它的主人也像它一样的骏美……

祖国卫土的战争一开始，它该是和它的主人一样激奋吧。想一想它的高昂的头颅，夹带硝烟的原野风吹动着它的鬃毛，它的嘴裂开着，向高空里汹涌着的白云长啸，那姿态该是何等令人叹赏啊……

而当着敌人带着疯狂的胁迫来临时，它该是最甘愿地背负了这它所生活的民族的神圣的愿望，以欣喜的脚蹄，在山林里，在峰峦间，在尘烟滚滚的长道上，轻快地，奔赴到那涌起烽火的天边去完成斗争的任务吧！

而在浓密得窒息人的炮火里，在喧闹着的子弹声里，在震耳的轰响里，它将更能以自己全部的机智与勇敢，伴随着它的英勇的主人，穿过千百次的危险与恐怖吧……

而如今，它在不幸里倒地了；它跌得如此惨痛，这惨痛由它肉体所感受到的，该远不如由它精神所感受到的深吧？它是完全失去挣扎的力量了，甚至连再在这小道上站立起来也不可能了。

它倒下了，像那些身经百战，永远披着光荣回来的英雄，却被一种难于医治的疾病所苦一样，它是只能以灰暗的眼睛，呆钝地看着环立在它身边的人，而人们对它也毫无援助的力量了。

能有多久呢——它将在这难言的悲愤中结束它的生命？还有它的那伙伴——那每天把它放牧在草地上的士兵呢？他将为它的不幸而谴责自己的疏忽是无疑的了。

还有，那曾经和它共生死，一起呼吸着仇恨与斗争的气息的，由它而使他完成了无数光荣的使命的，那爱它如爱他自己的生命似的主人呢？他将也会由于它的这不测的变故而痛苦，甚至掉下那诚挚的灼热的泪水么？

这一切都于它有什么用呢？它是痛苦得如此深沉，深沉到没有一

个人敢于去承认：它是无望了，它将如此懊丧地死去，它将带着永远不能填补的恨怨死去，就为了它不是死在那浓密的炮火里，不是死在喧闹着的子弹声里，不是死在震耳的轰响声里，却死在遥远的，僻静的，古旧的城墙之下，一条空无人迹的阴暗的小道上，而且，更是死在使它难于想起的，脚蹄之一次空虚的践踏所造成的悔恨里啊……

因此，它不是比英雄的史诗似的行动更加值得诗人去讴歌么？

一九三九年八月十八日，桂林

埋

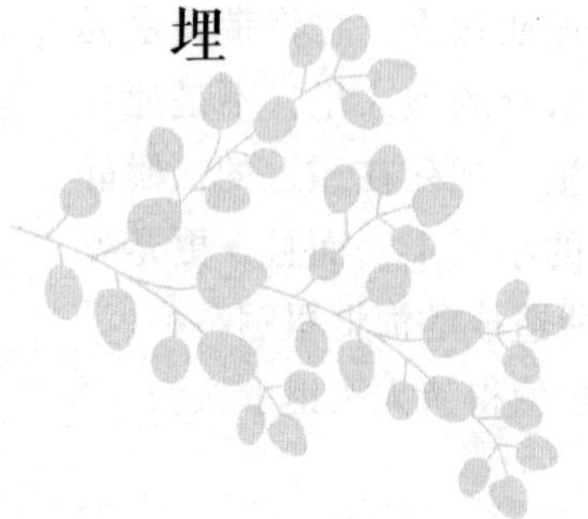

几天来的细雨已停了。

我们走下那被充满着水汽的松林覆盖着的土红色的小山时，我们就看见在那沿着山脚蜿蜒的路的旁边，有一片凹凸不平的草地。那里，正有一个穿着灰色制服的年轻的士兵伴随三个农夫模样的人，在挖着松湿的棕红色的泥土——一口粗陋的木棺，放在较远的地方，那杠抬的木杆，和捆绑的麻绳，都还不曾解下。

秋天的下午是宁静的。天幕阴暗，从群山的夹谷里，不住地升腾起来的白雾，一到天际，却变成很灰暗的云团，密密地罩着上空……

整个的田野，因为没有了像平常那样的阳光的照耀，显得毫无光彩；而几天来的细雨，也把那些随便地分布在田野和山坡上的，杂色的落叶木的林子的原是浓密的叶丛，摇落得露出稀疏的枝干了。

山边的道路是润湿的，因为行人稀少，并不显得泥泞；它离开山，从田野那边，曲折地伸进远远看去竟是那么阴郁的山坡和村庄所构成的阴影里去。

而路旁的这方小小的草地上，人们正在挖掘着棕红色泥土，一锄一锄地，想把泥土锄成了一条浅浅的长方形的坑……

在一个也是下着细雨的晚暮，沿着泞滑的江岸，透过迷蒙的夜色，从那停泊在江边的乌篷船里，我们曾看见一些士兵抬着舁床走出，一

个接连着一个，踏上舢板，一级一级地走上了石级。当我们候立在细雨里，努力向夜的黑暗中注视，看见他们近来，直到我们的身边时，我们低下头痛楚地看见了在那些污秽的舁床上，蜷卧着的是带着沉重的创伤回来的，穿着沾满了自己的血和他所倒卧下去的地方的泥土的衣服的兵士们，如今他们是痛苦地呻吟着，那声音的沉浊，竟如一只生物，饮了猎人所射击的子弹，满怀愤恨而回到自己的巢穴时所发出的悲哀嗥鸣一样啊……

而那些抬着舁床的士兵们，无声地用急迫的步伐，从街巷间匆匆地走过的时候，他们竟守住那样可怕的沉默，就像深夜间抬着自己的亲兄弟一样，而这亲兄弟就是为了和他的生命相攸关的某种斗争所牺牲了似的，他们沉默地前进着——因为他们所抬的东西的重量远不如他们心里所感到的重量来得困厄啊——四只脚踉跄地接连溅起了那些石铺的小路上的小潦，一直朝向黑暗而又狭窄的街巷的那边走去……

这些日子，我很害怕跑到街上去，好像心中永远被某种痛苦充塞着，这种痛苦是难于说出它的名字的——就像一种事情自己从来看作神圣的，却没有去做，如今有人做了，而做的人竟付出了那么可怕的代价，我就羞于看见他的——它啮蚀我的心，直到使我觉得这些日子像丧失掉了亲人似的阴暗而忧伤。

不止一次了，我体验到这些穿着草黄色的脏制服的命运，他们每日以最粗糙的草秣饲养了自己，而又以一个生命所可能贡献出的血液，毫无悔恨地，去染红了无边的暴怒了的土地——他们终于被戮杀了，才又抬回到遥远的地方来。当他们三三四四的走在街上，困苦地彳亍着，或者支撑着手杖，或者一只手平挂在胸前，脸上所呈露的是何等辛酸的表情啊……即使有时显出了傲慢与倔强，但那傲慢与倔强和这些每天在闲适里过日子的市民的平静与无关心相对照的时候，令人感到的，又是何等可悲的空虚啊……人们对他们不仅不给些微的关怀，有时甚至疑虑和嫌避，是的，人们甚至嫌避他们，像走路时嫌避那被掷在路中心的涂满了脓与血的布团一样……

于今，那三个掘墓人已把土坑掘好了。他们正在向那黑色的木棺走去。而那年轻的士兵，他走近了我们；我们是站立在离那土坑几丈远的地方看着他们的。

这里一排有十二个墓堆，寂寞的排列着，它们的上面却还不曾长草，显然的，他们都是新近才埋葬的。

“他们是一起死的吗？”

“不，有时一天死一个，有时一天死两个……”

“他们都是新近来的吗？”

“是的。”

那十二个土堆竟排得那样整齐，一个挨着一个，距离是那么均等——啊，他们在生前不也是以自己的生命安放在绝对的秩序里的么？如今他们死了，人们又把他们安排在永远的整齐的空间里了。由靠近我们这面数过去，一连四个已经在土堆的前面立了一方小小的石碑，在那四块石碑上，刻上了死者的简单的年龄、籍贯、番号，以及姓名，由于一种徒然的同情，我们把他们抄下了：

　　二十四岁　四川人
陆军第六师三十三团新兵廖云青墓
　　三十二岁　江西人
陆军第二十一师一二二团卫生队左作新墓
　　三十岁　湖南人
军政部第四补训处二团九连二兵周敏修墓
　　五十二岁　湖南人
陆军第十五师九十团三连二兵罗步云墓

关于这些死者，人们所可能知道的，都在这里了。

其他八个还没有立碑，据说去刻了。

而现在那三个掘墓人已把那黑色的棺材抬动……那棺材所将安放的，就是从这边数过去最后的一个——也是第十三个墓的地位。

一九三九年十月卅日

炸后

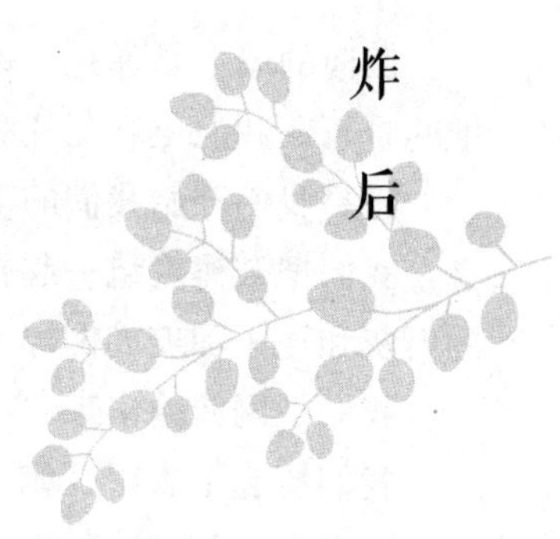

一 寻

走过了狼藉着电线杆子与电线与瓦砾的十字街口，我们来到我们居住的地方。

房子被震坏了，但它还站立在那里。

到处都是土灰，灰蒙住了任何一个角落。

我们很小心地走着楼梯，这楼梯的扶手被房子痉挛的时候撕断了，颓然倾斜着；楼梯的踏级上，堆着天花板坠落来的石灰的破片与碎块与粉末。

我们走上了二楼，我们走上了三楼。

我们隔壁房子里的人已比我先回来了，他们正在他们的房子里，很困难地打扫着石灰堆。

我们的房门被震开了。一切都改变了位置，一切都被压在灰里。

弹片从墙上进来，洞穿了天花板出去。窗子上的玻璃完全被打碎，散满了房子。

房子中间的电灯，挂下来，一直到地板上，那乱结着的电线，像一束从地上捡起的鸡肠，涂满了灰。

四面的墙上是弹孔，地板上也是弹孔，有几处被压塌了，满地板堆的是石灰和泥土和瓦片和玻璃。

于是我们开始我们的工作：

我们把被褥毛毡一起抬起来，到房子外面的走廊上，把压在上面的石灰和泥土和玻璃倒掉。

我们把网篮拾出来，小心地捡去石灰和泥土和玻璃。

我们捡起了衣服，帽子，茶壶，牙刷，一样样地吹去了沾在上面的石灰和泥土和玻璃的碎末。

我们从石灰和泥土和玻璃的堆积里，寻着了友人的信件，我们所爱的书籍，和稿子。

在那些稿子上，几乎是一律地写着对于日本军事法西斯的嫌恶和对于中国反侵略战争的赞美。

在那些稿子上，几乎全部是对于暴力的鄙夷和对于反抗的崇敬。

在那些稿子上，几乎全部是火一般的句子，中国的诗人就每日用着这些句子去烧起中国人民比火更粲然的仇恨，去摧毁一个企图灭亡他的敌人——日本法西斯的强盗。

二　没有被震落的画像

在我隔壁的房子是文艺厅。

这平时有印花的桌布上排着花瓶，每日换着绣球花和蝴蝶花的，雅致的房子，今日被震毁了。

门被击开了，花瓶与花被抛远了，桌布被揭起了。无数杂志被压在石灰和泥土和玻璃的堆积下。

地上狼藉着石灰和泥土和玻璃。

在石灰和泥土和玻璃的堆里露出了“诗”——这是一期有玛耶珂夫斯基纪念特辑的诗刊，玛耶珂夫斯基的脸还露在外面。

墙上所有的镜框和画都被震落了，却只剩下一个。

那是直五尺横四尺的白布，木炭画的鲁迅的像。

这为中国千百万人民所敬爱的人物，在这蒙满了灰土的微微显得

幽暗的房子里，依然用他明炯着智慧的眼睛，愤愤地，沉默地，看着敌人的暴行。

三　愁苦的脸

我们决定搬家了。

所有的东西已经从灰土中整理出来，铺盖已捆好，但因为找不到搬运夫，只得在这残破的楼房的走廊上坐着。

我想利用这闲空，来看一点什么——

于是我想到在我们从石灰堆里找东西的时候，曾看见过一册破了的旧画报——是在我以前住的人留在这房子里的。

我到房子里捡起画报，坐在走廊里的铺盖上，一页页地看起来了。

这是抗战以前在上海出版的画报。

要人和明星的起居室，阔佬和名流的言行录。

某三姊妹的国画展览会的捧场，某局长的参观漫画展览会的留影，某要人几十岁的生辰志庆。

八开本的一个全版的太极拳的摄影，在那光滑的圆球上所映出的世界的玄异的倒置，与歪斜或拉长或短缩的脸……

褚民谊的照相就在那圆球的旁边。

这是一个出色的人物，政治舞台上的丑角，踢毽子放纸鸢的能手。美人鱼的马夫。拉皮条的光棍。

用玄异的姿式，玄异的手，玄异的表情，看看太极球上的玄异的世界，发着玄异的幻想……

我一面正在玄异地回忆着褚民谊的业绩，一面又看了一个脸：

一个愁苦的脸！

一个为个人的荣禄而深谋远虑的愁苦的脸。

一个以所有的机智去满足一个难以告人的希望的不安与愁苦的脸。

漫画家很聪明地把他的眉毛画成两条向两旁斜下的方条，把他的眼睛也微斜着，眼珠很像被突然的惊恐所怔住似的凝钝，嘴唇女性似的微微向下弯……在这一切上面，盖了二片对分的西洋发。

汪精卫是愁苦的。他愁苦着如何更机巧地夺取权位，他愁苦着如何更秘密地把中国的版图拍卖给帝国主义的日本，他愁苦着如何使自己在做尽了一切的卑劣行为之后而又以最堂皇的姿态出现在中国人民的前面。

汪精卫是有深谋远虑的，但他的深谋远虑从来也没有隐瞒得过我们，无论他处在如何高贵的地位，都未曾引起过我们一样的尊敬，反之，我们却永远在内心里蔑视着这人物的任何把戏，因我们早已看穿了他的秘密——他就是一个想以出卖中国而获得个人最高荣禄的政治的娼妓。

历史是最可信任的。一切我们所预料的都已实现而且继续实现下去，几年前所看见的愁苦的脸，如今早已把他的秘密暴露无遗，他的脸上丑恶与耻辱的标记。

而且，汪精卫将永远愁苦下去，当知道连他们依靠的主人本身都要粉碎的时候——

他将要哭泣！

一九四〇年夏，北碚

俘虏

一

团长刚放下晚饭的碗筷，作战参谋交给他今天上午在××庄附近的作战报告——

“……我军火力将敌人压在一个泥坑里，敌人想占领坑西的土墩子，我×营即先后占领高地，集中火力射击，使敌人不能抬头。当地老百姓都拿了切菜刀赶来，惟怕敌人发现要报复，临时借军装军帽混在战士们一起冲上去杀。敌×中队一百余人，已全部被我歼灭……”

团长把报告按在桌子上，拿自来水笔在“已全部被我歼灭”七个字上面，加上了“除有一人脱逃外”七个字。写完了向作战参谋说：“这样才正确……那个鬼子可能打伤躲起来了。”作战参谋接过了报告，跑进里面交给了译电员。这时候，守岗的进来，说外面有一个农夫要见他。

团长说：“你陪他进来吧。”

团长倒了一杯开水，端在手里。时候已黄昏了，村子里很静，团长朝着门口站着。

守岗的来了，他的后面跟着一个农夫，看去有三十多岁的样子，很瘦小，推着一架独轮车——车上并排地横摆着两只装得很饱满的麻袋。

"老乡，什么事，进屋里谈吧。"

农夫把车歇在门口，解下头上扎的毛巾，拍去尘土，跨进了房子。

二

今天吃过中饭之后，有一个日本兵，满身污泥，从高新庄那边通过高粱地，逃到××村一个穷苦农夫家里。农夫有事出去了，只留下母亲一个人在家。

当日本兵轻轻地把门推开的时候，里面的那个老太婆，突然看见了这么一个满身污泥的人，她被吓得全身都震动了。

"谁？跑进来干什么？"老太婆几乎要嚷起来了。

日本兵慌张地说："给我水，我渴了的……"他怕老太婆听不清，用手指指着自己的嘴。

老太婆睁着害怕的眼睛，脸皮皱得很厉害，由经验所唤起的恐怖窒息着她，她退缩到墙角，没有说话。

日本兵移动脚步，显得很笨重。走到灶边，捧起了一个罐子，向嘴里倒水。在喝够了水之后，他就用胆怯而尖锐的目光，在房子里找什么东西。

他的目光停落在一只装着粮的篓子上。

他走到篓子旁边，两手扶着篓口，伸了一只腿到篓子里去，脚站在篓底上，再把另一只腿也放进去，他的身体往下蜷曲，两手拿着一个高粱秆编做的盖子往自己的头上盖。篓子太小，他的半个头暴露在篓口上，为着这个缘故，他哀求老太婆坐在那个盖子上。

老太婆仍旧站在墙角不动，她的一只手像在抽筋似的痉挛着。

日本兵失望地从篓子里爬出来，就往老太婆的床上一躺，拉着那床破烂了的被絮，来蒙裹自己的全个身子。

老太婆很快地跑出门去。

在房屋转弯的地方，她碰上了她的儿子。他正从村里回来，脸上带着不可抑制的笑，当他看见他母亲的苍白而紧张的脸色，他问：

"出了什么事？"

“一个鬼子闯进家里来了！”

“快别嚷，想办法，怕要惹下祸事。”

农夫走进家里的时候，那日本兵仍缩在破被絮里。农夫把那破被絮很谨慎地揭开。日本兵转过脸来，张着两只很大的眼睛。

农夫马上露出了伪饰的笑，这是一种悬挂在一切不测的灾难的边沿上的笑。他说：

“啊，皇军……”

老太婆把门掩上，而且靠在门上听他儿子和日本兵的对话。

日本兵坐起来，两只脚挂在床前，他的两眼直看着农夫说：

“救救皇军，送到××村，我会给你钱的。”

农夫说：“对，你放心，我送你回岗楼子去。”他的脸上显得有些忧愁，他接着说：“听村上人说八路军刚过去不久，路很不好走……”

房子里是静寂。

忽然间，农夫咧开嘴笑了，他说：

“我想个办法，皇军你看好不好，我装做送粮的，推两只麻袋：一只装包壳，一只——把皇军藏在里面，碰上八路，我就让他摸着包壳的一只……”说完了，脸上装出了谄媚的样子。

日本兵低着头。他的眼睛透过睫毛很锐利地看着农夫的脸。他想了一下，接着抬起头说：“大大的好！大大的好！你的聪明的，就这样办。”

一刻钟之后，农夫就推着独轮车，往村外去；他的母亲很担心地看着他离开了村子。

从这个村往东走十五里，是敌人的据点。那里有很庞大、很坚固的一个岗楼，岗楼上飘着刺眼的太阳旗。从岗楼里每天有酗酒的日本人出来，蹒跚到附近的村庄去寻找财物和妇女。老百姓把岗楼子看做眼中钉。

但是，从这个村子往西走十五里，却是另外的一个地方，这地方今天住着打了胜仗的八路军。那里响起了人民的欢笑，四周的老百姓赶送慰劳品到那里去。

农夫是熟悉本乡的道路的，无数的灾难已教育了他该如何选择自己的道路。他抓着独轮车走到分岔口的时候，向东边望望，也向西边望望，他很快地挺了一下身子；握紧了车柄，把车向西边一转，车轮发生了细微的吱噶吱噶的声音，在两边都长满高粱的路上，迎着偏西的阳光，他迈着很快的步子，向××村走去……

三

团长知道了这件事之后，向农夫说：“你真是个好老乡！”

农夫愉快地笑着说：“只要你们来了，咱村里大家都高兴了。你知道，咱这一带给鬼子糟蹋的不成样子了！”

农夫和团长走出了房子。农夫把一只麻袋从车上拖下来，俯下身去解绳子，而且向麻袋说：“皇军，快出来吧！”

那日本兵从麻袋口伸出了头，向站在他面前的团长和农夫看了一下，马上知道自己是被俘虏了，他的脸色显得很阴郁，眼睛发着红光盯住农夫。他十分颓丧地从麻袋里出来，衣服皱得不成样子，满身是干泥土。

团长说：“来人！”

日本兵惊吓得打颤了。两个膝盖骨互相碰击着站在那里。团长向那走拢来的勤务员说：“你把他送到敌工股去。”接着，他走近日本兵，很温和地对他说：“你不要怕，我们八路军是优待俘虏的。这里有你们十几个弟兄，说不定你还有认识的。”说到这里，他很关切地看着他在抖索的身体，他问：“你受伤了么？受伤了，叫医生给你看一下。”

日本兵不回答，只很轻微的摇了一下头。

团长说：“好，到那里洗过澡，换换衣服再吃饭吧。”

团长目送日本兵移动着笨重的脚步，跟着那个勤务员，走到院子右边的房子里去。

农夫已经把麻袋折好，正在推动独轮车准备走了。

团长说：“老乡，天快要黑了，今天在这里歇一夜吧。”

“同志，天黑了不要紧，夜黑里走路方便些。”

“那也好。”他朝向那个刚从左面房子出来的勤务员说：“快陪老乡去吃饭，他吃了饭还要赶路呢。”

这时候，有几颗很亮的星子，浮在院子的上空。

画鸟的猎人

一个人想学打猎，找到一个打猎的人，拜他做老师。他向那打猎的人说："人必须有一技之长，在许多职业里面，我所选中的是打猎，我很想持枪到树林里去，打到那我想打的鸟。"

于是打猎的人检查了那个徒弟的枪，枪是一支好枪，徒弟也是一个有决心的徒弟，就告诉他各种鸟的性格，和有关瞄准与射击的一些知识，并且嘱咐他必须寻找各种鸟去练习。

那个人听了猎人的话，以为只要知道如何打猎就已经能打猎了，于是他持枪到树林。但当他一进入树林，走到那里，还没有举起枪，鸟就飞走了。

于是他又来找猎人，他说："鸟是机灵的，我没有看见它们，它们先看见我，等我一举起枪，鸟早已飞走了。"

猎人说："你是想打那不会飞的鸟么？"

他说："说实在的，在我想打鸟的时候，要是鸟能不飞该多好呀！"

猎人说："你回去，找一张硬纸，在上面画一只鸟，把硬纸挂在树上。朝那鸟打——你一定会成功。"

那个人回家，照猎人所说的做了，试验着打了几枪，却没有一枪能打中。他只好再去找猎人。他说："我照你说的做了，但我还是打不中画中的鸟。”猎人问他是什么原因，他说：“可能是鸟画得太小，也可能是距离太远。”

那猎人沉思了一阵向他说：“对你的决心，我很感动，你回去，把一张大一些的纸挂在树上，朝那纸打——这一次你一定会成功。”

那人很担忧地问：“还是那个距离么？”

猎人说：“由你自己去决定。”

那人又问：“那纸上还是画着鸟么？”

猎人说：“不。”

那人苦笑了，说：“那不是打纸么？”

猎人很严肃地告诉他说：“我的意思是，你先朝着纸只管打，打完了，就在有孔的地方画上鸟，打了几个孔，就画几只鸟——这对你来说，是最有把握的了。”

偶像的话

在那著名的古庙里，站立着一尊高大的塑像，人在他的旁边，伸直了手还摸不到他的膝盖。很多年以来，他都使看见的人不由自主地肃然起敬，感到自己的渺小，卑微，因而渴望着能得到他的拯救。

这尊塑像站了几百年了，他觉得这是一种苦役，对于热望从他得到援助的芸芸众生，明知是无能为力的，因此他由于羞愧而厌烦，最后终于向那些膜拜者说话了：

“众生啊，你们做的是多么可笑的事！你们以自己的模型创造了我，把我加以扩大，想从我身上发生一种威力，借以镇压你们不安定的精神。而我却害怕你们。

“我敢相信：你们之所以要创造我，完全是因为你们缺乏自信——请看吧，我比之你们能多些什么呢？而我却没有你们自己所具备的。

“你们假如更大胆些，把我捣碎了，从我的胸廓里是流不出一滴血来的。

“当然，我也知道，你们之创造我也是一种大胆的行为，因为你们尝试着要我成为一个同谋者，让我和你们一起，能欺骗更软弱的那些人。

“我已受够惩罚了，我站在这儿已几百年，你们的祖先把我塑造起来，以后你们一代一代为我的周身贴上金叶，使我能通体发亮，但我却嫌恶我的地位，正如我嫌恶虚伪一样。

“请把我捣碎吧，要么能将我缩小到和你们一样大小，并且在我的身上赋予生命所必需的血液，假如真能做到，我是多么感激你们——但是这是做不到的呀。

“因此，我认为：真正能拯救你们的还是你们自己。而我的存在，只能说明你们的不幸。”说完了最后的话，那尊塑像忽然像一座大山一样崩塌了。

养花人的梦

在一个院子里，种了几百棵月季花，养花的认为只有这样才能每个月都看见花。月季的种类很多，是各地的朋友知道他有这种偏爱，设法托人带来送给他的。开花的时候，那同一形状的不同颜色的花，使他的院子呈现了一种单调的热闹。他为了使这些花保养得好，费了很多心血，每天给这些花浇水，松土，上肥，修剪枝叶。

一天晚上，他忽然做了一个梦：当他正在修剪月季花的老枝的时候，看见许多花走进了院子，好像全世界的花都来了，所有的花都愁眉泪睫地看着他。他惊讶地站起来，环视着所有的花。

最先说话的是牡丹，她说："以我的自尊，决不愿成为你的院子的不速之客，但是今天，众姊妹们邀我同来，我就来了。"

接着说话的是睡莲，她说："我在林边的水池里醒来的时候，听见众姊妹叫嚷着穿过林子，我也跟着来了。"

牵牛弯着纤弱的身子，张着嘴说："难道我们长得不美吗？"

石榴激动得红着脸说："冷淡里面就含有轻蔑。"

白兰说："要能体会性格的美。"

仙人掌说："只爱温顺的人，本身是软弱的；而我们却具有倔强的灵魂。"

迎春说："我带来了信念。"

兰花说："我看重友谊。"

所有的花都说了自己的话，最后一致地说："能被理解就是幸福。"

这时候，月季说话了："我们实在寂寞，要是能和众姊妹们在一起，我们也会更快乐。"

众姊妹们说："得到专宠的有福了，我们被遗忘已经很久，在幸运者的背后，有着数不尽的怨言呢。"说完了话之后，所有的花忽然不见了。

他醒来的时候，心里很闷，一个人在院子里走来走去，他想："花本身是有意志的，而开放正是她们的权利。我已由于偏爱而激起了所有的花的不满。我自己也越来越觉得世界太窄狭了。没有比较，就会使许多概念都模糊起来。有了短的，才能看见长的；有了小的，才能看见大的；有了不好看的，才能看见好看的……从今天起，我的院子应该成为众芳之国。让我们生活得更聪明，让所有的花都在她们自己的季节里开放吧。"

一九五六年七月六日

蝉的歌

在一棵大树上，住着一只八哥，她每天都在那儿用非常圆润的歌喉，唱着悦耳的曲子。

初夏的早晨，当八哥正要唱歌的时候，忽然听见了一阵震耳欲聋的嘶叫声，她仔细一看，在那最高的树枝上，贴着一只蝉，它一秒钟也不停地发出“知了——知了——知了——”的叫声，好像喊救命似的。八哥跳到它的旁边，问它：“喂，你一早起来在喊什么呀？”蝉停止了叫喊，看见是八哥，就笑着说：“原来是同行啊，我正在唱歌呀。”八哥问它：“你歌唱什么呢？叫人听起来挺悲哀的，有什么不幸的事发生了么？”蝉回答说：“你的表现力，比你的理解力要强，我唱的是关于早晨的歌，那一片美丽的朝霞，使我看了不禁兴奋得要歌唱起来。”八哥点点头，看见蝉又在抖动起翅膀，发出了声音，态度很严肃，她知道要劝它停止，是没有希望的，就飞到另外的树上唱歌去了。

中午的时候，八哥回到那棵大树上，她听见那只蝉仍旧在那儿歌唱，那“知了——知了——知了——”的喊声，比早晨更响。八哥还是笑着问它：“现在朝霞早已不见了，你在唱什么了呀？”蝉回答说：“太阳晒得我心里发闷，我是在唱热呀。”八哥说：“这倒还差不多，人们只要一听到你的歌，就会觉得更热。”蝉以为这是对它的赞美，就越发起劲地唱起来。八哥只好再飞到别的地方。

傍晚了，八哥又回来了，那只蝉还是在唱！

八哥说："现在热气已经没有了。"

蝉说："我看见了太阳下山时的奇景，兴奋极了，所以唱着歌，欢送太阳。"一说完，它又继续着唱，好像怕太阳一走到山的那边，就会听不见它的歌声似的。

八哥说："你真勤勉。"

蝉说："我总好像没有唱够似的，我的同行，你要是愿意听，我可以唱一支夜曲——当月亮上升的时候。"

八哥说："你不觉得辛苦么？"

蝉说："我是爱歌唱的，只有歌唱着，我才觉得快乐。"

八哥说："你整天都不停，究竟唱些什么呀？"

蝉说："我唱了许多歌，天气变化了，唱的歌也就不同了。"

八哥说："但是，我在早上、中午、傍晚，听你唱的是同一的歌。"

蝉说："我的心情是不同的，我的歌也是不同的。"

八哥说："你可能是缺乏表达情绪的必要的训练。"

蝉说："不，人们说我能在同一的曲子里表达不同的情绪。"

八哥说："也可能是缺乏天赋的东西，艺术没有天赋是不行的。"

蝉说："我生来就具备了最好的嗓子，我可以一口气唱很久也不会变调。"

八哥说："我说句老实话，我一听见你的歌，就觉得厌烦极了，原因就是它没有变化；没有变化，再好的歌也会叫人厌烦的。你的不肯休息，已使我害怕，明天我要搬家了。"

蝉说："那真是太好了。"说完了，它又"知了——知了——知了——"地唱起来了。

这时候，月亮也上升了……

一九五六年八月四日

在汽笛的长鸣声中

——《艾青诗选》自序

一

“我们找你找了二十年，我们等你等了二十年……”

“在‘四人帮’横行的日子里，不知你怎么样了，我总是想：大概死了……”

上面引的都是读者来信中的话，这样的话几乎每封信里都有。这是今年四月底，我发表了第一首诗之后，读者对我的关切。

“作家没有作品，或者没有发表作品，等于不存在……”

不存在等于死亡，而我并没有死亡。

多少年来，林彪、“四人帮”总想禁锢歌声，他们把不属于自己帮派体系的作品全都列为禁书，束之高阁。

但是，只要歌声是属于人民的，人民就会保护歌声。

“为了买你的诗集，我曾跑遍很多地方也没有买到……”

“我们到处找你的诗集，找到了就互相传抄，抄好了就东藏西藏……”

“为了保存你的诗集，我用塑料布裹起来，藏在米缸里……”

“唐山地震之后，我在柜子底下找到你的诗集……”

最近一个朋友给我看了四十二年前出版的《大堰河》，并且要我签名作为纪念。

我在那本书的扉页上写了一首“诗”：

好像一个孤儿
失落在人间
经历了多少烽火硝烟
经历了多少折磨和苦难
相隔了四十多年
终于重新相见——
身上沾满斑斑点点
却保持了完好的容颜——
可真不简单！

开滦煤矿的一个工人来信说：

“我不懂诗，我是一个生在农村的人，看到你的诗会勾起我回忆童年时代的农村和可怜我童年时代的农村……为什么诗的魅力这么大呢？……我只知道我这个普通工人经常怀念你，经常关心你！……只要你收到这封信，看到一个二十多年来经常把你怀念的人的感情，也就使我心安理得了……”

几乎所有来信都对我写诗表示高兴：“现在好了”“你终于出来了”“你还健在，你应该歌唱！”

我今年六十八岁，按年龄说并不算老，但是，有许多年轻的朋友都死在我的前面，而我却像一个核桃似的遗失在某个角落——活着过来了。

二

我生于一九一〇年阴历二月十七日，是浙江金华人，老家在山区。

据说我是难产的，一个算卦的又说我的命是“克父母”的，我成

了一个不受欢迎的人，甚至不许叫父母“爸爸、妈妈”，只许叫“叔叔、婶婶”。我等于没有父母。这就使我讨厌算卦、反对迷信，成了“无神论者”。

从少年时代起，我从美术中寻求安慰。

“五四”运动开始的时候，我已经九岁。小学课本里已有启蒙思想——要求民主和科学。

女学生们开始“放足”了。

中学老师第一次出的作文题是《自修室随笔》，我写了一篇《一个时代有一个时代的文学》，反对念文言文。老师的批语是：“一知半解，不能把胡适、鲁迅的话当作金科玉律。”老师的批语并没有错，我却在他的批语上打了一个“大八叉”！

“山雨欲来风满楼”。学生们经常上街游行、摇旗呐喊，捣毁卖洋货的商店，冲进卖鸦片的“禁烟处”……革命的风暴震撼着南方的古城。不知哪儿来的一本油印的《唯物史观浅说》，使我第一次获得了马克思主义阶级斗争的观念——这个观念终于和我的命运结合起来，构成了我一生的悲欢离合。

一九二八年暑假初中毕业后，我考入国立西湖艺术院（即现在杭州的浙江美术学院）绘画系。没有念完一个学期，院长发现了我。他说：“你在这里学不到什么，你到外国去吧。”

第二年春天，我就怀着浪漫主义的思想到法国去了。

在巴黎是一个穷学生。家里不愿意接济我，我就在一家工艺美术的小厂工作，一边进行自修，到蒙巴那斯一个“自由画室”去画人体速写。我也读了一些中文翻译的哲学和文学的书；俄罗斯批判现实主义的小说、苏维埃十月革命的小说和诗歌；有时也到工人区的“列宁厅”看禁演的电影。同时也读了一些法文现代的诗。而我最喜欢、受影响较深的是比利时大诗人凡尔哈仑的诗，它深刻地揭示了资本主义世界的大都市的无限扩张和广大农村濒于破灭的景象。总之，我在巴黎度过了精神上自由、物质上贫困的三年。

三

一九三一年的“九一八”事变，使中国的民族危机深刻化了。

一九三二年的“一·二八”事变那一天，正好是我从马赛动身回国的那一天。

但是，四月上旬轮船到香港停了四天——国民党忙于和日本帝国主义谈判“淞沪协定”。

到上海的时候战争已结束——祖国依然呻吟在屈辱中……我茫然回到老家，住了不到一个月就离开了。

五月我到上海，加入“中国左翼美术家联盟”，和大家一同组织了一个“春地画会”。

早在巴黎的时候，我就试着写诗，在速写本里记下一些偶然从脑际闪过的句子。

在从巴黎回国的途中也写了一些短诗。但从来没有想要当一个“诗人”。

一天，同房住的一个诗人在桌子上看到我写的一首诗《会合》，是记录反帝大同盟东方支部在巴黎开会的场景的，他自作主张地写了个条子“编辑先生，寄上诗一首，如不录用，请退回原处”，寄到当时“左联”的刊物《北斗》。想不到居然发表了。这件小事，却使我开始从美术向文学移动，最后献身于文学。

六月，“春地画会”在上海基督教青年会楼上举行展览会，得到了鲁迅的支持，把他珍藏的德国女画家珂勒惠支的版画借来一同展出。鲁迅自己也来参观，签了一个很小的名。看完之后捐了五元——会场要出租钱。我把“收条”给他，他悄悄一揉就扔掉了。

我和鲁迅见面只这一次。

七月十二日晚上，“春地画会”正在上世界语课，突然遭到法租界巡捕房密探的袭击，进行了半个小时的搜查之后，我和其他十二个美术青年一同被捕。

国民党以臭名昭著的“危害民国紧急治罪法”控告这一群手无寸

铁的青年“颠覆政府”！

在看守所的时间特别长。我写了不少诗。有些诗是通过律师的谈话、亲友的探望，偷偷带到外面发表的。

为了避免监狱方面的注意，从一九三三年开始，我改用“艾青”这个笔名，写了《大堰河——我的保姆》。这个笔名到今天，已经整整用了四十五年。

一九三五年十月我出狱；一九三六年出版了第一本诗集《大堰河》。

四

一九三七年七月七日爆发了“抗日战争”。我在前一天在预感中，写了《复活的土地》：

……
我们的曾经死了的大地
在明朗的天空下
已复活了！
——苦难也已成为记忆
在它温热的胸膛里
重新漩流着的
将是战斗者的血液。

中国人民，伟大的中华民族，以自己的鲜血来洗刷近百年来被奴役的耻辱。

我从上海到武汉，从武汉到山西临汾，从临汾到西安，又折回到武汉，到桂林，在《广西日报》编副刊《南方》。出版了诗集《北方》。

一九三九年下半年，在湖南新宁教了一学期的书之后到重庆。

一九四〇年春天，我带了长诗《火把》到重庆——当时的所谓

“大后方”的文化中心。

不久，我得到周恩来同志的接见。那是在重庆郊区北碚，在事先约定的时刻，他从浓荫覆盖的高高的石阶上健步下来，穿一身浅灰色的洋布干部服，显得非常整洁。

他在育才学校的讲话中，明确地提出希望我到延安去“可以安心写作”。那时，大家都亲切地称他“周副主席”(军委副主席)。

一九四一年初发生了震惊中外的“皖南事变”，国民党发动了第三次反共高潮。在重庆的进步作家受到了恐吓与监视。我幸亏得到周恩来同志的帮助，和另外的四个作家一起，摆脱了国民党特务的跟踪，沿途经过四十七次的检查，安然到达延安。

初夏的一个夜晚，得到通知，我们在杨家岭的窑洞里，第一次见到了自己所生活的时代的杰出的人物——中国人民的伟大领袖毛泽东同志。在我的脑子里留下了永远不会消失的一个既魁梧又和蔼的身影与笑容。

十一月，我被选为陕甘宁边区参议会的参议员。我第一次写了歌颂领袖的诗《毛泽东》。

一九四二年春天，毛主席多次接见我。最初他来约我“有事商量”，我去了。

他和我谈了“有些文章大家看了有意见，你看怎么办?”老实说，我当时并没有看出有什么严重性。我很天真地说：“开个会，你出来讲讲话。”他说：“我说话有人听吗?”我说：“至少我是听的。”

接着他来信说：“前日所谈文艺方针的问题，请你代我收集反面的意见……”在“反面的”三个字下面加了三个圈。

我没有收集什么反面的意见，只是把自己的意见正面提出了。

他看了我的意见之后来信说：“深愿一谈。”在谈话中，他提出包括文学与政治、暴露与歌颂等问题。我根据他的指示进行了修改，以《我对于目前文艺上几个问题的意见》为题发表了。

五月，以毛主席的名义召开“延安文艺座谈会”，会议进行了好多天，讨论也很激烈。

在会上，我记得的是朱总司令对我在文章中引用的李白的两句话

“生不用封万户侯，但愿一识韩荆州”，作了精辟的解释：“我们的韩荆州是工农兵。”实际上指出了文艺工作者的方向。

在会议结束的那一天黄昏，毛主席发表了著名的经典性的《在延安文艺座谈会上的讲话》，把马克思主义的文艺理论发展了，也明白无误地重申了列宁对文学艺术的党性原则。

在座谈会之后，我写信给毛主席提出想到前方去。他回信说：“赞成你去晋南北，但不宜走得太远，因同蒲路不好过”；“目前这个阶段希望你蹲在延安学习一下马列，主要是历史唯物论，然后到前方，切实研究一下农村阶级关系；不然对中国战况总是不很明晰的……”

他指示我学习马列——主要是历史唯物论，实际上叫我投入接着不久就来到的“整风运动”，以马克思主义为武器，去战胜一切领域中的唯心主义。

五

一九四五年八月，日本投降。

十月，我随“华北文艺工作团”到张家口，文工团并到“华北联合大学”作为“文艺学院”。不久就撤出张家口，转移到冀中、冀南一带。整个解放战争期间，我都在“文艺学院”搞行政工作。也曾参加过几次土地改革工作。写过组诗《布谷鸟》。

一九四九年初北京解放。我在进城后的第一件工作就是以“接管人员”的身分接管“中央美术学院”；参加全国文联和作家协会的筹备工作；参加第一届政治协商会议，最后当了《人民文学》的副主编。

一九五〇年随中共中央的一个代表团访问苏联，所写的诗均收入《宝石的红星》里。

一九五三年回老家一次。收集了抗日战争期间在浙东一带的历史，但以民歌体写的叙事长诗《藏枪记》却失败了。

一九五四年七月，得到智利众议院的邀请到智利访问，写了《南美洲的旅行》的组诗以及后来补写的长诗《大西洋》。

一九五六年由人民文学出版社出版了我的第二个选集《春天》，我在“后记”中说：

> ……我的作品并不能反映这个伟大的时代。这个时代是要用许多的大合唱和交响乐来反映的。我只不过是无数的乐队中的一个吹笛子的人，只是为这个时代所兴奋，对光明的远景寄予无限的祝福而已。

一九五七年，我先是计划写“匈亚利事件”，已完成《蒂洛拉》《巴拉顿湖》两个章段，因材料不足搁下了。接着到上海，收集了有关帝国主义在经济上侵略中国的历史资料，才写了《外滩》一节，又因事搁下了。

一九五八年四月，得到一个将军的帮助，并经周恩来总理的同意，我到东北国营农场去“体验生活”，当了一个林场的副场长，和伐木工人们一起生活了一年半；曾写了长诗《踏破荒原千里雪》和《蛤蟆通河上的朝霞》，可惜都已丢失了。

一九五九年冬天我到新疆，在生产建设兵团的一个垦区度过了十六年。

我认识了不少新朋友。我也下决心要歌颂这些改造大自然的战士们。我为了要写这个机械化的垦区积累了几十万字的材料。

一九七二年，经医生检查发现我的右眼因白内障而失明已经有四五年之久了。

一九七五年春天，我经上级批准到北京医治眼疾。

难忘的一九七六年！我国人民先后失去了三个领导人，整个国家处在危急中——万恶的“四人帮”从四面八方伸出了黑手，党中央一举粉碎了“四人帮”，使伟大的祖国转危为安。我也得到了第二次解放。

六

诗人必须说真话。

常常有这样的议论：某人的诗受欢迎，因为他说了人们心里的话。我以为这种议论不够全面。全面的说，某人的诗受欢迎，因为某人说了真话——说了心里的话。

人人喜欢听真话。诗人只能以他的由衷之言去摇撼人们的心。诗人也只有和人民在一起，喜怒哀乐都和人民相一致，智慧和勇气都来自人民，才能取得人民的信任。

人民不喜欢假话。哪怕多么装腔作势、多么冠冕堂皇的假话都不会打动人们的心。

人人的心中都有一架衡量语言的天平。

也有人夸耀自己的“政治敏感性”，谁“得势”了就捧谁，谁“倒霉”了就骂谁。

这种人好像是看天气预报在写“诗”的。

但是，我们的世界是风云变幻的世界。这就使得“诗人”手忙脚乱，像一个投机商似的奔走在市场上，虽然具有市侩的鬼精，也常常下错了赌注。

“政治敏感性”当然需要——越敏感越好。但是这种“敏感性”又必须和人民的愿望相一致。以个人自私的动机是嗅不出正确的东西的。

这就要求诗人既要有和人民一致的“政治敏感性”，更要求诗人要有和人民一致的“政治坚定性”。

谁也不可能对什么都兴奋。连知了也知道什么时候才兴奋。

有人反对写诗要有“灵感”。这种人可能是“人工授精”的提倡者，但不一定是诗人。

把自己不理解的，或者是不能解释的东西，一律当作不存在，或者是认为非科学，这样的人只能居住在螺蛳壳里。

外面的世界是瞬息万变的：有时刮风、有时下雨，人的感情也有时高兴、有时悲哀。

所谓“灵感”，无非是诗人对事物发生新的激动、突然感到的兴奋、瞬息消逝的心灵的闪耀。所谓“灵感”是诗人的主观世界与客观世界最愉快的邂逅。“灵感”应该是诗人的朋友，为什么要把它放逐到唯心主义的沙漠里去呢？

无差别即无矛盾。

对一切兴奋就是对一切都不兴奋。

诗人要忠于自己的感受。所谓感受就是对客观世界的反映。

并不是每首诗都在写自己；但是，每首诗都由自己去写——就是通过自己的心去写。

没有兴奋而要装出兴奋，必然学会撒谎。自己没有感动的事不可能去感动别人。

当然，说真话会惹出麻烦，甚至遭到危险；但是，既然要写诗，就不应该昧着良心说假话。

七

不要为玩弄技巧而写诗，而写诗又必须有技巧。连说话也有说得中听的和不中听的。

人的思维活动所产生的联想、想象，无非是生活经验的复合。在这种复合的过程中产生了比喻。比喻的目的是经验与经验的互相印证。

“触觉和视觉是如此地互相补充，以致我们往往可以根据某一物的外形来预言它在触觉上的性质。”

好一个“互相补充”！恩格斯在这里所说的“互相补充”虽然只是不同感官间的事，但它也同样存在于事物与事物之间、思维与思维之间。它使世界万物取得了沟通与联系。

形象思维的活动，在于使一切难于捕捉的东西、一切飘忽的东西

固定起来，鲜明地呈现在读者的面前，像印子打在纸上一样地清楚。

形象思维的活动，在于把一切抽象的东西，转化为具体的东西——可感触的东西。

形象思维的活动，在于使所有滞重的物质长上翅膀；反之，也可以使流动的物质凝固起来。

通过形象思维，可以使相距万里的携起手来；反之，也可以使原来在一起的挥手告别。

形象思维的方法，是抽象与具体之间的“互相补充”的方法。

形象思维的方法，是诗，也是一切文学创作的基本的方法。

甚至在理论文章（也就是依靠“逻辑思维”所进行的文章）里，也可以遇见形象思维的表达方法。例如在《共产党宣言》里：

> ……为了拉拢人民，贵族们把无产阶级的乞食袋当做旗帜来挥舞。但是，每当人民跟着他们走的时候，都发现他们的臀部带有旧的封建纹章，于是就哈哈大笑，一哄而散。

至于莎士比亚，那是一个离开形象思维就不能工作的人。在他的所有的作品中，无时不在闪耀着形象思维的光辉。

例如“金钱”两个字只是一个概念，但在他的《雅典的泰门》里，“金钱”转化为许多具体的“人”了：

> 啊，你可爱的凶手，帝王逃不过你的掌握，
> 亲生的父子会被你离间！
> 你灿烂的奸夫，淫污了纯洁的婚床！
> 你勇敢的战神！
> 你永远年轻韶秀，永远被人恋爱的娇美的情郎，你的羞颜可以溶化了狄安娜女神膝上的冰雪！
> 你有形的神明，你会使冰炭化为胶漆，仇恨化为亲吻！
> ……

这就是通过一连串的比喻，对为资本所统治的世界所发出的最深刻，也就是最辛辣的咒骂！

诗只有通过形象思维的方法才能产生持久的魅力。

写诗的人常常为表达一个观念而寻找形象。例如拙作《珠贝》：

在碧绿的海水里
吸取太阳的精华
你是彩虹的化身
璀璨如一片朝霞
凝思花露的形状
喜爱水晶的素质
观念在心里孕育
结成了粒粒真珠

“观念”是抽象的，结成“粒粒真珠”，就成了明亮的、可以把握得住的物质了。

“反抗”两个字是属于精神范畴的、抽象的名词。“哪里有压迫，哪里就有反抗。”反抗天然地产生于受迫害的人。

难道还有迫害人的人需要什么反抗吗？

作为一个民族，作为一个要求生存权利的个人，遇到连续的迫害该怎么办呢？

一个浪，一个浪
无休止地扑过来
每一个浪都在它脚下
被打成碎沫，散开……

它的脸上和身上

像刀砍过的一样
但它依然站在那里
含着微笑，看着海洋……

这也只是从受到“无休止地扑过来”的“礁石”的角度上所应采取的态度——它还有什么别的办法吗?

然而有人说礁石是“与大大小小的航船为敌的”——“自傲的态度”，按照他的说法，礁石应该“自己消灭”和对一切“大大小小的航船”——自觉地让开。他完全忘掉礁石是不可能移动的，应该由“大大小小的航船”不要去碰那顽固不化的礁石，这就是从两种不同的角度看问题的不同的结果。

由形象思维的活动所产生的一切比喻，都不是原来的事，所以列宁说：一切比喻都是跛脚的。正因为这样，比喻也最容易被人歪曲甚至诬陷——历史上不少“文字狱”都由比喻构成。

八

我所经历的时代，是一个波澜壮阔、绚丽多彩的时代。我和同我差不多年纪的人们一样，度过了各种类型、不同性质的战争；也遇见了各种类型、不同性质的敌人。真是变幻莫测!

我在一九四一年冬天写的《时代》那首诗里的许多话，里面最重要的话，这些年都得到了应验：

——纵然我知道由它所带给我的
并不是节日的狂欢
和什么杂耍场上的哄笑
却是比一千个屠场更残酷的景象，
而我却依然奔向它
带着一个生命所能发挥的热情。
……

我要迎接更高的赞扬、更大的诽谤
更不可解的怨仇，和更致命的打击——
都为了我想从时间的深沟里升腾起来……
……
我忠实于时代，献身于时代，而我却沉默着
不甘心地，像一个被俘虏的囚徒
在押送到刑场之前沉默着
我沉默着，为了没有足够响亮的语言
像初夏的雷霆滚过阴云密布的天空
抒发我的激情于我的狂暴的呼喊
奉献给那使我如此兴奋、如此惊喜的东西
我爱它胜过我曾经爱过的一切
为了它的到来，我愿意交付出我的生命
交付给它从我的肉体直到我的灵魂
我在它的面前显得如此卑微
甚至想仰卧在地面上
让它的脚像马蹄一样踩过我的胸膛

这样的一首诗，再明显不过的是一首歌颂时代的诗，歌颂的是我们为之战斗、为之献身的时代，“我在它面前显得如此卑微”，“甚至想仰卧在地面上让它的脚像马蹄一样踩过我的胸膛”！

这样的一首诗却被文痞姚文元之流恣意歪曲，诬蔑为“个人主义者自我扩张的嘶喊”，而且明目张胆说成是一首攻击延安的诗！

也是这个文痞，竟说我从来没有歌颂过无产阶级！可是在我的四首诗里曾提到第一个无产阶级政权“巴黎公社”。

一九三二年的《巴黎》里，有“公社的诞生”；一九四〇年的《哀巴黎》里，有“将有第二个公社的诞生”；一九四五年的《悼罗曼·罗兰》里，有“把公社的子孙出卖变成俘虏”；一九四二年的《土伦的反抗》里，有“公社的子孙将重新得到解放！”

这个冒牌的“马克思主义理论家”，早在二十年前，已暴露他是

反对马克思主义的。

就在这个文痞的文章发表之后，我收到一个将军给我的信，鼓励我："你是歌颂过公社的子孙的，你应该继续写诗。"

这两件事形成了多么鲜明的对照！

我曾不知多少次地提到无产阶级的领导人，提到无产阶级的武装部队……怎能说我从不歌颂无产阶级——难道只有贴上"无产阶级"四个字的标签才算是无产阶级吗？

文痞同样歪曲我的长诗《向太阳》中《太阳之歌》里的话：

太阳
使我想起……
……
想起《马赛曲》《国际歌》
想起　华盛顿　列宁　孙逸仙
和一切把人类从苦难里拯救出来的
人物的名字

文痞说："但国际歌和列宁是平列在马赛曲、华盛顿和孙逸仙中间，并不突出"，因而对我做了个政治性的"结论"："所神往的不过是资产阶级的自由民主而已"！好一个"而已"！

我的长诗《向太阳》写于一九三八年四月，地点是国民党统治下的武昌。那时正是国民党消极抗战、积极反共的时期，我提出资产阶级自由民主也不应该吗？

这个文痞在整整过了二十年之后，在一九五八年的上海，住在特务父亲姚蓬子经营的"作家书房"里，大腿叠二腿地坐在沙发上来嘲笑一首在白色恐怖中所写的诗，显得多么得意啊！他而且说我把"列宁"和"国际歌"写上去，只是为了"点缀"！

都因为他享有乱打棍子、乱扣帽子的自由！

今天有机会重温这个文痞发迹的历史，可以更清楚地看到这些年来"四人帮"所实行的法西斯文化专制主义，早在二十年前已经进行了一次大规模的演习了。

像这样的一个流氓竟然能如入无人之境地横冲直撞，成了“庞然大物”，骗取了我国文艺学术领域里生杀予夺之权达几十年之久，这件事难道不值得我们深思吗？

可庆幸的是，这一切终究过去了。

如今，时代的洪流把我卷带到一个新的充满阳光的港口，在汽笛的长鸣声中，我的生命开始了新的航程。

一九七八年十二月中旬

第四辑 为诗·为文

为了胜利

——三年来创作的一个报告

一

一九三七年七月六日，我在沪杭路的车厢里，读着当天的报纸，看着窗外闪过的田野的明媚的风景，我写下了《复活的土地》——在这首诗里，我放上了一个解放战争的预言：

……
我们曾经死了的大地
在明朗的天空下
已复活了！
——苦难也已成为记忆
在它温热的胸膛里
重新漩流着的
将是战斗者的血液。

是的，“将是战斗者的血液”：这话语在第二天就被证实了。芦沟桥的反抗的枪声叫出了全中国人民的复仇的欢快。

二

战争真的来了。这是说，原是在人民的忍耐中的，原是在诗人的祈祷中的，打碎锁链的日子真的来了。这时候，随着而起的是创作上痛苦的沉思：如何才能把我们的呼声，成为真的代表中国人民的呼声。这样的呼声，从最初的意义上说就是迥异于侵略者的，或是国家主义的，或是军国民精神的一种呼声。这样的呼声，更和封建的军民之间的关系绝缘；这样的呼声，必须把这战争看做和全国人民的生活要求，革命意志毫无相间地连结在一起的一个事件。

在三四个月长期的沉默之后，我才写了一首《我们要战争呵——直到我们自由了》。

这是一个誓言。这是我为自己给这战争立下的一块最终极的界碑。

三

于是我在战争中看见了阴影，看见了危机。早在三年前，我已看见了汪精卫的动作与表情，与一个像发自播音筒里的没有生命的语言。还有，他的那颗被包裹在肋骨里的，早已腐烂了的心。

我以悲哀浸融在那些冰凉的碎片一起，写下了《雪落在中国的土地上》，我不幸地发现了：

……
中国的路
是如此的崎岖
是如此的泥泞呀。

而我更使自己知道战争的路给谁走是最艰苦的，而且也只有他们才会真的走到战争的尽头，才会真的从自己的手里建造起和平——真的和平，而不是妥协，不是屈服，不是投降，不是挂白旗的和平。

四

我到了北方。在风沙吹刮着的地域我看见了中国的深厚的力量。每天列车运着无数的士兵与辎重与马匹驰向前线。

我曾和一些朋友，在车站上和潮湿的泥地上睡眠——为了向民众宣传。我曾看见了有些人如何对抗战怠工，如何阻碍着发动民众的工作。但我更看见了民众的力量在无限止地生长，扩大到任何一个角落——当我每到一个地方的时候，都会遇见一些纯朴的青年，因爱好真理而爱好了文学和因爱好了文学而爱好了真理是一样的，他们都是最勇敢而坚决的战斗员。我也接触了一些民众，他们已学会了理解战争，他们的语言常常流露了自己单纯而最本质的愿望。他们是新的中国的基本的构成。

回到武汉之后，我在这种新的信心里，写了《向太阳》，以最高的热度赞美着光明，赞美着民主，写了《吹号者》，以最真挚的歌献给了战斗，献给牺牲。

《他死在第二次》是为“拿过锄头”的、爱土地而又不得不离开土地去当兵的人，英勇地战斗了又默默地牺牲了的人所引起的一种忧伤。这忧伤，是我向战争所提出的，要求答复与保证的疑问。

不久，我就回到了农村。写了许多田园诗，这些诗多数写的是中国农村的亘古的阴郁与农民的没有终止的劳顿，连我自己也不愿意竟会如此深深地浸染上了土地的忧郁。

但是假如我们能以真实的眼凝视着广大的土地，那上面，和着雾、雨、风、雪一起，占据了大地的，是被帝国主义和封建地主搜刮空了的贫穷。这是比什么都更严重而又比什么都更迫切的：就是合理地解决土地问题。这是抗战建国的基本问题之一。

今年五月初，我写了《火把》，这可说是《向太阳》的姊妹篇。这是我有意识地采用口语的尝试，企图使自己对大众化问题给以实践的解释。

最近我正集中全力写长诗《溃灭》，写法国政府拂逆了民意，驱迫人民进行帝国主义战争，到危急时又惧怕武装民众，最后不得不屈膝求和，出卖了国家和民族的经过。

此外我写了一些散文；写了几篇论文；一篇《诗人论》，一篇《诗论》。

五

在这三年间，我写了近百首短诗；写了《向太阳》《吹号者》《他死在第二次》《火把》等长诗；写了《我们要战争呵——直到我们自由了》《反侵略》《仇恨的歌》《通缉令》《大不列颠的弥撒》《哀巴黎》《强盗同盟》（未发表），以及关于捷克的，关于周作人的等政治诗。

有人向我戏谑地说：“你真是一个斯达哈诺夫运动者。”听了心里很不愉快。我想假如我向敌人放射几颗子弹，人们是不是也要戏谑我呢？不会的。

那么我是不是为了这戏谑就不写诗了呢？不会的。

我永远渴求着创作，每天我像一个农夫似的在黎明之前醒来，一醒来，我就思考我的诗里的人物和我所应该采用的语言，和如何使自己的作品能有一分进步——虽然事实上进步得很慢。

即使我休息了，我的脑子还是继续在为我的诗而转运着。甚至在我吃饭的时候，甚至在我走路的时候。

我说过这是一种苦役。

而我始终不愿意放弃这苦役——自从我只留下这唯一的武器了，我不再有其它的武器比写诗更运用得熟练了，自从我不再画画了之后，它已成了我唯一的可以飞出子弹的出口孔了，假如把这出口孔塞住了，这是要在沉默里被窒死的。

六

批评家们对我的作品曾直率地说了一些话。他们的赞词我不愿意

提起，他们的非难大致有如下的几点：

有的说我被象征主义所损害。他们以为我的手法，是象征主义的手法呢？还是我的气氛是象征主义的气氛呢？

我不隐讳我受了象征主义的影响，但我并不欢喜象征主义。尤其是梅特林克的那种精神境界。

我的诗里有些手法显然是对于凡尔哈仑的学习——这位诗人如此深刻又广阔地描写了近代的欧罗巴的全貌，以《神曲》似的巨构，刻画了城里与乡村的兴衰的诸面相，我始终致以最高的敬仰的。而他的那种对于未来世界的向慕与人类幸福彼岸之指望，更是应该被这艰苦的世纪的诗人们公认为先知者的声音的。

我希望我们的批评家所非难的是诗上的象征主义，却不是诗的象征的手法。

有的说我有自然主义的倾向，这是源于对我的有些诗采取了冷静的或是反拨的态度去写作的一种误解。我厌恶浪漫主义，但我也厌恶自然主义——它们同样是萎谢了的风格。

有些人为我的诗里的忧郁辩护；而另外的一些人则非难我的诗里的忧郁；更有的则在我的诗上加上“感伤主义”的注解。（对于最后这种脂肪过剩的意见，我是要拒绝的。）

我如何解释我的忧郁呢？这就是说，我如何能使自己完全不忧郁呢？我所看见的东西真的就完全像你们所看见的那样快意么？还是我非把任何东西都写成快意不可呢？我相信，我是渴求光明甚于一切的，假如看过我的《向太阳》和《火把》的人，他们当会知道，“忧郁”并不曾被我烙上专利的印子。我实在不欢喜“忧郁”啊，愿它早些终结吧！

还有一种比较更严重的意见，说我和民众的接近不够，另外的则说我的诗里知识分子的气味太浓……这些是事实，我愿意领受这聪明的批判。

这一切，对于我都是好的，可贵的。由于他们的出发的善意，我在这里感激他们——虽然他们好像都只是根据我的诗的一部分而下结论。

我相信，这些意见对我的创作多少是有帮助的。

七

我的作品陈列在读者的面前。只有读者是最有权利检阅它们的。也只有作品本身最能说明我的一切——思想，情感，手法，语言，等等。

存在于我的诗里的缺点竟如此之多，贤明的读者和权威的批评家们是很容易看得出来的。

《向太阳》是我自己比较欢喜的，当写成快要付印的时候却加进了一节“群众”，这就显得不很调和了，所以单行本里，把“群众”删去了。

《他死在第二次》因为写作的时间很久，时写时辍，所以全诗不能统一，有几段并且连格调也不一致（如“一念”与“挺进”），所以我自己并不欢喜。

《吹号者》是比较完整的，但这好像只是对于“诗人”的一个暗喻，一个对于“诗人”的太理想化了的注解。

《火把》是对于“人群”“动”“光”的形象。当然，这形象必须有思想的内容，有生命。它的思想内容就是“民主主义”。一个友人说，这诗假如在“武汉时代”（指以武汉为抗战中心的时期）写成就好了。这友人大概有些感慨于现状吧？但“民主主义”并没有死啊，反之，它却无限止地在生长啊——

其它的一些政治诗，本来都只是被某些新的现象刺激了随时所发生的一些反射。有人以为我的诗政治性不够，以为我不关心时事。其实我是很关心中国以及世界的时事的变化和发展的。我更以一个中国人民的资格，渴望着中国政治的进步，只是我从来不曾强迫自己为每天的时事，作有韵的报告而已。

八

新的岁月又向我走来，我将以全身激动的热情迎接它。它将载着胜利的冠冕而来。

为了迎接它，我将以更大的创作的雄心来为它谱成新的歌。我将忠实地追踪着它前进。我要以创作作为我的思想的行动，争取自己的预言的实现，证实自己的誓言。

为了胜利，我将更大胆地处理我的人物的命运；为了胜利，我将更无畏地安置为这个时代所不应该隐瞒的语言。

我将学习谦虚，使自己能进步；我将更努力工作，使自己能不惭愧生存在这伟大的时代。

我没有一天不希望自己的作品更充实，使我的声音更广地进入人民的心里；因此，我愿意人家批评，严正的批评，我一定会欢喜而且感激，只要他们的出发点，是为了抗战，为了胜利。

一九四〇年十二月十四日

我怎样写诗的

一　我的癖性

马雅可夫斯基要求有一架自行车，一架打字机，一架电话机，外用访客衣服，以及雨伞，等等；我所要求的再简单不过了：好的原稿纸，洁白的原稿纸；揉皱过的原稿纸对于我是最不利的。我爱在白的感觉上，编织由富有形象的句子组成的诗的花圈。一支普通的钢笔(我从来没有用过派克钢笔)，但我最讨厌钢笔漏水，钢笔一漏水了，诗的情绪就像墨水一样凝聚在纸面上了。墨笔也是我所欢喜用的，但用墨笔的时候，情绪的抒发没有用钢笔的时候舒爽。

我常在清晨写诗，常在黎明的时候写诗。有一个时期，我也曾在晚上写诗，甚至没有灯光，只是把笔在纸上很快地写。当我睡眠时，我是一定要把笔和纸准备好，放在枕边的。在我创作狂热的时候，常常在梦里也在写诗的；而最普通的时候，是我感觉常常和诗的感觉一起醒来，这时候，我就睡在床上写，在黑暗里写，字很潦草，很大，到天亮时一看，常常把两句叠在一起了。

我的诗，下午写得很少。

我看重灵感。这或许是一个不很好听的名词。那么，让我们说是

情绪的集中吧。假如我的情绪集中了，写成的诗是很少需要改动的；反之，则再三地改动之后，心里仍旧是不愉快。虽然，在别人是不会看出它们之间的差别的。

我爱静，不是死寂，却是要求没有喧闹来驱散我的思绪。当我在思索着什么的时候，我是完全把脑力集中在那被思索着的东西上面的，这时候，我和人家的答话，完全是敷衍，常常连自己都不知道曾说了些什么。

我的一个友人曾说过："假如艾青的诗能写得好，那就因为艾青能集中。"我的诗固然不好，但当我写诗的时候的确是很集中的。我想：这不只是写诗应该这样，就是整个生命也应该这样——在活着的时候，严肃地活；在写的时候，严肃地写。

我的思想活动是终日不停止的。我的脑在睡眠之外没有休息。我常常为我的脑痛苦；为了强迫它休息，我常常楼上楼下地走，在喧嚣的大街上走，在奔忙着的人群里走……

我常常用冰冷的手按住前额——那里面，像在沉静地波动着一种发热的溶液。

二　我为什么写诗

从前我是画画的，用色彩表示我对世界的感情。现在我却用语言来表示了。

最初写诗是在中学时代。用八十磅的光道林钉了一册横长的本子，结了丝绳。封面上用鲜艳的色彩画了蝴蝶或紫罗兰。至今想起来是很可笑的。最初被用铅字印出来的诗，是两首感叹西湖的、吊友的诗。在每个感伤的诗句子的后面，拖了一个疲乏的韵脚。那两首诗，一定是受了当时正在流行的浪漫主义的影响的。

在巴黎时，我读到了叶遂宁的《一个无赖汉的忏悔》，白洛克的《十二个》，马雅可夫斯基的《穿裤子的云》，也读了兰波、阿波里内尔、桑特拉司等诗人的诗篇。

我很孤独。而我的心却被更丰富的世界惊醒了。我对生活，对人世都很倔强地思考着，紧随着我的思考，我在我的画本和速写簿上记下了我的生活的警句——这些警句，产生于一个纯真的灵魂之对于世界提出责难的时候，应该是最纯真的诗的语言。

这些警句的性质，它们包括了对于资本主义世界所显露的一切矛盾：恋爱、政治、经济、文化、艺术……的矛盾以及对于革命的呼喊。

这是《透明的夜》的前身。但在写《透明的夜》时，已领受了现实的严酷的教训，所以不再有空想了。

当这首诗写好之后，我曾给好几位画画的朋友看过。我曾问过一个朋友："依你看，我的诗写得好些呢？还是我的画画得好些呢？"他说："你的诗写得好些。"不管这朋友说这话时的诚意到达了什么程度，这话对于我的艺术生涯上起了可怕的作用。

我撇开了已学了五六年的绘画，写起诗来了。

以后，我就一直为了发掘人类的不幸，为了警醒人类的良心，而寻觅着语言，剔选着语言，创造着语言。

而且，我也为这事业受过苦难，还在受着苦难，而且将继续地受着苦难。

三　我所受的影响

一般地说，我是比较欢喜近代的诗人们的作品的。

我最不欢喜浪漫主义的诗人们的作品。雨果的，谢尼哀的，拜仑的那些大部分，把情感完全表露在文字上的作品，我常常是没有耐心看完的。

哥德的自满的态度和他的说教的态度，我不欢喜。虽然他是一个巨匠。

我欢喜莎士比亚，《哈姆雷特》我是再三地阅读着的。《仲夏夜之梦》里的幻想太奢侈了。

莎士比亚的联想的丰富，生活的哲学的渊博，智慧光芒的闪炯，充满机智的语言，天才的戏谑……我没有在他以后的诗人中发现过。

凡尔哈仑是我所热爱的。他的诗，辉耀着对于近代的社会的丰富

的知识，和一个近代人的明澈的理智与比一切时代更强烈更复杂的情感。

我欢喜兰波和叶遂宁的天真——而后者的那种属于一个农民的对于土地的爱，我是永远感到亲切的。

关于马雅可夫斯基，我只欢喜他的《穿裤子的云》这一长诗。他的其他的诗，常常由于铺张而显露了思想的架空。

四 我所采用的语言

批评家们说我的诗知识分子的气味太浓，他们的话所含的暗示我知道。事实上，没有一个作者不被他的教养和出身的环境所限制了的，而每个作者的进步过程就是他逐渐摆脱他的限制的过程。我是一个从来也不敢停止努力的人。我在继续不断地摆脱我出身的环境所加给我的限制。

我常常努力着使我的诗里尽量地采取口语。

我以为诗始终应该是诗。无论用文言写也好，用国语写也好，用大众语和地方语写也好，总必须写出来是诗。这意思就是：那所采用的语言必须能充分地表达了作者对于现实生活所引起的思想情感；必须在精炼的、简约的、明确的文字里面，包含着丰富的生活面貌、生活的智慧、生活的气息、生活的真理。

我常常在决定题材的采取同时决定语言的采取。我的语言是常常随因题材所决定的表现手法而变更的。

避免用纯粹文章气的句子写，避免用陈腐的烂调写，是每个诗人所应该努力的义务。但和这同时，每个诗人必须要对自己所采用的语言加以严格的选择。诗与散文在体裁上的分歧点，是在语言的气氛，语言的格调，语言的构造，和语言的简约与精炼的程度差别上开始的。

我常常避免用生涩的字眼和语句。我在诗里所花的努力之一，是在调整字与字之间的关系，调整语句与语句之间的关系。

当我不得已而采用一些现成的词汇的时候，我是每次都感到恶心的。但是为了那些现成的词汇比自己所创造出来的更自然，更完全地表达了思想情感，我又不得不袭用了它们。

但我确是如一些批评者所说，在同时代的诗人里面，比较的欢喜努力着创造新的词汇的人。我最嫌恶一个诗人沿用一些陈腐的烂调来写诗。我以为诗人应该比散文家更花一些工夫在创造新的词汇上。我们应该把“语言的创造者”作为“诗人”的同义语。

这是一定的；诗人在他对于新的词汇的创造的努力中，他加深了自己对于事物的观察；诗人也只有在他对于事物有了更深刻的理解的时候，他才能创造了新的词汇，新的语言。

新的词汇，新的语言，产生在诗人对于世界有了新的感受和新的发现的时候。

有人说过：“第一个说女人的脸像桃花的人是天才，第二个说女人的脸像桃花的人是蠢材。”原因就是第二个人他对世界没有新的发现。

假如我们没有把文字重新配置，重新组织，没有把语句重新构造，重新排列；假如我们没有以自己的努力去重新发现世界，发现事物与事物的关系，人与事物的关系，人与人的关系，我们就没有必要去制造一首诗。

大胆地变化，大胆地把字解散开来，又重新拼拢，重新凝固起来。

在人家还没有开始的地方开始起来，在人家还没有完成的地方去完成它。

而语言的应该遵守的最高的规律是：纯朴，自然，和谐，简约与明确。

五　形象的产生

一首没有形象的诗！这是说不通的话。

诗没有形象就是花没有光彩、水分与形状，人没有血与肉，一个失去了生命的僵死的形体。

诗人是以形象思考着世界，理解着世界，并且说明着世界的。形象产生于我们的对于事物的概括力的准确和联想力与想象力的丰富。

每天洗涤自己的感觉，从感觉里摄取制造形象的素材。

从物与物的比拟里，去分别他们间的类似和差别的程度。再把类似的东西组成一个新的程序。

努力把握物体所存在的地位和周围的关系，人与社会之间的关系，事件与时间之间的关系。

诗人的脑子必须有丰富的储藏：无数的鲜活的形体和它们的静止与活动；无数的光与色彩的变化；无数的坚硬与柔软；无数的温暖与寒冷；无数的愉快与不愉快的感觉。

只有储藏丰富了之后，所产生出来的形象才是自然的，生动的。

我常常唤醒自己的联想和想象。我常常从这一物体联想到和它类似的所有物体，从这一感觉唤醒和它类似的所有的感觉；我常常从我已有的经验里去组织一些想象。

联想和想象应该是从感觉到形象的必经的过程。没有丰富的联想和想象，是不可能有丰富的形象的。

当然，丰富的联想和丰富的想象，只有从丰富的生活经验里才能获得。

我的创作生涯

一

我诞生于一九一〇年三月二十七日。是清朝末年，辛亥革命前一年。

我念小学的时候，爆发了一九一九年的“五四”运动——由爱国主义开始，到科学与民主的启蒙运动。马克思主义传播到中国。

我少年时酷爱绘画。

我念初级中学时，受民主思想的冲击，和同学一起上街游行，喊口号，砸烂卖仇货的商店，捣毁“禁烟督察署”——公开卖鸦片烟的地方。

一九二八年中学毕业那一年，北伐军路过金华县城，我们到郊外去迎接，在操场上举行军民联欢会。不久，革命被出卖了，学生领袖被砍头，轰轰烈烈的运动被镇压下去了。

一九二八年夏天，我考入杭州的国立西湖艺术院绘画系，念了不满一个学期，院长看了我的画，说了两句关键的话：“你在这里学不到什么，到外国去吧。”

一九二九年春天，我就随同几个同学怀着浪漫主义的思想，像从

家里逃跑似的，到法国巴黎去了。

最初家里还可以接济，不久就断了支援。我在一家中国漆的作坊找到工作。有时工作半天，就到蒙巴纳斯一家画室画素描，而我早已爱上后期印象派的画家们了，看不起“学院派”的绘画。

我曾经说：“我在巴黎度过了精神上自由，物质上贫困的三年”；但是我亦没有饿过肚子。我阅读了一些批判现实主义的作品，也读了些哲学书籍，文学读得比较多的是诗。我就像水上漂浮的草随波逐流。

一九三一年九月十八日，日本侵略军轻而易举地占领我国东北的土地——民族危机一天天地深重了。

在巴黎，我参加了反帝大同盟的一次集会，我的第一首诗《会合》就是这次集会的记录。

一天，我在巴黎近郊写生，一个喝醉了的法国人走过来，向我大声嚷嚷：“中国人！国家快亡了，你还在这儿画画！”一句话，好像在我的脸上打了一个耳光。

一九三二年初，我因家里几乎断了接济，准备回国，而日本侵略军进攻上海，激起我国军民的抵抗——一月二十八日正是上海爆发战争的日子，也是我从马赛上船的日子，经过一个月零四天的时间，到上海，战争已经结束。国民党和日本签订了“淞沪停战协定”——妥协投降了。当我看到闸北一带的断墙残壁时，我几乎要哭了。

我沮丧地回到家乡，住不到一个月就出来，在杭州遇到一个同学，他说上海有一个中国左翼美术家联盟。五月到上海我就参加了，和几个美术青年办了一个“春地画会”，六月在八仙桥举行一次展览会；七月十二日晚上，正在楼上念世界语的时候，突然上来几个法租界巡捕房的密探，把我和十二个美术青年一同逮捕，经过审讯，十一个都释放，我和那个同学关起来。从此，我与绘画绝了缘，就在狱中写诗。

我写了一首《芦笛》，前面引了现代派诗人阿波里内尔的话：

当年我有一支芦笛
拿法国大元帅的节杖我也不换。

我把芦笛象征艺术，把元帅节杖象征不正的权力；诗里骂了法国的白里安，骂了德国俾斯麦；而且说我将像一七八九年似的向巴士底狱伸进我的手去，而这个巴士底狱不是巴黎的巴士底狱。

这样的一首诗，不知道是监狱方面看不懂，还是他们根本不看诗，就寄出去发表在《现代》上。

每当不眠之夜，借铁栅栏外的灯光，我在拍纸簿上写诗，有时把两句叠在一起了，等天亮把它们拆开重抄。这些诗，署上莪伽的笔名，通过探监的人带出去发表。

一九三三年初，一个下雪的日子，我从碗口大的窗户看着雪，想起了我的保姆，我写了《大堰河——我的保姆》。为了避免监狱方面的注意，我改用了一个笔名，由律师带给一个朋友，由那个朋友转给《春光》发表。

这是我第一次用了新的笔名：艾青。

我在狱中关了三年零三个月，出狱回家。

有一次，在赶集的路上，我的父亲说："你写的那也是诗吗？——听说你写诗还出了名。"他不以为我写的是诗，他认为诗只能是五个字一句或七个字一句的。但他也知道他已不能干预我写诗了。

一九三六年上半年，我在常州武进女子师范教了一个学期的书，又失业了。

我在上海的亭子间里继续写诗。

一首《春》，写的是一九三一年国民党在龙华枪杀五个革命作家的——记忆。最后问：

> 人问：春从何处来？
> 我说：来自郊外的墓窟。

另一首《煤的对话》，最后问：

> 你已死在过深的怨愤里了么？

死？不，不，我还活着——
请给我以火，给我以火！

我把从三二年开始到三六年写的诗，选了九首，自费出版了第一本诗集《大堰河》，想不到引起评论界的注意，后来终于由巴金收进文化生活出版社出版了。

一九三七年七月七日，抗日战争爆发。前一天，七月六日，我在沪杭路上写了一首《复活的土地》。诗的第四段里，我写：

就在此刻，
你——悲哀的诗人呀，
也应该拂去往日的忧郁，
让希望苏醒在你自己的
久久负伤着的心里……

渴望已久的抗日战争真的来了。十月，我从杭州到金华，由金华满怀兴奋地到武汉。

十二月二十八日晚上，我写了《雪落在中国的土地上》这首诗，我是以悲哀的心情写的，因为在战争到了危险的时候，国民党内投降派又主张和谈了。

在这首诗中我写了我自己：

——躺在时间的河流上
苦难的浪涛
曾经几次把我吞没而又卷起——
流浪与监禁
已失去了我的青春的
最可贵的日子……

从我十九岁到二十五岁，是在流浪与监禁中度过的。这个年龄正是最可贵的。

诗的最后，我写：

中国，
我的在没有灯光的晚上
所写的无力的诗句
能给你些许的温暖么？

第二天，纷纷扬扬地下起了大雪。我对一个朋友说：“今天这场雪是为我下的。”这个朋友说：“你这个人自我中心太厉害了，连天都听你指挥的。”他不知道，人是有预感的。

一九三八年，我从武汉到山西临汾，一路上写了《手推车》《乞丐》《补衣妇》等短诗和长诗《北方》。临汾吃紧，我从陕西到武汉，写了长诗《向太阳》；我又从武汉到桂林，写了一些短诗和长诗《吹号者》《他死在第二次》。

从三八年到三九年，我写了一些论文：《诗与宣传》《诗与时代》《诗的散文美》以及《诗论》和《诗人论》。

一九四〇年初，我在湘南新宁衡山乡村师范教了半年书，写了些短诗和长诗《火把》。下半年，从湘南到重庆，认识了周恩来同志。记得第一次是在北碚会面的。

一九四一年初，发生“皖南事变”——新四军往北撤移的时候，受到国民党部队突然袭击。

重庆笼罩着恐怖，我的身后有特务钉梢。

我由周恩来同志帮助，和几个人化装为国民党的官僚，一路上经过四十七次的岗哨检查，终于安然到达延安。

七月的一个晚上会见了毛泽东同志。

我根据一个年轻记者的叙述，写了一匹马的故事《雪里钻》。

一九四二年三月我为《解放日报》的《文艺》百期纪念写了《了解作家、尊重作家》一文。

五月，我参加以毛泽东同志的名义召开的“延安文艺座谈会”。

从此，我写了一些比较大众化的作品，歌颂了工农劳动模范。我也写了长诗《我的父亲》，这是作为刻画一个典型写的。这时，听说我的父亲已去世，随之不久，母亲也去世了。我写了《献给乡村的诗》。

我曾随一个运盐队到三边——靖边、安边、定边。收集了定边的一个土地革命的材料，想写长诗《白家寨子》，但是，等我从三边回来，延安开始了“一场不流血的战争”——接连三年的整风运动，为打败日本侵略者和国民党反动派打下了思想基础。

一九四五年八月，经过了八年的浴血抗战，日本宣布无条件投降。中国人民胜利了。

九月我随同一个文艺工作团到张家口，这是在关内解放的第一个大城市，我写了《人民的城》。

我当了华北联合大学文艺学院副院长。这是我作行政工作最长的时间，除了组诗《布谷鸟集》之外，我很少写诗。由此可见，写诗与行政工作是有抵触的。

一九四九年一月北京解放，我又一度回到美术工作上来——作为军代表，接管中央美术学院。但是，为时不久，我又回到文艺界工作。

一九五〇年秋天，我到苏联访问了四个月，写了组诗《宝石的红星》，居多的是浮泛的颂词。

这一年由开明书店出版了我的第一个选集《艾青选集》。

一九五三年回到离别了十六年的家乡，住了一个星期，我家的旧房子被日本人烧了，现在的房子是新盖的。写了长诗《双尖山》和另一首写浙东游击战争的叙事长诗《藏枪记》。这首诗我以不很熟练的民歌体写的，是我写作中的一次失败。

一九五四年七月，受智利众议院议长的邀请，经欧洲到南美洲。在巴西写了《一个黑人姑娘在歌唱》；在智利写了《礁石》《在智利的纸烟盒上》，又写了长诗《大西洋》《在智利的海岬上》。

从南美洲回来，访问了舟山群岛，根据民间故事写了叙事长诗《黑鳗》。

一九五七年四月，我到上海收集大量材料，想写帝国主义对中国的经济侵略，未成，五月返回北京，因接智利聂鲁达、巴西亚马多到昆明，由昆明飞往重庆，由重庆坐轮船顺流而下。写了《长江行》。

不久，一次大规模的运动开始了。

二

在众所周知的情况下，我被划为“右派”。我成了痰盂。一切谩骂都是判决。

我必须到新的环境里接受改造。我得到一个将军的帮助，到东北黑龙江的北大荒国营农场生活了一年半，又调到西北新疆生产建设兵团锻炼。

我沉默了二十一年之久，最初的一段时间，我生活得还很平静。一九六七年，“文化大革命”中，我家首先被冲击，许多稿件被抄走，其中有《长江行》以及写上海的《外滩》、写北大荒的《踏破荒原千里雪》《蛤蟆通河上的朝霞》以及在新疆写的大量的诗。许多重要的信件、资料也遗失了。从“低头认罪，打翻在地，踩上一只脚，永世不得翻身”，“三忠于”“四无限”，游斗，示众，一直闹到一九七一年九月，林彪叛国潜逃丧命之后，我才算松了口气。我被允许到师医院看病，才知道我的右眼已经完全失明了。

一九七三年我被批准到北京治眼疾。

一九七五年，我再次到北京治眼疾。一九七六年十月，作恶多端的江青反革命集团垮台了，万民同庆。

又经过约两年的时间，有人鼓励我重操旧业——写诗。上海《文汇报》终于发表了我的一首诗《红旗》；随之又发表了《鱼化石》。读者才知道我依然还活着。

一九七八年十一月，我写了长诗《在浪尖上》。

同年十二月，我完成了长诗《光的赞歌》。

一九七九年二月至三月，我随一个访问团到海南岛、湛江、广州、上海。

我在政治上得到平反，恢复名誉，恢复党籍。我随中国人民对外友协代表团，访问欧洲三国。

在西德，我访问了法兰克福、汉堡、特里尔、哥廷根、慕尼黑、波恩……在访问西柏林时，我写了一首《墙》——柏林墙。

奥地利维也纳是我在一九五四年到南美洲时曾经路过，而且住过几天的地方，那时我把它形容为患了风湿症的妇人；而现在，经过了二十六年之后，她变得像欢乐的少女，容光焕发了。我还访问了林茨、萨尔斯堡、巴登。

在意大利我访问了都灵、热那亚、米兰、威尼斯、罗马。我写了长诗《古罗马的大斗技场》。我在新疆农场时，曾读了一点历史，对古罗马多少有一点了解。在《古罗马的大斗技场》里有一段写蒙面斗士的，影射"文化大革命"中互相冲杀着的人被蒙上眼睛，胜利是盲目的，失败也是盲目的。

一九八〇年六月，我受法国波里尼亚克基金会和巴黎第三大学的邀请，参加"抗日战争时期的中国文学"国际会议。我写了《中国新诗六十年》。

和巴黎已阔别四十八年之久，我曾住过的玫瑰村已经不见了，经过了第二次世界大战，连街道也改变了，都是新盖的房子；我到拉丁区去找我住过的旅馆，旅馆还在，但门面焕然一新了。

有人问我："你离开巴黎这末久了，你看它有什么变化?"我说："凯旋门，巴黎圣母院，铁塔依然如故；但是，十三区盖了许多高层建筑；还有戴高乐国际机场，蓬皮杜文化中心，高速公路，汽车也增多了；街上有很多穿喇叭裤、戴黑眼镜、骑摩托车的青年男女。巴黎大变了。"

访问了尼斯、戛纳、蒙地卡罗；写了《巴黎及其它》组诗。

从尼斯飞罗马，我第二次到意大利。

同年九月，受爱荷华国际写作中心主持人聂华苓的邀请，在美国四个月。到得梅因、芝加哥、费城、纽约、华盛顿、波士顿、印地安那、旧金山、洛杉矶等地访问，我也写了一些诗。回来路经香港写了《香港，香港》。

一九八一年，我写了长诗《面向海洋》和纪念周总理的长诗《清明时节雨纷纷》。

一九八二年四月，应邀参加在日本举行的联合国教科文组织的亚洲作家会议。讨论“民族文化与民族特性”。我在会上发了言，中心思想是：“茶叶和咖啡当然可以并存；鸦片与大麻则必须禁止；科学与迷信应该区别。”

会议在东京、京都举行；还访问了奈良。

五月，杭州为纪念我创作五十周年举办学术讨论会，我趁此机会回到家乡去，见了我的保姆大堰河的第二个儿子蒋正银——大堰河有五个儿女，死了四个，正银是篾工，比我大五六岁。

一九八三年一月，我被邀请参加新加坡的“国际华文文学营”会议。

一九八三年一月号的《十月》杂志上发表了我的长诗《四海之内皆兄弟》。

老实说，经过了多少年的动荡不安之后，我的心情是极平静的。正如我一九七九年十二月写的《虎斑贝》里写的：

> 要不是偶然的海浪把我卷带到沙滩上
> 我从来没有想到能看见这么美好的阳光

我是乐观的，也是达观的。

一辈子不知道摔过多少跤。

摔倒了自己爬起来，拍拍身上的灰土就完了。

我即使一边流血，一边也还笑着——

一九五四年七月二十五日，我在智利海边看着礁石，我写了：

> 一个浪，一个浪
> 无休止地扑过来
> 每一个浪都在它脚下
> 被打成碎沫，散开……
>
> 它的脸上和身上

象刀砍过的一样
但它依然站在那里
含着微笑，看着海洋……

许多比我年轻的死在我前面了，我却还活着。要是在七八年前死了和死了一条狗没有什么两样。

从一九三二年发表《会合》开始，到今天已度过半个多世纪了。这就是我的创作生涯。有时，真像穿过一条漫长、黑暗而又潮湿的隧道，自己也不知道能不能活着过来，现在总算过来了。

一九八三年初夏

母鸡为什么下鸭蛋

一天，有个小伙子对我说："有人说你是母鸡，可是下的是鸭蛋。"

我问他："这是什么意思？"

他说："你原来学的是美术，后来却写诗。"

这几句话，引起我不少的回忆与感慨。

我从小爱美术，喜欢图画和手工艺。用竹节做成小小的水桶之类，或者用红胶土做个人头，脖子上插上笔套，眼睛、鼻子、嘴、耳朵都有洞洞，吸一口烟往里一吐，七窍喷烟。

我父亲曾对我说："把你送到贫民习艺所去吧。"

我不知道"贫民习艺所"是干什么的。后来才知道是廉价的工艺美术作坊。我家有一个六角形七开的透光漆点心盒，设计得很好，工艺也很精致，显得大方而高雅，就是"贫民习艺所"的产品，我很喜欢，从此我对工艺美术有了好感。

我的小学美术老师，无论绘画、手工都不错，他可以给演"文明戏"的画舞台布景，也可制作高级的"文房四宝"。我进初中，一年级的绘画老师是学吴昌硕的张书旗（他后来到中央大学美术系教书，画风变了）。初中三年期间，我的功课数绘画最好。我常在不被发觉的情况下，从课堂溜出去写生——画风景。

当时是男女分校。我妹妹在教会学校读书。有一次我去看她，当我离去时，她的两个同学在校门口喊："下次给我们带画来。"我回头看，她们马上躲进去了。后来我问妹妹她们怎么知道我爱画画，我妹妹说，她们是在美展里看到了我的画，一边看，一边说："这是蒋希华哥哥画的。"并说她们都喜欢我的画。

我十八岁时，考进国立西湖艺术学院（即现在的浙江美术学院）的绘画系。班里的油画老师是王月芝（台湾人），木炭画也由他教。中国画老师是潘天寿，水彩画是孙福熙。同班同学只有十几人。我常在早饭前，出去画几张水彩风景。但是，我在那儿学习不到一个学期的时间，院长林风眠看了我的画之后说："你在这儿学不到什么，你到外国去吧。"这样的一句话，使我在第二年的春天敢于冒险，出国到巴黎了。

在巴黎三年。正如我在诗选自序中所说的，是"精神上自由、物质上贫困"的三年。

我爱上"后期印象派"莫内、马内、雷诺尔、德加、莫第格里阿尼、丢飞、毕加索、尤脱里俄等等。强烈排斥"学院派"的思想和反封建、反保守的意识结合起来了。

我的大部分时间为生活所逼，不得不在一个中国漆的作坊里为纸烟盒、打火机的外壳，加工最后一道工序。余下半天的时间到蒙巴那斯的一家"自由工作室"（名字忘了）去画人体速写，也不过是通过简练的线条去捕捉一些动态，很少有机会画油画。只记得曾有一张画几个失业者的油画参加了"独立沙龙"的展览。那张画上我第一次用了一个化名"OKA"，后来我有一些诗就用了"莪伽"这个笔名。

我爱上诗远在爱绘画之后。

我的法文基础很差，但我确有比较不差的理解力。

在巴黎，有一个中国学生带了不少汉文翻译的俄罗斯文学作品：果戈理的《外套》、屠格涅夫的《烟》、妥斯退也夫斯基的《穷人》、安特列夫的《假面舞会》等等是我初期的读物。

后来我买了一些法文翻译的诗集，如勃洛克的《十二个》、马雅可夫斯基的《穿裤子的云》、叶赛宁的《一个流浪汉的忏悔》和普希金的诗选。

我也读了一些法文诗：《法国现代诗选》、阿波里内尔的《酒精》等，如此而已。

我没有条件进行有系统的学习和阅读，只能接触到什么吸收什么。

我开始试验在速写本里记下一些瞬即消逝的感觉印象和自己的观念之类。学习用语言捕捉美的光，美的色彩，美的形体，美的运动……

当我的经济能力继续留在巴黎很困难，我只有回国。那时已是“九一八”事件之后了。而我在马赛上船的日子，正好是上海发生“一·二八”事件的日子。我从巴黎到马赛的路上写了一首《当黎明穿上白衣的时候》，我在红海写了一首《阳光在远处》，我在湄公河进口的地方写了一首《那边》（这三首诗，后来都发表在当年的《现代》上）。

当时我虽然才二十二岁，却没有可能继续学习，我也不愿意靠家里来养活。无论生活与艺术都促使我走上革命的道路。

同年五月，我参加了中国左翼美术家联盟。我和几个革命的美术青年举办了“春地画会”。这个画会不到二十个人。我写了介绍现代法国绘画的文章，用莪伽的笔名在《文艺新闻》上发表。也曾在汪亚尘的“新华艺大”代了几天课。生活完全没有保障。革命的艺术青年，在当时大都是有钱大家花、有饭大家吃。

美联主持下，以“春地画会”的名义在基督教青年会的楼上举办了一次展览会。这个展览会得到了鲁迅的支持，并且拿出他自己珍藏的伟大的德国女画家珂勒惠支的精印的版画同时展出。

在这个展览会上我展出的只是一张从拍纸簿上撕下的纯粹属于抽象派的画。

那天刚好由我值班，我在签名簿上看到鲁迅很小的签名，我就陪他参观，而他并不知道我是谁，却指着我的那张画问：“这是原作还是复制品？”

我说：“是原作。”

他说：“是原作那就算了。”

看来，假如是复制品他就想把它要去。但是我当时的反应很迟钝。多少年来我一直后悔没有把那张画送给他（这张画多少年之后给了张仃，听说早已丢失了）。

而且从那之后，我再也没有机会碰见他——我们时代的最善于战斗的勇士。

同年七月中旬的一个晚上，“春地画会”的会址，受到法租界巡捕房的突然袭击，被看作是共产党机关，十三个美术青年一同被捕。

从那以后，我过的是囚徒的生活。我和绘画几乎完全断了联系。

我自然而然的接近了诗。只要有纸和笔就随时可以留下自己的思想感情。我思考得更多、回忆得更多、议论得更多。诗，比起绘画，是它的容量更大。绘画只能描画一个固定的东西；诗却可以写一些流动的、变化着的事物。

我在监狱里写了许多诗。

从《芦笛》开始，《透明的夜》《马赛》《巴黎》……而《大堰河——我的保姆》是我第一次用现在这个笔名发表的诗，因为当时我的另一个笔名，已被监狱里知道了。这首诗是由律师谈话时带出监狱，寄给狱外的朋友送出去发表的。

决定我从绘画转变到诗，使母鸡下起鸭蛋的关键，是监狱生活。

我借诗思考，回忆，控诉，抗议，……诗成了我的信念、我的鼓舞力量、我的世界观的直率的回声……

出狱之后，抗战开始，一直到解放战争结束，整整有十六七年的漫长岁月，我的精神活动的主要形式是写诗。

诗好像成了我赖以生活的职业了。老实说，完全靠写诗维持生活是不可能的。很少人能每天都写诗，鸭蛋也不可能每天都生。

我曾先后在几个学校教语文和绘画。教学工作和创作的关系是淡薄的。

抗战期间，我写的诗比较多，是我整个创作生涯中的一个高潮。

但是，我和绘画并没有完全断绝关系。我也偶尔设计封面，画几张风景，甚至在旅行时带上那种记账的折子，画一些黄河流域的荒漠的景色（曾有几张画参加在重庆举行的全国美展，那时我已在延安）。

我也写了一些有关绘画和木刻的评介文章。在桂林，我评论过李桦；在延安我评论过古元、力群、焦心河、刘岘。

我甚至拿童年时代所喜欢的红胶土，尝试做雕塑。只能说是“玩玩泥巴”而已。

所有这些，只是我对美术的一种含情脉脉的回顾，一种遥远的怀念。

北京解放，使我又一次燃烧起对重新搞美术工作的希望。这个希望是很强烈的。

当时，我的工作是在“军事管制委员会”所属的“文化接管委员会”，具体的说是接管“中央美术学院”。

使我特别高兴的是我有机会欣赏齐白石的画。我从心眼里赞叹他的艺术。

我曾约了沙可夫和江丰同去拜访齐白石的家。

他开始用疑惑的眼光看这几个穿军装戴蓝色袖章的来访者。我为消除他的不安，向他作了自我介绍：“我从十八岁起就喜欢你的画。”

“你在哪儿看过我的画”？

“西湖艺术学院。那时我们的教室里挂着几张你画的册页。”

“院长是谁？”

“林风眠。”

他才恍然大悟地说：“他喜欢我的画。”他才相信来访者不会找他的麻烦，而且不经要求，就主动的一连画了三张画，送给我们三个人。应该说，给我的是最好的。

从那以后，我和他有了友谊。或许会有人说我对他有“偏爱”，我到处寻找他的画，购买他的画。我写诗和文章赞美他。我从艺术的角度极力推崇他。在国务院为他祝寿的时候，他又送给我一张夹着红笺的画（这是我仅有的两张他送我的画）。

我常常和美院同学一起画速写，也曾试图学雕塑。

但是，时间不久——大概只有一年的样子，又把我从美术工作调到文学工作里了。我的第二次和美术工作的姻缘被切断了。这一次好像是和美术成了永远的告别。

我只能是美术的爱好者。我好像是被嫁出去了的人，最多也只能对美术像“走亲戚”的关系。

我在美术界的确有一些较好的朋友。

有人在评论我的诗的时候，寻找我受益于绘画的因素。所以说我是“母鸡下鸭蛋”，我也不生气，因为无论鸡蛋、鸭蛋，总还是蛋，它们之间总含有共同的物质——蛋白质，即使程度不同，都同样具有营养。

同样都是为真、善、美在劳动。绘画应该是彩色的诗；诗应该是文字的绘画。

一九八〇年二月十二日

我曾经喜欢……

我小的时候，喜欢到附近的小河边去拣晶莹的小石块，玲珑透剔的小石块。

我年轻的时候喜欢美术，曾经学习绘画。

一九三二年七月，我在上海被捕，不能再从事绘画了，我就以写诗来抒发我的情怀。从此，我和诗结下了不解的缘分，直到今天。

我以诗反映我所生活的时代。抗日战争时期，我写了大量有关抗战的作品；《向太阳》《火把》《雪里钻》《反法西斯》……延安文艺座谈会之后，我写了大量歌颂劳动英雄的诗；解放后，我写了《欢呼集》《宝石的红星》《海岬上》《黑鳗》；十年动乱之后，我写了大量控诉“四人帮”罪恶的诗。

我把我的心血都灌浇在诗的创作上。

但是，人各有癖好。

我喜欢收集小工艺品，包括各国的小玩意儿；中国的橄榄核雕的小船，日本的象牙雕的花生……

我喜欢葫芦，惊叹大自然的创造，收集各种类型的葫芦：双腰的、长柄的、圆形的、八角的、大的、小的。我曾经买到一个小葫芦，只有豌豆那么大的，双腰的小葫芦，据说是清朝的小葫芦。可惜被一个朋友给掰断了。

我喜欢海螺，收集了不少的海螺，大的像皇冠，小的像珍珠，黄的像玛瑙，绿的像翡翠。我常常为了想购买一个海螺，往返几次，徘徊在商摊旁边。

一九五四年，我到南美洲，在聂鲁达的别墅里看见了他所收集的上千上万的海螺，我真羡慕啊！

一九七九年二月，我同诗人们到海南岛，在海边拾海贝。一个海浪扑来，推上来几个小海贝，海浪退了，我马上跑去拣，不料又一个海浪扑来，把我的衣服打湿了，我曾大声地叫嚷："海浪打了我一巴掌！"但，我是高兴的。等大家都休息了，我把拣来的海贝冲洗得干干净净，摊在桌子上欣赏，然后用手绢包起来。

我曾写了一首《拣贝》：

大海的馈赠
　　是无穷的

阳光下到处是
俯身可取的欢欣

海滩上的天真
浪花里的笑声

我喜欢椰子壳，我常到水果铺去挑选各种椰子，回来用刀斧劈去它的外衣，把内壳细心加工，制成各式各样的盒子。上海画家唐云很赞赏，并且要了一个作为纪念。

我记得五十年代，我曾在印度展览会上买了一个孪生的连体的大椰子壳的半边。我随身带了它很久，现在已不知道它到哪儿去了。

我喜欢核桃壳，挑选了特别大的、特别小的，形状奇怪的核桃壳。

在哈尔滨省委招待所的院子里，有许多棵很大的山核桃树，我在那里时，正当核桃成熟了，大风一吹，纷纷掉下来。我每天去拾，搓去外皮，洗了晾干。我拾了一筐，我就是喜欢它们。

我也写了一首《山核桃》：

一个个像是铜铸的
上面刻满了甲骨文
也像是黄杨木的雕刻
玲珑透剔、变化无穷
不知是天和地的对话
还是风雨雷电的檄文

我也喜欢化石。我搜集了远古的小动物的化石：鱼化石、蚌壳化石、螃蟹化石，我现在还保存了一个鸵鸟蛋的化石。

我喜欢这些东西，常常废寝忘餐。格言说："玩物丧志。"我也的确为它们消耗了时间。

但是，它们转移了我的过于疲劳的思维活动，使我的脑子得到了充分的休息。

大自然是慷慨的。所有这些就是它的馈赠，它的施舍。我从这些东西得到了美的享受，因之，我也更爱生活。

从回忆中醒来……

一九三一年九月十八日，日本关东军侵入中国东北，占领了沈阳。那时我在巴黎。一天我出去写生，一个法国人好像喝醉了酒，踉踉跄跄地走来对我喊道：“中国人，你的国家都快亡了，你还在这儿画画！”

不久，法国咖啡店里出了一种点心，又酥又软，又香又甜，名字叫做“中国人”，你到咖啡店吃早点的时候，会听到“给我几个中国人！”中国人受到侮辱。

我怀着民族的仇恨参加了“反帝大同盟”，在一次东方支部开会的时候，我写了一首《会合》，燃烧着愤怒之情。

一九三二年一月二十八日，日本军队进攻上海，激起上海军民的抵抗。刚好在这一天，我从马赛坐船回国，一路上凡是有华侨的地方都放鞭炮庆祝胜利。但是，胜利被出卖了。国民党和日本侵略军签订了臭名昭著的“淞沪停战协定”。中国依然过着屈辱的日子。我在上海看见战后的一片废墟，我忍不住哭了。

一九三七年抗战开始了，我到了武汉。战争是艰苦的，国民党右翼想投降，我在同年十二月二十八日写了《雪落在中国的土地上》。以悲凉的诗句，写出人民的苦难。

一九三八年四月，我回到武汉，写了长诗《向太阳》，作为对抗战的颂歌，对一个觉醒了的民族的欢呼。

五月，我写了《反侵略——给日本的士兵大众》：

为什么
你们从东京
　　从大阪
　　从名古屋
背了枪
装满了子弹
到中国来？

为什么
你们在上海
　　在南京
　　在北平
拔出刺刀
戮杀了
无罪的中国人民？

当你们
用密集的枪火
扫射
　　哀叫着的
　　颤抖着的
　　奔逃着的中国人民
你们
能否想一想
他们和你们
有什么仇恨？

七月，我根据照片写了《人皮》：

这是从中国女人身上剥下的
一张人皮……
不幸的女子啊！
炮火已轰毁了她的家，
轰毁了她的孩子，她的亲人
轰毁了她的维系生命的一切
不知是为了不驯从羞辱的戏弄呢
还是为了尊严的倔强的反抗呢
敌人把她处死了——
剥下了无助的中国女人的皮
在树上悬挂着
悬挂着
为的是恫吓英勇的中国人民
……

在十二月一日，桂林遭到日本飞机的狂轰滥炸，我写了《死难者画像》：

一个死了的女人的旁边
并卧着一个小孩
他的小小的手臂
他的断了的手臂
搁在他的身体的附近
——这小生命已伴随他的母亲
在最后的痛苦里闭上了眼睛

在池的那一边
横陈着一个未死的人

他的头和脸
已完全被包扎在白布里
白布渗透了血
他是连最后的叫喊声也不能发出了
而他的肚子
却缓慢地起伏着
呼吸在痛苦里
呼吸在仇恨里
就在这未死的人的脚边
摆着另外一个人——
怎么说他是一个人呢
他只剩下了胸部以上的一段肉体
胸部以下的
肚子
腿
脚
还有两只劳动的手
都到哪儿去了呢？

在乱发里嵌着惨白的脸
黄色的牙齿露在外面
又是一个中年的妇人
她的家属来了
把一扇板门放在她的身边
然后把她的僵硬了的身体放到门上
看见她的被炸开了的后脑
血已浸湿了一大片土地
她的家属在解脱她的衣服了
又解开了她的内衣
噫，她是一个孕妇……

一九三九年春末，我写了长诗《他死在第二次》；三月末我写了长诗《吹号者》，在《纵火》一诗里，我写了：

……已是黄昏了……
这时候，看：
一个五六岁的女孩
无力地，悲哀地走着
脆弱的小手
抱着一条破烂的被絮
在失望里疲乏了的两颗大眼
看着面前——
前面是
冬季的荒凉的原野；
而她的背后
那使整个苍穹都变成乌暗的
是万丈冲天的浓烟……

一九四〇年五月初我写了长诗《火把》。到重庆，六月十一日遇到重庆大轰炸，我写了《抬》：

请大家记住
这些都是血债……

我虽然没有到过前方，我却经受了日本空军的狂轰滥炸——上海的大轰炸、武汉的大轰炸、桂林的大轰炸、重庆的大轰炸、延安的大轰炸。

在桂林，我住的房子被炸毁了；有一次，我在郊外，一个弹片落在离我只有两三米远的地方。我是战争的幸存者。

穷凶极恶的日本法西斯所发动的侵华战争，经历了八年，直到一九四五年八月十五日，终于以日军无条件投降作为结束。当宣布日军投降的消息传到延安的夜晚，我在一片锣鼓声中写了《狂欢的夜晚》。我的大量的诗都是日军暴行的见证。我的许多诗都已译成许多文字，其中也包括日本文字。

这场战争的真正发动者是日本军阀，日本法西斯是这场战争的罪魁祸首。无论是中国人民、日本人民都是这场战争的牺牲者。

今年四月，我有机会第一次到日本，得到日本人民热情接待。日本人民是友好的，中日人民的友谊是长存的。想不到日本文部省居然篡改侵华的历史，为日本军国主义招魂，这除了让中国人民回忆起所受的苦难，使中国人民得以重温这场战争的经历而感到义愤之外，还能有什么作用呢？

一九八二年八月十一日

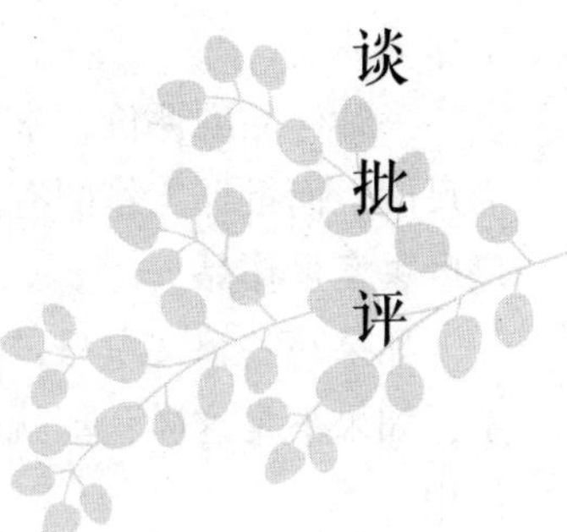

谈批评

一个作家，当他完成了他的作品时，他的努力已完了。留下的，对于作品的评价之类，是应该让给批评家们去做的。因此，作为一个批评家，他就负有把作品由作家介绍到社会的这非常重大的任务。

但是，一般地说，人们却把“批评”曲解了。这曲解，首先由于作家对于自己的作品所取的态度不敢严肃，当他完成了他的作品之后，他过于想望人家对于他的赞美，似乎所有的工作，只有在这种赞美里才能得到安慰。

而另一半的责任却也由于批评作品的人态度的不敢严肃。至于那种含有其它不纯的动机的批评，则更是不必说。

作家的对于自己作品的不敢严肃，就是他自己的文学工作的最初的失败；批评者的对于作品的不敢严肃，也就是他自己的批评工作的最初的失败。

从正面说来，无论是作家，或是批评家，不管他的作品如何幼稚，态度严肃，却是成功的第一个要素。

但是一般的作家们，好像永远在期待着盲目的喝彩和那种不负责任的赞词。同时也有一种批评者，却正在向那些太渴望赞誉的艺术家，给以闭着眼睛的喝彩和自己想起来也要难为情的赞词。

而且，这样的作家和这样的批评者正在自己满足着这样的自欺的工作。

一种作品的评价，永远应该以它本身对于现实生活所表现的深浅为尺度，而批评工作的有无意义，也永远是在那批评者之能否依照这尺度去衡量作品。

如果写一篇文章只是为了稿费和为了讨人欢喜，这终究是太悲惨了，如果不是这样，却就应该顾全到自己工作的对于社会所能引起的作用。

我希望，作家能把那些嬉皮笑脸的一味只知阿谀的批评者当做自己文学的发展上的敌人；我也希望：批评者能把那些只在祈祷自己去阿谀他的作者当做自己批评工作发展上的敌人。

因为，如果把“批评”曲解为“捧场”，艺术是永远不会有什么进步的。

坪上散步

——关于作者、作品及其他

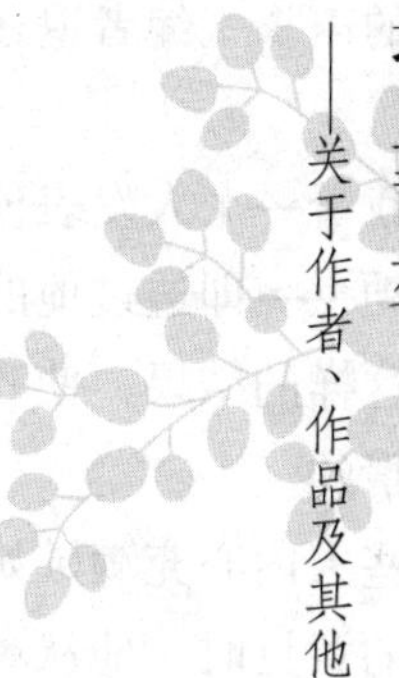

把一篇作品看做一个引擎，一个轮子，或是一把镰刀都好。

却不要把它当做装饰，一块会议桌上的桌布，或是办公厅的窗子上的窗帘。

没有比一篇作品完成时所给我们的愉快和安慰更真实的了。这种愉快和安慰，不是任何怀着甚深的偏见的批评家所能夺去的；也不是任何怀着执拗的成见的敌人所能减少一分的。

与其穿了不合身材的衣服，还不如赤裸。

越是对艺术有勇猛的情热的作者，越是欢喜赤裸。

为什么我们要摈弃说教呢？因为说教常常是装腔作态的，不自然的，虚伪的。

当你的情感不曾达到完全纯真的时候，是很难产生好的作品的。

作家和编者之间的互相帮助是：作家能把“好的”稿子给编者，编者能退还“不好的”稿子给作家。

作家和编者之间的崇高的友谊应该是：作家拿“好的”稿子，提高编者的声誉，编者退还“坏的”稿子，提高作家的声誉。

当我听一个人发表他对于另外一个人的意见时，我常常注意他心里的活动——即透过他的显得客观的语言，去看他躲藏在背后的真的意见，这样的结果，使我发现：能公正地批评人的是不很多的，大多数是狡猾的。

有些人内心充满嫉妒，外表却假装冷漠。当你问他对于某个作家或作品的意见时，他从鼻孔里哼出冷笑，装出不屑谈的样子，沉默着；另一种人则含糊其词，企图抹煞。

伟大的艺术品必须蕴蓄一种东西，这就是一个时代为了选择自己的代言人，而托付给作家的东西。

不朽的作品，常包含一种一切时代所共同具有的人类向上的美的精神——引导人类从琐屑、褊狭、卑污走向善良、宽大、高贵的精神。

小市民式的自满，是艺术家走向成功路上最可怕的敌人。

纯正的艺术品和虚伪的制造物之间的距离，凡是有良心的作家自己是很清楚的。

那些装腔作态的东西，我们常常是要用很大的努力才能读完它。当读完它的时候，我们就感到悲哀——这种悲哀，与其说是为了那作品，倒不如说是为了那作者，为了他的那个发表作品的可怜的动机。

摹仿、抄袭、剽窃，都是缺乏创造力的结果。

我真讨厌抄袭，当你刚刚用心血创造了一些语言或形象，第二天就看到那些抄袭家们的复写了——那些复写常常显得那样拙劣，他们往往把你原来用苦辛所创造的东西，弄得卑俗化了。

对于一个作家的要求，不只是文章简洁通顺，这是一种起码的要求——但我们的很多作家，却连这起码的要求都成了最高的要求了。

老练的文体，不是困苦的雕琢和艰难修饰的结果。

老练的文体，是作者对他所接触的思想情感透彻了解的结果。

批评家的工作是：发现作家，发现作家对现实的接近和距离，发现作品和现实之间的接近和距离。

却不是在司令台上呵叱着，发号施令。

我们的文坛产生了一些文坛掌故家，却很少文学史家，因为我们很多所谓文学史家是以掌故当作史料的，不是以作品当作史料的。

因此，我们的文坛以谁知道掌故更多就是最好的文学史家；因此，我们的很多批评家，就成天在收集掌故——却很少愿意花精力在研究作品的工作上。

大多数的批评家不知怎么的，很少能把一个作家正确地反映给读者，好像他们的能力永远限制在运用空洞的术语上，不会用正确的美学观点，有耐心地，具体地去了解一个作家。

一个作家，除了文章写得简洁通顺之外，必须在他的作品里包含一种思想。

所写的人物，必须有社会的根源，人物没有社会的根源，不能成为典型。

个人是依附在阶级一起的，批评他应该和他的阶级一起批评。

他的成功和失败，是联系在他所属的阶级的成功和失败上的。

为什么写人物呢？写人物无非是通过人物写社会。假使不是这样，那么写的人物是没有生命的，是一种剪影。

我们的大多数读者，现在还只是停留在理解名词和动词的可悲的阶段，对于形容词、副词、接读词之类的苦心，他们是不很尊重的。

一般地说，文章写坏了，或是写得不通了，作者是不知道的；假如他知道，那一定羞于拿出来发表的；同时编者也是不知道的，要是知道，他也不愿意刊登的。

这样才显出批评的重要。

好的批评家不应该先注意作者写什么东西就算完了，更重要的是注意他怎样写——用怎样的态度处理题材，从什么角度看世界，采取怎样的手段，等等。

高明的理论家不从作品所采用的题材的阶级的区别去衡量作品；而是从作品中所反映的各个阶级的真实，与他们之间的矛盾程度去衡量作品。

一九四二年立春

了解作家 尊重作家

——为《文艺》百期纪念而写

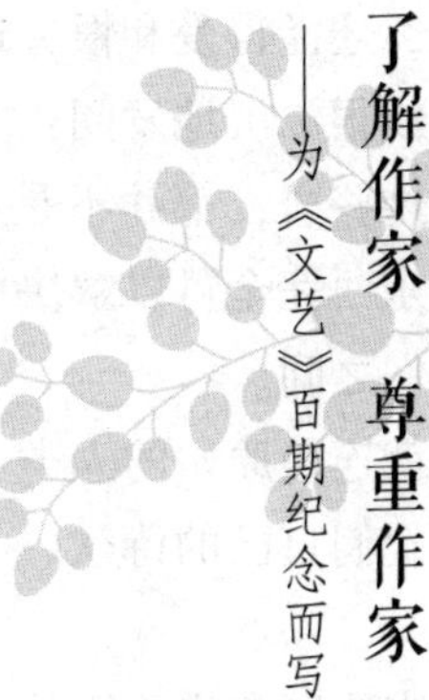

作家是一个民族或一个阶级的感觉器官、思想神经，或是智慧的瞳孔。作家是从精神上——即情感、感觉、思想、心理的活动上——守卫他所属的民族或阶级的忠实的兵士。

作家的工作就是把自己的或他所选择的人物的感觉、情感、思想，凝结成形象的语言，通过这语言，去团结和组织他的民族或阶级的全体。

一首诗，一篇小说，或一个剧本，它们的目的，或是使自己的民族或阶级给自己以省察，或是提高民族或阶级的自尊，或是从心理上增加战胜敌人的力量。

有人问："文艺有什么用处呢？"

文艺的确是没有什么看得见的用处的。它不能当板凳坐，当床睡，当灯点，当脸盆洗脸……它也不能当饭吃，当衣服穿，当药医病，当六〇六治梅毒。

所以反功利主义的唯美论者——戈谛耶会满怀愤慨地说："……我们不能从物喻得到一只帽子，或者像穿拖鞋般穿比喻；我们不能把对文法当雨伞用，我们不能把音韵当背心穿。"

但是人类还会思索，还有感觉，还知道耻辱和光荣，还能嫉妒和同情，还懂得爱和恨，还常常心里感到空漠因而悲哀，还要在最孤独的时候很深沉地发问："活着究竟为什么？"

这些事，都并不是凳子、床、灯、脸盆、饭、衣服、药品六〇六这些东西完全可以解决的。因为这些事，同样会发生在没有物质忧虑的人们之间。

就连最原始的人类，也有他们的心理活动；就连最不开化的民族，也有他们自己的诗歌。

当法国资产阶级的大诗人伐莱里的《水仙辞》出版的时候，一个同阶级的批评家曾以这样的话颂扬他的作品："近年来我国发生了一件比欧战更重大的事件，即伐莱里出版了他的《水仙辞》。"

这原因就在于《水仙辞》为烂熟了的法国资产阶级——也可以说全世界的资产阶级提出了许多使内心颤栗不安的问题，他的诗，通过他自己深沉的审视，从哲学上引起了对生命实体怀疑的问题。

好像有一个英国人曾说："宁可失去一个印度，却不愿失去一个莎士比亚。

这原因就在于莎士比亚是英国商业资本主义抬头时代的代言人，是英帝国主义向世界扩展其势的鼓吹者，是大英帝国直到现在还用以骄傲于世界的伟大诗人。他的作品可以支持一个民族的自尊心理，从而换到不止一个的印度。

我常常听人说："某些人看了某篇作品不高兴了。"我的心就非常高兴。因为，由此我们可以知道那作品的确起了作用了。

作家并不是百灵鸟，也不是专门唱歌娱乐人的歌妓。他的竭尽心血的作品，是通过他的心的搏动而完成的。他不能欺瞒他的感情去写一篇东西，他只知道根据自己的世界观去看事物，去描写事物，去批判事物。在他创作的时候，就只求忠实于他的情感，因为不这样，他的作品就成了虚伪的，没有生命的。

希望作家能把癣疥写成花朵，把脓包写成蓓蕾的人，是最没有出息的人——因为他连看见自己丑陋的勇气都没有，更何况要他改呢？

愈是身上脏的人，愈喜欢人家给他搔痒。而作家却并不是欢喜给人搔痒的人。

等人搔痒的还是洗一个澡吧。有盲肠炎的就用刀割呢。有沙眼的就用硫酸铜刮吧。

生了要开刀的病而怕开刀是不行的。患伤寒症而又贪吃是不行的。鼻子被梅毒菌吃空了而要人赞美是不行的。

假如医生的工作是保卫人类肉体的健康，那么，作家的工作是保卫人类精神的健康——而后者的作用则更普遍、持久、深刻。

作家除了自由写作之外，不要求其他的特权。他们用生命去拥护民主政治的理由之一，就因为民主政治能保障他们的艺术创作的独立的精神。因为只有给艺术创作以自由独立的精神，艺术才能对社会改革的事业起推进的作用。

尊重作家先要了解他的作品。作家在他作为作家的时候，不希求在他作品以外的什么尊重。适如其分地去批评他。不恰当的赞美等于讽刺，对他稍有损抑的评价则更是一种侮辱。

让我们从最高的情操学习古代人爱作家的精神吧——

“生不用封万户侯，但愿一识韩荆州。”

民族文化与文化特性

——在『亚洲作家讨论会』上的发言

主席先生，各位朋友：

我感到十分荣幸，能有机会同朋友们聚集一堂，讨论“文化特性”这个题目。请允许我借此机会向会议的组织者——联合国教科文组织新闻办公室、亚洲联合国协会和俱乐部联合会，致以深切的谢意。也要感谢日本朋友们安排我们在春光明媚、樱花盛开的季节里来到日本，在这样一种美好的春日里来谈论文化特性，真是太富有诗意了。

民族文化是一个民族精神劳动的成果，也是人类共同的财富。在历史的长河中，各民族创造了具有鲜明的特点、浓郁的风格的文化。民族不分大小，一律平等。每一个民族的文化，都有它自己的不同于其它民族的特殊性。这种特殊性，便是各个民族在世界文化共同宝库中所作的贡献。

勤劳勇敢的中华民族，创造了光辉灿烂的民族文化。稍微研究一下中华民族的对外文化交流史，就会发现，中华民族不但珍惜自己的民族文化，同时也重视各国人民创造的文化。中华民族乐于也善于同别国的优秀文化进行交流，从交流中进一步丰富、发展自己的文化。二千年前，中国人民同中亚细亚各国人民共同辛勤劳动，开辟了沟通东亚和西亚的“丝绸之路”。中国高僧玄奘，唐太宗贞观三年（公元六二九年）西行赴天竺取经，经历了十七年回到长安。译出经、论七

十五部，对丰富祖国文化作出贡献，并为古印度保存了珍贵的典籍。他还撰有《大唐西域记》一书，为研究印度、尼泊尔、巴基斯坦、孟加拉国以及中亚等地古代历史地理以及从事考古的重要资料。由于他的卓越成就，民间广泛流传他的故事，如元吴昌龄的《唐三藏西天取经》杂剧，明吴承恩的《西游记》小说等，都是从他的故事发展而来的。玄奘把佛经译成汉文，又把我国老子的《道德经》译成梵文，他可说是一个中印文化交流史上的功臣。中国的雕塑艺术，最著名的云冈石窟和敦煌壁画，曾经接受了印度美术的不少影响。在座的日本著名作家井上靖先生，写了一本叫《天平之甍》的书。这本书写的就是另一个唐高僧鉴真。唐天宝元年（公元七四二年），他应日僧荣睿、普照等邀请东渡，几经挫折，至唐天宝十二载，第六次航行始成，但已双目失明，一边讲学，同时也将中国的建筑、雕塑、医药学等介绍到日本。阿倍仲麻吕是中日文化交流史上值得一提的另一位人物。他久居中国、身任要职，并与中国大诗人李白等结为好友。当误传他不幸遇难时，李白悲痛异常，作诗悼念。此诗已成为中、日两国人民诚挚友谊的历史见证。日本明治维新之后，在文化上急起直追欧洲，成了中国与其他一些国家文化交流的桥梁，中国的鲁迅、郭沫若、茅盾等许多作家、学者都曾在日本留学。如大家所知，中国同其他亚洲国家的文化交流，同样也是源远流长。毋庸赘述，文化交流是增进各国人民之间的相互了解和发展友谊的一座很好的桥梁。

我想，这段回忆对我们今天讨论的题目不无裨益。历史已经进入了二十世纪八十年代。科学技术的高度发展使一个本来需要数天甚至数月才能传递的信息，在瞬刻之间就可以从世界的一个角落传递到另一个角落。在当今世界上，各国之间文化交流的规模之大和速度之快，都是前所未有的。即便如此，要想保持和发展自己的文化特性，防止同化，根本的问题还是要有一个正确的立场。

形成一种民族文化，是由历史、地理、经济、生活习惯、审美观念等因素所决定的。每一个民族要珍重自己的文化传统。中国是一个历史悠久的文明古国。数千年来，中国人民创造了光辉灿烂的文化，在文学艺术方面，形成了自己的民族传统，积累了丰富的艺术经验。

中国政府和中国人民十分珍视自己的文化。早在一九六一年，中国政府就颁布政令，规定一百八十处古代文化遗址和历史古迹作为全国重点文物保护单位。今年二月，中国政府又规定六十二处文化遗址和历史古迹作为全国重点文物保护单位。每年政府要投入大量的人力、物力来挖掘、整理、保护各种历史文物。除专业发掘工作者外，经常有农民在修水库、挖水渠的时候，发掘了稀世的珍宝。中国政府还设有一个“古籍整理出版规划小组”，集中了一大批专家，从事整理、研究文化典籍的工作。据说存世的古籍不下五六万种。中国每年要出版大量的古典名著，小说、戏剧、诗歌等。即使中、小学生的课本中，也收有一些古典名著。清理古代文化的发展过程，剔除其封建性的糟粕，吸收其民主性的精华，是发展民族新文化、提高民族自信心的必要条件。

要发展本民族的文化，还必须吸收外国文化中一切进步的、健康的东西。在中国流行一句话，叫洋为中用。就是说，应当尽量吸收进步的外国文化，作为发展自己文化的借鉴，但也不是无选择地盲目搬用。而是在中国文化传统的基础上，有条件地吸取各国进步文化。现在流行的话剧、油画、交响乐、芭蕾舞等艺术形式，都不是土生土长的中国货，而是“舶来品”。我们引进了这些艺术形式，加以利用和改造，取其所长，为我所有，比较成功地表现了中国人民的生活、思想和情操。中国新文学奠基人之一的鲁迅先生指出，发展民族文艺有并行不悖的两条路：“采用外国良规，加以发挥，使我们的作品更加丰满是一条路；择取中国的遗产，融合新机，使将来的作品别开生面也是一条路。”鲁迅先生的小说吸收了唐人传奇、明清小说的文采和臆想（即艺术表现力和艺术构思），学习了欧洲诸国进步作家写人状物的简练手法和苏俄文学“连自己也烧在这里面”的革命精神；他的讽刺艺术则是批判地继承了外国文学特点和艺术技巧，创造出一种别开生面的崭新民族风格。

在这里，我不能不谈一谈中国的新诗。

中国是一个诗歌历史悠久的国家，诗歌始终处于正统文学的地位。但在长期的诗歌发展中，逐渐形成一套极为严格的格律，这种形式束

缚着人们的思想和艺术的创造性。

中国反帝、反封建的革命运动，尤其是一九一九年的“五四运动”，把几千年来的旧文化的基础动摇了，由文学革命产生了现代的中国新文学。中国新诗代替古典格律诗而出现了。

现代的中国新诗，在外国各种流派的冲击下，打破了古典诗歌的格律，打破了古奥的文言，尊重自由创作，采用日常的口语，在技巧上也比较多样化，能更宽广地反映现实生活，因之也更为广大人民群众所喜爱，是理所当然的，无疑，我们的诗歌是在本国诗歌传统的基础上丰富和发展起来的。

当然，接受外来影响或移入新的文学样式，并不是随心所欲人为的决定。只有那些适合民族需要的东西，才能在本民族的文化土壤中生根、开花，成为本民族艺苑中的香花。反之，那些不适应民族需要的东西，是找不到生存土壤的。

不容忽视的是，文化的相互影响是一种非常复杂的现象。进步和落后的文化，民主和封建，健康和颓废的因素，又经常交互作用，呈现出错综纷纭、鱼龙混杂的局面。因此，吸收外来文化的影响，是一个分析、鉴别、咀嚼、消化的过程，不能毫无批判的硬搬和模仿。帝国主义的侵略，不但采取种族灭绝的政策，在文化上也采取彻底消灭的政策。我们不能忘记殖民主义对我们进行的文化侵略。在中国文化史上，殖民主义者一方面掠夺中国的文物，一方面企图建立封建买办文化，大量地散布毒素，在中国人民中间造成一种鄙视自己民族和民族文化传统的自卑心理，以迎合帝国主义对中国人民的统治和剥削。“五四”运动初期，有人就提出过“全盘西化”论。并说，“我们必须承认自己百事不如人”。中国文学只有一条出路，就是以西方资产阶级文学“做我们的模范”。在他们的眼光里，“月亮也是外国的圆”。这种理论，遭到了中国人民的反对。现在世界上大谈由工业化带来的污染。不能忘记，文化上也同样有污染。一些西方国家大量输出诲淫诲盗的文学作品和电影，变态的音乐和绘画艺术，毒害着年轻人的心灵。这里就存在着排斥与吸收之间的斗争。

中华民族的文化，有着浓郁的民族风格、鲜明的民族特色。如前所述，它的成长、发展是与外国文化的积极影响分不开的。从中可以得出，即使在科学技术高度发展的今天，文化之间的相互影响达到了前所未有的程度，也必须遵循批判地吸收、抵制腐蚀的原则。茶叶与咖啡当然可以并存，但是鸦片与大麻则必须禁止，科学与迷信必须加以区别。按此原则，各民族定会创造出更加光辉灿烂的民族文化。历史愈发展，各民族之间的文化交流也就愈加发展。各民族文化的民族特点和民族风格不是日渐削弱消失；相反，它们是在同别国民族文化的日益密切的交流中，互相取长补短，相得益彰。

安定、和平的国际环境是文化发展的先决条件。政治清明、经济发展，必定带来文化繁荣。历史已经雄辩地证明，文化遗产、历史古迹的破坏，莫过于一场战争。在第二次世界大战期间，不仅像今天这样的会议无从举行，就连人们从事一般文化活动的权利都失去了保障。我们要反对霸权主义的侵略，我们要为维护世界和平而努力，这样才能真正谈论文化特性这个美好的题目。我相信，有良心有正义感的知识分子是不应该袖手旁观的。

谢谢。

第五辑　谈艺·诗论

与青年诗人谈诗

——在《诗刊》社举办的『青年诗作者创作学习会』上的谈话

关于我自己

有同志问我是怎样推开诗的大门的？这问题很难回答。事情是这样开始的：有个人看到了我桌子上的一首诗，出于好意写了封信："编辑先生，寄上诗一首，如不录用，请退回。"他是寄到左联刊物《北斗》去的，想不到居然发表了。以后我自己也就采用这种形式："编辑先生，寄上诗一首，如不录用，请退回。"这样就开始写诗了。我本来是画画的，一九三二年七月我被捕了，关在监狱里不能画画。但可以写诗。我从一开始就没有把诗当作神，也没有把写诗当作一件英雄的事情，或者说是受了奥林匹斯山的什么神灵的召唤。总而言之，自己有话要讲，就用诗来发表吧！这样就成了一种习惯，不断写，不断发表。曾听人说，我的《大堰河——我的保姆》和《我的父亲》是姐妹篇，讲得很好。《大堰河——我的保姆》是在监狱里写的，一天，我从监狱的窗口看到外面下雪，忽然想起了我的保姆，想着，写着，就一口气写下来了。它是我第一次用艾青的名字，托人带给李又然，在庄启东编的刊物《春光》上发表的。不久，李又然又来信，说这首诗轰动了全国。当然，这并不是说我排除了有意识地写诗。《我的父亲》就是作为那个时代的一个典型来写的。很强烈地想写这个典型。他的环境，他的社会关系，都是我有意识要写的。

对于这两首诗，我还想多讲几句。

《大堰河——我的保姆》是由于一种感激的心情写的。我的保姆你们可能认为很美，其实她长得不好看，诗里没有写她的相貌。她生了好多孩子，喂养我时已是第五个了，奶已不多，不可能哺育得很好。不过我幼小的心灵中总是爱她，直到我成年，也还是深深地爱她。《我的父亲》是在延安写的，和写《大堰河——我的保姆》相隔八九年。父亲这个典型完全是真实的，没有什么虚构。最近一个外国人想翻译这首诗，向我提出不少问题，例如，当时中国学生已受“进化论”的影响，那我父亲为什么还讲迷信？真迷信还是假迷信？我看是假迷信。他生活在农村，交往的却是县里的县长，镇上的警佐。警佐是吴晗的父亲，吴晗的母亲是我们村里人。小时我俩常一块儿玩。在那个地方，警佐很有地位和势力。另外，父亲还结交了军官、大学生，在“万国储蓄会”里有存款，订了《东方杂志》《申报》，就是这么一个典型，那样的时代产生了这么个人物。不过，他讲迷信有时又是真的。有一次，他头上被麻雀拉了泡屎，就递给我一个木碗，叫我去讨七家的茶叶，给他“洗晦气”，我不去，他一气之下把碗扣在我头上，血流了出来。我就生活在这样一个家庭中，很不愉快的。父亲常打我。有一次我被打后，气得写了张纸条：“父贼打我！”放在抽屉里，他看见了，从此就不再打我。可见，有反抗他也害怕。我和家庭关系不好，还表现在从小不许我叫“爸爸”“妈妈”，只许叫“叔叔”“婶婶”，就使我直到现在“爸爸”“妈妈”的音都发不好。这些都刺激着我产生反封建的意识和叛逆家庭的情绪。我稍稍长大，就想赶快离开家庭；西湖艺术院的院长鼓励我去国外学习，我也想离家庭越远越好；就这样，我骗我父亲说外国留学回来可赚大钱，他给了我去法国的路费，我就跑出去了。从这些背景情况中你们可以看看，我同父亲的关系究竟怎样？是不是同情他？我说不！说“有同情”，可能有那么几句：他从祖上接受了遗产，经营了几十年，没增加也没减少。这是事实，他就是这么个人，我是有意识把他作为那个时代的一个典型来写的。

我不违背真实。

要写诗的人谈自己的诗很难，我觉得自己这两首诗在刻画典型方面，后者比前者要好。不过后者是在延安写的，那时实际上已开始“整风”，需要写工农兵的、大众化的作品，写那个东西，当时在延安似乎不大适合。

我过去每天都写诗，有时候在没有灯光的夜晚写，两句交叠在一起了，第二天把它们分开。一般都没有什么修改。现在有时候也改诗，那是感到诗中的观念不清楚，要讲的东西不清楚，或者为了念起来顺口，合乎内在节奏。

关于突破

同志们问我近期的诗歌与早期作比较，有哪些突破，准备在哪些方面有所突破。我没有考虑这个问题。我写诗时没有意识到要突破，我是有感就写，想什么就说什么。总是被什么东西包围了，才有突破的必要。突破总是对于处在一种包围状态来说的。假如说现在诗要有什么突破，就是诗被大话、假话、谎话包围了。今后准备有哪些突破呢？现在我不知道。诗的现状怎样？如果现在的诗都是一般化，调儿都差不多，或者说是陈词滥调，那就需要突破。我从来没有在写东西的时候想到要突破什么。

关于生活、想象、真实的世界的关系

我发现自己的诗里凡是按照事实叙述的，往往写失败了，如《藏枪记》，是我去家乡听了一个抗日游击战士的故事后写的。完全根据人家怎么说，就怎么写的，事情写得很清楚，但不感动人。而《吹号者》《雪落在中国的土地上》《向太阳》《火把》这些诗毫无具体事实根据，全是想象的，但成功了。我没有当过伤兵，也没有当过吹号者，到现在为止，我还没有看见过一次火把游行的场面，完全是凭想象构思的，而且写得相当顺利，长诗《火把》几天就写成了。这里有一个问题很值得我们思考：为什么凭想象可以写出好诗来？为什么根据事实反而写不出好诗来？想象是以生活积累为基础的，生活积累并不限在一时一事上。运用想象也不限制在一时一事上。过分要求生活的真实，反而展不开想象。

我在写作的时候并没有从理性上认识哪些材料我要写，只是写着写着，写出来了。譬如写《雪落在中国的土地上》那首诗时，我是预感到天要下雪了，想象开去，出现了雪的草原，戴着皮帽、冒着大雪的马车夫；雪夜的河流，破烂的乌篷船里的蓬发垢面的少妇……这首诗发表后，重庆一次诗歌座谈会上有人放暗箭说，中国没有戴皮帽、冒着大雪赶马车的。我说奇怪，中国没有这样子的？不过，实际上我写《雪落在中国的土地上》时确没见过那个场景，而是面对欲雪的天气想象出来的。

另外一首《雪里钻》，那是罗丹跟我讲述的，他讲得很生动，我也是展开了想象然后写成的。总之，有时候根据人家讲的，可以写出好诗；有时根据人家讲的记录下来，不一定是好诗。这里面，生活、想象、真实的世界的关系，很值得我们来思考。

关于诗的散文美

我说过诗的散文美，这句话常常引起误解，以为我是提倡诗要散文化，就是用散文来代替诗。我说的诗的散文美，说的就是口语美。这个主张并不是我的发明，戴望舒写《我的记忆》时就这样做了。戴望舒的那首诗是口语化的，诗里没有脚韵，但念起来和谐。我用口语写诗，没有为押韵而拼凑诗。我写诗是服从自己的构思，具有内在的节奏，念起来顺口，听起来和谐就完了。这种口语美就是散文美。我们可以用自己民族的口语写。我们可以用我们的方式来表现自己的时代。有没有用散文写诗的呢？有。没有采用形象思维的方式，只是叙述的方式。虽然看来很格律化，其实也还是散文化。杜甫的《石壕吏》，“暮投石壕村，有吏夜捉人”，整个是叙述的，是押韵的散文。像前边提到过的《藏枪记》便是属于这一种。

关于写得难懂的诗

有些人写的诗为什么使人难懂？他只是写他个人的一个观念，一个感受，一种想法；而只是属于他自己的，只有他才能领会，别人感觉不到的，这样的诗别人就难懂了。例如有一首诗，题目叫《生活》，诗的内容就一个字，叫“网”。这样的诗很难理解。网是什么呢？网是张开的吧，也可以说爱情是网，什么都是网，生活是网，为什么是网，这里面要有个使你产生是网而不是别的什么的东西，有一种引起你想到网的媒介，这些东西被作者忽略了，作者没有交代清楚，读者就很难理解。

不能够把自己最简单的、最狭隘的一点感觉，认为就是大家都能理解的感觉；或者是属于个人苦思冥想所产生的东西，也要别人接受。什么东西是美的，什么东西是丑的，每个人选择不一样，自己认为美的写上去了，别人不一定认为美，所以要寻求自己和大家之间相通的东西，用语言表达出来。诗人感觉到了，别人没有感觉到，这样的诗别人就不懂。出现这种现象，到底怪诗人还是怪别人？我看怪诗人，不能怪别人。我认为：一方面，诗人自己认为的美与丑要和群众认为的美与丑和谐一致；另一方面，这种和群众和谐的美与丑，还得有适当的交通工具介绍给读者。对有些事物，或许诗人比别人看得远一点，想得深刻一点，想得丰富一点。这远、深刻和丰富，总得让人家能够理解。有人说，我明明写清楚了，你说不懂，是你的问题。言外之意怪群众文化修养太差，理解能力太低。有些东西是难懂，难懂的东西要人家懂，有两种办法，一种是把群众的文化程度提高，提高到能够理解你的诗的程度；一种是把你的水平降低，降低到群众能接受的水平。就这两条路。要把群众的水平提高到理解你诗的程度，这工作不是一个人或几个人做的事情，这是整个国家、民族的文化程度、文化修养的问题。诗人自己就生活在这个时代的这个国家里，应该考虑怎样才能写出让更多人理解的作品。有种人傲慢地说：“我的诗就是这个样子，懂不懂是你的事。”其实，你既然要发表，总还是为了让人看，还是让人看懂才好。

有些诗，读者、编者不懂，连作者自己也不懂。当年有位诗人写诗，大家作解释，解释了半天去问作者，作者说他不是那个意思。当然，有些别人不懂的诗，也可以是写得很好的诗，像刚才提到的这位诗人，就有一些好诗。诗人感受到的，不为读者所理解，是会有的。但作者总希望更多的人理解它，接受它；那种下决心写东西不让人看懂，恐怕是很个别的，不然为什么要发表呢？

关于欧化与民族化

随着时代的发展，与外民族的广泛接触，民族化内容也会发生变化。有人说当前诗歌有欧化的倾向。什么是欧化？假如说用我们通常现代汉语写出来的诗叫做“欧化”，这就不妥当。用我们的语言，我们的文字构造，我们每天讲的话写诗，怎么同“欧化”联系起来了呢？认为用另一种语言，有时是陈词滥调写五、七言诗，这就是民族化，有些诗句子都不通，破坏语言，有人为了押韵，把一些双音词颠倒起来算是“民族化”，这种做法也不妥当。

欧化主要表现在语言格调上、表现方法上。写外国的东西，如果采用我们民族理解的表现方法，这不叫欧化，所谓欧化，也要具体分析。你说，电扇，皮鞋，西式衬衣，算不算欧化？它们是外来的，说欧化也可以，但实际上与我们的民族发生了很久的关系。我们生活里汲取外来的东西太多了。五十年前或一百年前，男人都留辫子，辛亥革命以后才剪短，最初剪到齐耳根，算是革命行动。各个民族之间生活上互相有影响，现在中国的女布鞋在法国巴黎是最时髦的。大家化来化去，都差不多了。

我们说民族化，哪个是我们民族的形式呢？我们民族形式是长袍马褂。而这是清朝的。再往前一点，是旧戏戏装那样的明朝服饰。其实唐朝服装是受印度的影响，披披挂挂的。诗的形式中什么叫民族的形式？这很难说。七言的？五言的？八句？四句？可更早些时是四言的，还有三言的。说民族形式，是什么时候的民族形式算标准？我们

现在的诗歌四句一段很多，在我们古典诗中没有这种形式。现在写自由诗的很多，以为我是写自由诗的。其实，我也不是光写自由诗的，我很多诗是按照格律要求写的。有人经常问我，什么形式有前途？我还是说，我反对算卦。我不知道我明天干什么，我不知道今天上午在这里谈完了，下午该怎么办。明天写什么，那是明天的事情；明天怎么样写，是明天的事情。至于你怎么写，他怎么写，这么多人，哪个能说？规定一个形式大家照这个形式写，才算符合教导？有人教导说：诗应该按照民族形式写，按照传统的方法写。当然，这样写写得好，我们赞成，你在那里下命令，谁听你的？我就不听。不听，总有这个自由吧。说我的诗不是诗，那就不发表，可以干别的，再去打扫厕所就是了。很简单的事。要大家这样写，那样写，你写出来让大家看嘛！你写出好的来别人就赞成。你叫大家按古典诗词形式写，你那时受的古诗词的教育，而我们今天所受的是另一种教育，我们写诗进行思考，我们写诗进行斗争。我们正是这样生活过来了，叫我们再走回头路很难。诗就是启发我们向前进的，用最经济的语言表达最丰富的思想，诗是文学的文学。不要说只能够这样写才是诗，那样写就不是诗。

关于流派

同志们问流派是怎么形成的？一个流派开始时并不是有意识地要创造一个什么流派，往往是很多人朝着某些共同点走，而且是非常顽固地这样走，是自自然然地形成的。我看流派者，有着三个特点：首先，流派既是流又是派，是众多的意思，不是单独一个人的；其次，产生流派总是由于共同赞成这样的主张或那样的主张而结合的结果，而这种主张可以是形式上的，或者内容上的；第三，由于流派总是按自己鲜明的主张而行事的，所以它总表现为排斥其它的。

有人问我现代派为什么产生于现代？这个问题很奇怪。现代派当然只能产生于现代。如果产生于古代那就是古代派了。其实中国现代诗歌，包括现代派，还没有真正成为派，就说现代派，原指三十年代以《现代》杂志为中心的那一批诗人的诗作。在中国，那个现代派是含糊其词的称呼，它包括了象征派、新月派，各种各样，并不是一个流派。戴望舒是现代派，可他也是象征派，而最初他还受新月派的影响。若说现代人用现代口语写就算现代派，那范围太广，大家都是现代派了，结果也就不成其为派了。也许可以按写格律诗和自由诗分派，但写格律诗的没有人提出“格律诗派”，写自由诗的也没有人提出“自由诗派”。今天中国新诗勉强要找流派，或者说那种自发的刊物可算是一派，但它们里面也不统一，有的写得看得懂，有的看不懂，看不懂的或者叫意识流派，或者叫未来派，但它们也没有鲜明的主张，非这样或那样写不可，也没有大声疾呼要打倒一切，像苏联早年的未来派提出的：要从现代的轮船上把普希金的作品扔到海里去。而诗，作为精神食粮，首先应该有营养，即使营养不尽合适，至少要让人能咽下去。我们吃不惯西餐，西餐里有像生的火腿同甜瓜拼成的一道菜，我就不吃，我只能吃点炒鸡蛋。凡是不习惯的东西，当然可以使它习惯起来，但必须看它有无营养价值，有营养价值的，可以从不习惯到习惯。

所以，作为流派讲，现在中国诗坛还没有产生，至少我还没有发现。不过听说有“风派”，这倒可以说是一派，它有它的地盘，它的读者，它的市场，因为很多人是健忘的。

关于时代的特点

我们这个时代的特点是什么？我觉得总起来讲，就是现代化。现代化是时代的特点，什么时候都要现代化。我们这个时代，假如勉强分析起来，把十年动乱也算在内，算是开始开放的时代。从什么环境里开放的呢？说原来是封建的，法西斯的，不好讲！不过，封建的东西是不是轻而易举的消灭了呢？没有，还多得很，还在通过这样那样的形式表现出来。开始开放，就是开了一点缝，一点门，能够接受一点与旧习惯不同的东西。马克思主义是发展的，现在对马克思主义各有各的解释，社会主义也出现了各种类型。我只是说，开始开放，不是大开大放，只是说能够允许带有独立性质的思考，凭着自己的脑子

可以想一些东西，敢于考虑摆在面前所不能解决的问题。假如能够写出这个开放的精神，就是反映了时代精神。这是每个人都在思考的，如何把自己的作品写得符合于开放时代的要求。有没有不开放的？有！不开放的东西大量存在，例如在创作上，规定只许这样想，不许那样想；只许这样写，不许那样写。

中国和外国隔绝得久了，也得开放开放，互相交流交流。就说文学，我们相互之间就很不了解。我到意大利访问，他们开了一批国内最大的诗人的名单。我们怎么办，我们没有一个读过他们的作品！他们把诗集一本本送给我们，我们也看不懂。实在有点悲哀。外国对我们很了解吧，也不见得。在法国，对我比较了解些，一九五八年出了一本《向太阳》，去年出了一本《艾青诗选》，今年我们自己也出了一本法文的《艾青诗选》。这样才算沟通了一点，了解一点，也只是一点而已。譬如，这次我在法国，有一个研究者来同我谈了一次，说可以写出论我的文章，我劝他不要搞，我说：我们国内有人搞了二十几年，也还没能搞出来，你同我谈了一下，怎么就可以很了解我？由于不开放，他们大抵是猜想的多，如英国有个研究我的人，准备考博士，论文中说我的《黑鳗》受《梁祝哀史》的影响；又说某首诗受莫泊桑小说的影响，连我自己都不知道，你说怎么办？

所以，我们时代的特点就是现代化，现代化就要开放，就要思想解放，就要中外交流，丰富我们自己，而我们的诗就要写得符合于开放时代的要求。

对青年诗作者的希望

对青年诗作者的希望，很大！这就是写出好诗来，各人按各人的兴趣写，自己想写什么就写什么，不听从这样写那样写的指令，思想解放一点，不要怕这怕那。怕什么？怕忽然飞来横祸。当然一点不怕也是假的，不怕也是怕，怕一点，不要怕得太厉害。

你们问：创作要注意些什么？或者来个“写作指导”？要“写作指导”的话，那就是：一、任何行业都不要写，因为任何行业都包括很多人；二、《百家姓》中的每个姓不要写，因为任何一个姓都有一大群人，是写我？写他？写谁？都要猜疑。你一动笔写了“邹”，就会被猜：是不是邹荻帆，还是已故的邹韬奋？哪个姓都不要写，所以鲁迅创造发明，写了个阿Q。你要写具体的人，就危险得很。不写姓，不写什么行业这些东西，也许就动不得笔了。看来只得这样做，如写爱情诗，多喊几句“爱情万岁！”“少女万岁！”少女看了一定举双手赞成。其实，少女万岁就成了老太婆了，比老太婆还老太婆。

同志们还要我谈谈对未来中国新诗的想法。我讲过，我不会算命，也反对卜卦。有同志说：“你说的这些，我们理解，但你毕竟在新诗的道路上走了几十年了，现在还在走，我们想知道你的想法。例如你说过，‘诗是生活的牧歌’，将来的诗还是生活的牧歌吗？那又是什么样的？是什么词，什么曲调呢？”我说：牧歌可以像牧羊人那样唱，也可以像进行曲那样唱，也可以像《苏武牧羊》那样唱。这个很难说。生活的牧歌，各人有各人的调。这里在座的有很多家，都是各自一家。我只是千家万家中的一家。

一九八〇年七月二十三日

中国新诗六十年

一

中国新诗是新时代的产物。

中国新诗是为了适应中国现代的社会变革而产生的，是从内容到形式都起了伟大变化的文学样式。

不用讳言，无论自由诗、格律诗、十四行之类，这些诗的形式都是从外国（主要是欧、美）移植来的品种。就像棉花和葡萄、西红柿是外来的一样。

正如已故的现代诗人朱自清所说：

“旧诗已成强弩之末，新诗终于起而代之。新文学大部分是外国的影响，新诗自然也如此。”

早在一个世纪以前，在我们国家里，人们把写诗和读诗，都看做是少数人文化教养的标志。那些诗，采用普通人不易理解的古奥文字，有严格的音调规定。一般流行的是两种诗的形式：五言诗和七言诗。每首诗通常由四句或八句构成，既不分行也不断句；虽有叫做“词”的那样长短句构成的，也有各种固定的格式。以文言写的旧体诗，只能适应生产关系很单纯的、经济上长期停滞不前的封建社会。

那个时代——整个旧时代，千千万万人的诗歌活动，采用口头传诵或说唱的方式，很少有得到印刷出版的机会。

到了上个世纪四十年代，资本主义列强的炮火轰开了中国的大门。在来势汹汹的帝国主义联合进攻下，古老的封建王朝，彻底暴露了它的腐朽、衰败与软弱无能。

中国人民生活在屈辱中。一大批爱国的志士仁人，在各方面想着中国的革新。这种渴想也反映到文学艺术领域里。

当时，曾受到资本主义国家文化影响的上层知识分子谭嗣同、夏曾佑和黄遵宪等，提出了“诗界革命”的主张，认为应该用通俗的话写诗，写新的事物。

但是，他们所写的诗，无论从内容到形式不可能做到真正的突破，就像旧中国缠过脚的女人想跑步，显得很不自然。

新诗的崛起是在我国本世纪最初的二十年的最后一年，伟大的五月四日的反帝反封建的运动中。

第一次世界大战——尤其是一九一七年的俄国十月革命，一阵阵强劲的飓风摇撼着古老的中国。一九一九年，由于巴黎和会激起我国公众的义愤，在五月四日爆发了一次空前规模的反帝反封建的革命运动。这个运动是我国近代思想启蒙运动史上的大事，是中国新旧文化、新旧思想的分水岭。在民主与科学的世界新思潮的冲击下，为了适应自由地表达争取独立解放的思想感情的要求，我们兴起了生气勃勃的文学革命。

而诗体解放成了这场文学革命的开路先锋。《新青年》杂志最先连续发表白话诗，《新潮》《少年中国》《每周评论》等著名刊物也相继大量刊载。初期的白话诗，多少有些像民谣与儿歌，但已经打破了传统的旧诗的桎梏，采用了人民日常的口语，字数和行数都不受限制，分行排列，并开始使用标点符号。不管保守分子怎样反对，报纸杂志上的新诗很快风行于全国各地。

如果从一九一九年“五四”新文化运动诞生了新诗算起，那么，我们国家的新诗已走过了整整六十年的路程。我们经历了太多的苦难和太长的坎坷，而我们的新诗却始终是在艰辛地发展、勇猛地前进着。

二

中国新诗的历史是光荣的六十年。

参加“五四”文学革命的成员是很复杂的。他们对文学、对诗歌的主张不可能一致。有的强调新诗的革命的社会功能；有的主张“为人生”；有的满足于形式的探讨；有的提出诗的“平民化”；有的坚持“诗只能是贵族的”偏见。

胡适曾是新诗的积极鼓吹者，他把“五四”文学革命归结为“语言文字和文体的解放”。

事实上，形式上的冲破桎梏只能是为了适应内容的要求。在现实斗争的浪尖上，在革命的新思潮的感染下，众多的新诗人不能不面向社会，面向人生，触及现实生活中的大量问题，从各个方面去体现那个时代的反帝反封建的民主革命精神。在比较自由开放的政治思想和艺术的创造空气里，不拘一格、新鲜活泼的白话诗处于进攻的地位，用前进和创新打破了，并且取代了旧诗。

“五四”运动的最初几年，出现了我国现代诗歌史上第一次大繁荣的局面。

早期的共产党人李大钊的《欢迎独秀出狱》；周恩来的《生离死别》；蒋光慈的《中国劳动歌》；瞿秋白的《赤潮曲》；彭湃的《起义歌》；邓中夏的《游工人之窟》；等等，都给人以强烈的鼓舞。

最初出现的新诗人，抱着“为人生而艺术”的宗旨，走的是现实主义的道路。一般都采用自由体。

诗人刘半农，早在“五四”运动之前的一九一七年即在《新青年》上发表《诗与小说精神上之革新》。他主张“增多诗体”。一九一七年十月他写的《相隔一层纸》，可说是最早的新诗：

屋子里拢着炉火，
老爷吩咐开窗买水果，
说“天气不冷火太热，

别任它烤坏了我。”
屋子外躺着一个叫花子，
咬紧了牙齿对着北风喊“要死”！
可怜屋外与屋里，
相隔只有一层薄纸！

他在《扬鞭集》里的许多诗，唱出了劳动者的血泪生活的哀歌。

和他同时的诗人刘大白，虽然中过“举人”，却也竭力提倡写新诗。他的诗集《卖布谣》里，许多诗反映了农民生活的悲苦。

最初阶段的诗人有：周作人、俞平伯、朱自清、冰心、陆志韦、康白情、冯至、王统照、徐玉诺……

当时的“湖畔诗社”的四个诗人——应修人、潘漠华、汪静之、冯雪峰，以纯朴的爱情诗开始走上文坛。他们的作品流露了青年的坦率的感情，对自由婚姻与自由恋爱的向往。

然而在那个时期，所有的诗人中，最能集中地、强烈地体现狂飙突进的时代精神的，是从日本留学归国的诗人郭沫若。他是“创造社”的首脑。一九二一年八月出版的《女神》，接受了惠特曼的影响，大胆冲破形式的羁绊，歌颂大自然，歌颂地球、海洋、太阳，歌颂近代都市，歌颂祖国，歌颂力。

请看他写于一九二〇年一月间的《晨安》：

晨安！常动不息的大海呀！
晨安！明迷恍惚的旭光呀！
晨安！诗一样涌着的白云呀！
晨安！平匀明直的丝雨呀！诗语呀！
晨安！情热一样燃着的海山呀！
晨安！梳人灵魂的晨风呀！
晨安呀！你请把我的声音传到四方去罢！
晨安！我年青的祖国呀！
晨安！我新生的同胞呀！

晨安！我浩荡荡的南方的扬子江呀！
晨安！我冻结着的北方的黄河呀！
黄河呀！我望你胸中的冰块早早融化呀！
晨安！万里长城呀！
啊啊！雪的旷野呀！
啊啊！我所畏敬的俄罗斯呀！
晨安！我们畏敬的 Pioneer 呀！
……
晨安！大西洋呀！
晨安！大西洋畔的新大陆呀！
晨安！华盛顿的墓呀！林肯的墓呀！惠特曼的墓呀！
啊啊！惠特曼呀！惠特曼呀！太平洋一样的惠特曼呀！
啊啊！太平洋呀！
晨安！太平洋呀！太平洋上的诸岛呀！太平洋上的扶桑呀！
扶桑呀！扶桑呀！还在梦里裹着的扶桑呀！
醒呀！Mesame 啊！
快来享受这千载一时的晨光呀！

郭沫若蔑视传统，勇于创新。他的诗洋溢着热情，一泻千里。他使新诗开阔了题材的领域，也为新诗提供了新的形式。他是那个时期最突出的革命新诗的代表。

三

一九二三年起，中国诗坛上先后出现了两个新的流派——“新月派”和“象征派”。

“新月派”最早出现于一九二三年，然而《新月》月刊却在一九二八年三月才创办。

“新月派”的主将闻一多，他开始写诗的时间是“五四”前后。他初期写的《秋色》《红豆》《烂果》《红烛》《收回》等都采用自由体；不久却成了格律诗的狂热的提倡者、艺术上的唯美主义者，写了《也许》《死水》《静夜》《一句话》《飞毛腿》等，这正如他所自嘲的，是“戴着脚镣跳舞”了。他的代表作是一九二五年写的《死水》：

这是一沟绝望的死水，
清风吹不起半点漪沦。
不如多扔些破铜烂铁，
爽性泼你的剩菜残羹。
……
那么一沟绝望的死水，
也就夸得上几分鲜明。
如果青蛙耐不住寂寞，
又算死水叫出了歌声。

这是一沟绝望的死水，
这里断不是美的所在，
不如让给丑恶来开垦，
看他造出个什么世界。

“新月派”的另一个主将是徐志摩，年岁比闻一多大，但出来却比闻一多晚。在诗坛上的影响比闻一多更大。他具有纨绔公子的气质。一句话可以概括了他的一生：

我不知道风是在哪一个方向吹

最初他也写过一些联系实际生活的诗，写过《大帅》《谁知道》《卡尔佛里》，尽管这种联系是多么稀薄。他所擅长的是爱情诗：《落叶小唱》《翡冷翠的一夜》《起造一座墙》《我等候你》……他在女性面前显得特别饶舌。

他的诗以圆熟的技巧表现空虚的内容，如《沙扬娜拉》：

最是那一低头的温柔，

　　像一朵水莲花不胜凉风的娇羞，

道一声珍重，道一声珍重，

那一声珍重里有蜜甜的忧愁——

　　沙扬娜拉！

一九三一年十一月，他从南京到北京的路上因飞机失事而死亡。他的创作生涯只有十年。

“新月派”的另一个成员是朱湘。他是充满凄苦与幽愤的诗人，对人生抱着深刻的悲观。例如《当铺》：

“美”开了一家当铺

　　专收人的心，

到期人拿票去赎，

　　它已经关门。

早在一九二五年二月二日，他已写了一首《葬我》的诗；到了一九三三年，终于投河自尽。

属于“新月派”的诗人很多，活动的时间也最长。

假如说，徐志摩是以——

悄悄的我走了

　　正如我悄悄的来；

我挥一挥衣袖，

　　不带走一片云彩。

那么，到了陈梦家写的《雁子》，则是——

从来不问他的歌

留在哪片云上？

“新月派”已经奄奄一息了。

一九三一年徐志摩逝世。同年闻一多写了最后一首《奇迹》之后，“新月派”已不可能出现什么奇迹了。

中国新诗的另一个支流是“象征派”。这一诗派的代表人物是李金发。他的很多诗是在外国写的，也好像是外国人写的；但他却爱用文言写自由体的诗，甚至比中国古诗更难懂。例如《弃妇》：

或与山泉长泻在悬崖
然后随红叶而俱去。

又如《夜之歌》：

彼人已失其心，
在混杂在行商之背而远走。

这一类句子，完全离开了一般人的思考方式，把人引向不可理解的迷雾中去，最后只得发出哀叹：

噫吁！数千年如一日之月色
终于明白我的想象，
任我在世界之一角，
你必把我的影儿倒映在无味之沙石上。

在人世里是很难找到知音了。

属于“象征派”的诗人也不少，大都陷于悲观厌世之作。

像于赓虞，他的诗集索性以《骷髅上的蔷薇》为名，可见已经颓废到无以复加了。

诗人戴望舒，一九二三年间就开始写诗，先受旧诗词的影响，后受“象征派”影响。他的《雨巷》就其音韵讲，近似魏仑的《秋》，不断以重叠的声音唤起怅惘的感觉。他常以怀念逝去的岁月来逃避现实的烦忧。就其艺术——采用的口语，却比所有同一时期的诗人都明快。而这也是他的诗具备了比他们进步的因素。

还有一个诗人废名，介乎“新月派”与“象征派”之间，或许加上“道家”思想，写的东西更难于捉摸。例如《寄之琳》：

……
我想写一首诗
犹如日，犹如月，
犹如午阴
犹如无边落木萧萧下，
我的诗情没有两个叶子。

这样的一首诗，写于抗日战争爆发后的第三天，究竟要给谁看呢——中国人看不懂，日本人看了也不会懂，真是“我的诗情没有两个叶子”！

“新月派”与“象征派”演变成为“现代派”。

“现代派”并无艺术上特别显明的纲领，是以《现代》杂志为中心发表新诗的一群。他们里面包括各种不同的倾向，有些是原来的“新月派”或“象征派”的成员。

“现代派”影响最大的是戴望舒。

四

尽管出现上述的各种不同的流派，弥漫着不健康的思想感情，而作为主流的现实主义的诗歌，仍然在极艰难的环境中，十分顽强地、和它们相并行地发展着。

一九三〇年三月，中国左翼作家联盟成立。这是有统一的纲领、统一的战斗目标的组织。国民党立即采取各种残酷的手段进行迫害。

青年诗人殷夫带来了新时代的歌声，欢呼着进行斗争。他的《别了，哥哥》《血字》等诗篇，充满了胜利的信心。

《血字》毫不隐晦地宣称：

我是一个叛乱的开始，
我也是历史的长子，
我是海燕，
我是时代的尖刺。

他在《一九二九年的五月一日》里大声疾呼：

未来的世界是我们的，
没有刽子手断头台绞得死历史的演递。

一九三一年一月二十七日，我们年轻的诗人第三次被捕。同时被捕的还有诗人胡也频，作家李伟森、柔石、冯铿；十天之后，在二月七日的晚上，五个人被秘密枪杀。殷夫死时才二十二岁。

鲁迅为殷夫的诗集《孩儿塔》写序说：

“这是东方的微光，是林中的响箭，是冬末的萌芽，是进军的第一步……”

国民党的白色恐怖，不但不能扑灭革命的新文学的火焰，反而起了火上加油的作用，使许多作家和诗人更坚决更勇敢地参加了革命。

一九三一年九月十八日，日本帝国主义侵占了我国的东北，民族危机更加深刻化了。

中国的新诗随着反对日本帝国主义的运动一同高涨。一九三二年在上海成立中国诗歌会，出版诗刊《新诗歌》，号召诗人们“捉住现实”，歌唱“反帝反日”，倡导诗歌的大众化。

诗的题材扩大了：农村破产、灾荒、饥饿、流亡、抗租抗捐、工厂斗争、失业、罢工、暴动、监狱生活，等等。现实主义的传统得到

了继续与发展。左翼的文艺刊物像雨后春笋——《拓荒者》《奔流》《北斗》《萌芽》都不断地发表革命的新诗。

而敌人的迫害也更加紧了：

应修人于一九三三年遇害；潘漠华于一九三三年在天津被捕，第二年死于狱中；冯雪峰潜入红色根据地井冈山。

在三十年代前期（抗日战争前夕），成就较大的诗人，具有现实主义倾向的诗人有蒲风。他以炽热的反帝情绪，以惊人的产量和通俗易解的诗风拥有读者。在他的《第一颗子弹》里，他喊出了：

田野里早就诞生了火的洪流；
众多田野的火
汇合着，
响应着：
中国的农村，
到处射出了第一颗子弹，
中国早就在燃烧着了呵！

臧克家是闻一多的学生。他以用严肃的态度刻画了中国农村社会的一些侧面著称。例如《老马》：

总得叫大车装个够，
它横竖不说一句话，
背上的压力往肉里扣，
它把头沉重地垂下！

这刻不知道下刻的命，
它有泪只往心里咽，
眼里飘来一道鞭影，
它抬起头来望望前面。

田间当时很年轻。二十岁就出了《未明集》《中国农村的故事》《中国牧歌》等诗集。他的诗具有很浓的生活气息与独特的风格，节调受马雅可夫斯基的影响。在《中国的春天在号召着全人类》里，有诗人昂奋的吼叫：

人民的
肩膀
在倚着
壕沟，
人民的
手
在扰着
枪口，
向法西斯军阀
人民的公敌
坚决战斗。
中国的春天生长在战斗里，
在战斗里号召着全人类。

五

在日本帝国主义步步进逼下，一九三七年七月，中国人民久久渴望的抗日战争爆发了。（实际上，这场战争早在一九三一年九月十八日夜晚就开始了。）

一百年来的民族郁愤，在一个巨大的决口上奔涌出来了。

炮弹可不会谈情说爱。硝烟里的风景也不可能明丽。许多诗人活跃在各个抗日根据地和各个游击区。甚至很多原来是属“新月派”和“象征派”行列里的诗人，也在民族危亡的关键时刻惊醒起来，唱起抗战之歌了。

他们在敌机轰炸下没有掩避的场所写诗；他们在冒着敌人炮火的

进军途中写诗；他们在密密的丛林里和高高的山岗上写诗；他们在乡村宣传抗日的土墙上写诗……

他们的行李包里有诗集；他们的笔记本里抄着自己喜爱的诗；他们可以抛弃别的什么，却不愿意抛弃新诗。

他们可以背诵许多心爱的诗句。他们在一些集会上朗诵着诗。

这是继“五四”以后又一个中国新诗空前发展的时期。我国当代的许多著名诗人，大多是从伟大的民族解放战争时代涌现出来的。他们和人民一起思考，一起走上前线。他们的命运和整个民族的命运联系在一起。

抗战一开始，田间就从华东到华北，写了大量的鼓舞战斗的诗。他在《给战斗者》里发出战鼓般的声音：

在斗争里
胜利
或者死……
在诗篇上，
战士底坟场
会比奴隶底国家
要温暖
要明亮。

又如《假使我们不去打仗》：

假如我们不去打仗
敌人用刺刀
杀死了我们，
还要用手指着我们骨头说：
“看，
这是奴隶！”

田间的《给战斗者》等优秀作品，迅速地配合战斗的要求，在鼓动人民奋起抗战方面具有号角的作用。

“新月派”的老诗人闻一多，从三十年代就转向对古典文学的研究；抗战期间，终于从《死水》中发现新生的力量，以极大的热情推崇年轻人写的——尤其是田间的诗；日本投降后致力于民主运动，在一九四六年的一次集会之后，被国民党特务用无声手枪杀害于昆明。

臧克家在抗战开始后，以《血的春天》《反抗的手》《从军行》等诗篇投入了反侵略的行列：

明天，灰色的戎装
会把你打扮得更英爽。
你的铁肩上
将压上一支钢枪。
今后，
不用愁用武无地。
敌人到处
便是你的战场。

王亚平写了不少诗，加入战地服务队，走遍了江、浙、鄂、湘、赣五省。

诗人卞之琳原来在《断章》里写：

你站在桥上看风景，
看风景人在楼上看你。
别人装饰了你的窗子，
你装饰了别人的梦。

抗战开始，他到了西北战线，写了《给西北的青年开荒者》：

你们和朝阳约会：

十里外山顶上相见。
穿出残夜的锄头队
争光明一齐登先
……
不怕锄头太原始，
一步步开出明天，
你们面向现实——
“希望”有这么多笑脸！

这些有关抗战的诗，后来结成了《慰劳信集》。

战争也摇醒了写过《画梦录》的何其芳。他走向了广阔的生活的海洋，为新的战斗的现实歌唱：

……谁都忘记了个人的哀乐，
全国的人民连接成一条钢的链索。

不久，他就到延安去了。

当时许多的青年诗人，深入到战区，深入到敌人占领的地区打游击，在激烈的战斗间歇写下的诗，是绝非空想所能企及，也非整天看着云彩能写出来的。这些诗，带着早上的青草和含着露水的花的香味。

陈辉从十九岁起就在晋察冀抗日根据地工作，领导青年抗战先锋队的斗争。这位牺牲在战场上的年轻烈士的诗作，映现着天真无邪的理想主义的光泽：

我的晋察冀呀，
也许吧，
我的歌声不幸停止，
我的生命
被敌人撕碎，
然而

我的血肉呵，
它将
化作芬芳的花朵，
开在你的路上。
那花儿呀——
红的是忠贞，
黄的是纯洁，
白的是爱情，
绿的是幸福，
紫的是顽强。

（《献诗　为伊甸园而歌》）

魏巍长期在河北、山西、内蒙古交界地区过着流动的战斗生活。他的感情纯粹是战士的感情。如在《蝈蝈，你喊起他们吧》一诗中，通过战地生活的描绘，刻画了革命战士美好的心灵：

……
你可曾看见，在他们的梦里
手榴弹开花是多么美丽
战马奔回失去的故乡时怎样欢腾
烧焦的土地上有多少蝴蝶又飞上花丛

呵，蝈蝈，你喊起他们吧
在升起笔直的青烟那边
早饭已经熟了

鲁藜写了《延河散歌》。他的《我们是这样走过来的》不乏战斗者的坚毅：

以血染战旗
以生命燃烧理想
……
我们不容于黑暗
因为我们是火花……

在华北一带战斗的还有邵子南、曼晴、袁勃、方冰、史轮、蔡其矫……

力扬是比较成熟的青年诗人。他本来学画，是中国左翼美术家联盟盟员，一九三二年七月被捕，一九三五年秋出狱。出过诗集《我的竖琴》。一九四二年五月完成的长诗《射虎者及其家属》，深刻地揭示了封建社会制度下的各种矛盾。

“现代派”的主角、著名的诗人戴望舒，走出了寂寞的“雨巷”，卷入抗战的漩涡，写了新诗；香港沦陷，他被日军投入监狱，写了《狱中题壁》以及《我用残损的手掌》等感人至深的诗篇。在作于一九四四年的《等待》里写尽了敌人的残暴：

……
屈辱的极度，沉痛的界限，
……
做柔道的呆对手，剑术的靶子
从口鼻一齐喝水，然后给踩肚子，
膝头压在尖钉上，砖头垫在脚踵上，
听鞭子在皮骨上舞，做飞机在梁上荡……
多少人从此就没有回来，
然而活着的却耐心地等待。

让我在这里等待，
耐心地等你们回来；
做你们的耳目，我曾经生活，

做你们的心，我永远不屈服。

整个抗日战争期间，是中国新诗最蓬勃发展的阶段，绝大多数诗人都为民族解放战争服务。在八年抗日战争中，创作上收获比较大的有：田间、蒲风、臧克家、光未然、徐迟、柯仲平、萧三、何其芳、卞之琳、严辰、邹荻帆、吕剑、公木、王亚平、胡风、柳倩、任钧、冀汸、曾卓、天蓝、绿原、苏金伞、青勃、鲁煤、牛汉、杜谷、方殷……南方有：林林、胡危舟、韩北屏、黄宁婴、陈芦荻、陈残云……

一九四二年五月，毛泽东主席在延安发表了著名的关于文艺问题的讲话，号召我们的作家和诗人深入到群众的斗争和生活中去，进一步锻炼和改造自己，创作为中国老百姓喜闻乐见的作品。解放区的诗人努力学习民歌的优秀传统，出现了李季的《王贵与李香香》，阮章竞的《漳河水》，张志民的《死不着》，王希坚的《佃户林》等新鲜活泼的民歌体的新诗，为我国诗歌的民族化、群众化开辟了新的道路。

毕革飞的《毕革飞快板诗选》是战争年代枪杆诗的代表作。

日本投降后，在大后方出现了袁水拍的《马凡陀的山歌》这样一些取材于大众生活、具有政治讽刺意味的新品种。在上海，以《诗创造》与《中国新诗》为中心，集合了一批对人生苦于思索的诗人：王辛笛、杭约赫（曹辛之）、穆旦、杜运燮、唐祈、袁可嘉以及女诗人陈敬容、郑敏……他们接受了新诗的现实主义的传统，采取欧美现代派的表现技巧，刻画了经过战争大动乱之后的社会现象。

六

经历了八年的浴血抗战，我们打败了日本帝国主义，紧接着又以四年的时间摧毁了蒋家王朝。一九四九年十月，中华人民共和国在隆隆的礼炮声中宣告成立。

我们各路诗人在北京会师了。

我们告别了苦难的岁月。我们走上了新的路程。新的时代需要新

的歌声。

过去唱着悲愤与抗议的诗人们，迸发出新的热情，歌颂新的国家，新的生活，歌颂胜利了的人民。

石方禹写的《和平最强音》给诗坛以震动。

在战争年代成长起来的一批诗人，从思想到艺术走向成熟。

郭小川投入了火热的斗争，他的很有号召力的《向困难进军》《秋歌》等诗篇，鼓舞着人们积极参加建设新生活的行列。

贺敬之很早开始写诗，是歌剧《白毛女》的作者，他的诗吸取我国民歌、古典诗词和外国朗诵诗艺术上的精华，并且融汇一起，出了诗集《放歌集》，在《雷锋之歌》中创造了全心全意为人民服务的中国士兵的光辉形象。

闻捷从西北战场转业到了新疆，写出了《天山牧歌》等反映新时代的爱情生活和繁荣兴旺的草原的诗篇，笔调轻松，语言明丽。

大批新的诗人从各条战线成长起来，走上了我国诗坛。未央的《祖国，我回来了》写出了参加抗美援朝的战士的心声，公刘的《在北方》，表现出他重视现实的思想内容，又讲求精妙的抒情方式；李瑛以勤奋的劳动写了大量的战士诗，他具有细致的抒情笔触，语言和形象比较清新；邵燕祥在他的《到远方去》等诗中，表现了新一代建设者的豪情；白桦在一批描画少数民族新生活的诗作中获得了成功。

五十年代涌现了大批诗人：周良沛、雁翼、孙静轩、傅仇、陆棨高缨、顾工、严阵、梁上泉、胡昭、流沙河……

由于向民歌学习，产生了一些好的叙事长诗，如乔林的《白兰花》。

由于诗歌和人民群众的结合，一批直接来自工人、农民的诗人不仅写诗，而且印刷和出版了他们的作品（如工人黄声孝、农民王老九等）。他们往往是一边劳动一边歌唱，始终生活在自己的人民中间。

在过去，我国五十多个少数民族的传统诗歌是进不了所谓诗的神圣殿堂的。建国以后，我们加强了发掘和整理民间史诗和长篇叙事诗的工作，像撒尼支系的《阿诗玛》、蒙古族的《嘎达梅林》、藏族的《格萨尔王传》、壮族的《百鸟衣》等等，都先后出版发行了。

值得高兴的是，一批成长起来的少数民族诗人，以他们富有民族色彩的歌声，汇入了我国社会主义新诗的长江大河。蒙古族诗人纳·赛音朝克图的《幸福与友谊》，巴·布林贝赫的长诗《狂欢之歌》和《生命的礼花》，藏族诗人饶阶巴桑的诗集《草原集》，维吾尔族诗人尼米希依提的《祖国恋》和铁衣甫江的《柔巴依》，还有克里木·霍加（维吾尔族）、康朗甩（傣族）、康朗英（傣族）、包玉堂（仫佬族）、汪承栋（土家族）、韦其麟（壮族）、晓雪（白族）、金哲（朝鲜族）、吴琪拉达（彝族）等众多诗人的新作，如同孔雀开屏，丰富了多民族新诗的宝库。

自然，在我国近三十年诗歌发展的道路上，也受到过严重的挫折。我们提倡“百花齐放”，但在具体的实践中，没有达到理想的有时甚至是完全相反的结果。特别是林彪和江青反革命集团，他们很早就插手我国诗歌界，发展到十年“文化大革命”时期对诗歌也实行封建法西斯式的专政。这是我国新诗史上时间最长的，也是最黑暗的冬夜！

七

我国是富有诗歌传统的国家。我们的人民是不会长久地沉默的。

一九七六年清明节前后，在天安门广场上爆发了“四五”诗歌运动。成千上万没有姓名的歌手们，以自己的血肉之躯和悲愤交加的战斗，用诗歌作武器，同“四人帮”进行了生死搏斗。

这场诗歌运动，成了同年十月的胜利的先声。这是我国新诗的光荣和骄傲。

同时出现了大量悼念周总理的诗篇：李瑛的《一月的哀思》，柯岩的《周总理，你在哪里？》……继之而起的，是无数控诉“四人帮”罪恶的诗篇。

《诗刊》社、中央人民广播电台于一九七八年十一月联合举办的多次诗歌朗诵会，播送了：一、天安门诗抄；二、歌颂天安门事件、南京事件英雄们的诗；三、《为真理而斗争》诗歌专题朗诵会；四、《阳光，谁也不能垄断》等诗作，得到了空前的反响。

我国的新诗又复活了。我们的诗人又同形象思维携起手来了。面对着建设社会主义现代化的丰富多采的生活，我们又可以自由地歌唱了。而且，诗在这几年里，也越来越成为广大人民群众自己抒发感情的很普通的工具了。

现在，我国的新诗人和评论家们，正在总结我国诗歌发展的历史经验，探索前进路上不断出现的新问题。我们决心坚持社会主义的方向，加强诗与现实的联系，和自己的人民一同思考，一同歌唱，一同前进。我们要发扬自己的好传统，又要吸取世界上一切进步诗歌的长处，使我们民族的诗歌从体裁、形式、风格都获得多样化的发展，为人民提供更美好的精神食粮。

中国革命的新诗，代替了旧诗而在文学的领域里取得了巩固地位之后，在这六十多年里，它一方面和各式各样的唯美主义、颓废主义进行了斗争；另一方面也和革命文学内部的概念化倾向、标语口号式的空洞叫喊进行了斗争。它十分曲折地发展起来了。

假如说，在开创时期的新诗只是一片小小的灌木林，那么，今天它已是一个葱郁参天的森林了。

一九八〇年八月，北京

诗论掇拾（一）

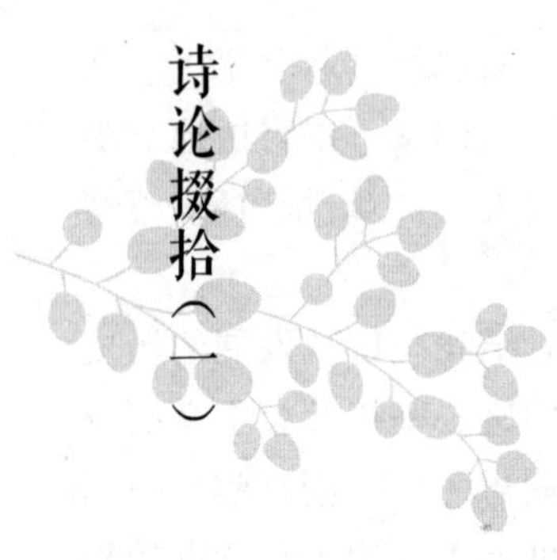

有人写了很美的散文，却不知道那就是诗；有人写了很丑的诗，却不知道那是最坏的散文。

怎样才能把“诗人”和“写诗的人”来划分呢？——

前者是忠实于自己的体验的，不写自己所曾感受的悲欢以外的东西（却不是专写个人的悲欢）；而后者呢，则只是在写着分行的句子而已。

有一些“写诗的人”说：“我们是新现实主义者”，等我们破费时间读了他们的东西，才知道那些东西从不曾稍稍接触到现实，更不知如何是“新现实”了。

一首诗里面，没有新鲜，没有色调，没有光彩，没有形象——

艺术的生命在哪里呢？

应该把形式看做敌对的东西——

只有和所有的形式搏斗过来的，才能支配所有的形式。

“愈是诗的，愈是创造的。”托翁的这话是名言。

那么，所有的低能的摹仿，无耻的抄袭，毫不消化的剽窃，滚它们的蛋吧！

所谓“庸俗”是这样的一种东西：是从情感的过度的浪费所引起的嫌恶，是对心理只能起消极作用的感官的倦怠，是被抛撇于审美者的美的渣滓。

翻开我国今日的诗杂志，充满着的是：空虚的梦呓，不经济的语言，可厌的干咳声，粗俗的概念的排列……

把写诗当作了不得的荣耀的事是完全昏庸的。

这实在是一种痛苦的劳役：把时代打击在我们的心上的伤痕记录给人家看。因为我们的控诉既不希求同情，更不接受抚慰。

不对人类命运发空洞的预言，不以先知者的口吻说“你们都跟我来”，而是置身在探求出路的人类当中，共呼吸，共悲欢，共思虑，共生死，那样才能使自己的歌成为发自人类的最真实的呼声。

必须说老实话——

你是被凌辱的，或是凌辱人的；

你是生活得悲惨的，或是生活得欢愉的；

以及你对于你的周遭是嫉视的，或是感到和谐的，等等。

在我们生活着的岁月，应该勇猛地向自私，伪善，谦卑，狡猾射击。

——因为这些东西存在着一天，人类就受难着一天。

要把敌人看作难于对付的东西——

这样，才能使自己沉着射击，而且才能命中。

“摄影主义”是一个好名词，这大概是由想象的贫弱，对于题材的取舍的没有能力所造成的现象。

浮面的描写，失去作者的主观；事象的推移不伴随着作者心理的推移。这样的诗也被算在新现实主义的作品里，该是令人费解的吧。

对于这民族解放的战争，诗人是应该交付出最真挚的爱和最大的创作的雄心的。为了这样，我们应该羞愧于浮泛的叫喊，无力的叫喊。

有从战地来的写诗的友人，说不晓得写诗有什么用处。也有从昆明的来信说有人在那边大发其文学无用的议论。这两种现象对照起来看是很有趣味的。

前者大概是由于被激变着的现象眩迷了，无能剔选题材，过于激动的心，静不下来写作，索性说“写诗没有用处”来安慰自己。这是善良的。

而后者呢，是狐狸说葡萄是酸的，遥远的掷出无赖的冷嘲——依然是阿 Q 精神的暴露。这是无耻的。

诗论掇拾（一）

一

真，善，美，是统一在人类共同意志里的三种表现，诗必须是它们之间最好的联系。

真是我们对于世界的认识；它给予我们对于未来的信赖。

善是社会的功利性；善的批判以万人的福利为准则。

没有离开特定范畴的人性的美；美是依附在先进人类向上的生活的外形。

二

从自然取得语言丰富的变化，不要被那些朽腐的格调压碎了我们鲜活的形象。

用可感触的意象去消泯朦胧的隐喻。诗的生命在真实性之成了美的凝结，有重量与硬度的体质。无论是梦是幻想，必须是固体。

永久的话语，不受单一的事物所制限的话语，是形象化了的话语，也就是诗的话语。

三

为表现而有技巧，不是为技巧而有表现。再高明的木匠，不为造房子而雕琢，是空的。

诗的旋律，就是生活的旋律，诗的音节，就是生活的拍节。

诗人们，不要为了能够写作就成了艺术的吝啬鬼，不要最初接触到美就露出守财奴的样子；你们纵或富有才智，如能服役人类的改善事业，也未必就会亵渎了你们的神圣啊。

不要把形式当做魔术的外衣——一切的魔术都是假的。

把这些看做诗的敌人：僵死的理论，没有情感的语言，矫揉造作的句子，徒费苦心的排列。

四

朴素是对于词藻的奢侈的摈弃，是脱去了华服的健康的袒露；是挣脱了形式的束缚的无羁的步伐；是掷给空虚的技巧的宽阔的笑。

如果诗人是有他们的素质的，我想那应该是指他们对于世界的感觉的特别新鲜，和对于文字的感觉的特别亲切。

才智是控制题材的力量的富足，是表现技巧的困难的灭除；是对于今日世界的批判的严正与锐利，是对于明日世界的瞩望的勇敢与明澈。

五

到世界上来，首先我们是人，再呢，我们写着诗。

在我们的周遭，原是坏人多过好人，昏睡者多过清醒者的，天良未泯而觉醒于正义的人真应该如何给以呼号，给以控诉啊。

如果我们的诗不能使人类更清醒，却也不应该使人类更糊涂。

六

选择那最痛苦而无人知道的，描写那最英勇而被人忘却的。

有英雄么？有的。

他们最坚决地以自己的命运给万人担待痛苦；他们的灵魂代替万人受着整个世代所给予的绞刑。

却不是你们那些万人尸骨上的舞蹈者；不是戴着血腥的冠冕的刽子手，不是啊！

七

所谓空虚与无聊是指那作品所留在文字上的，除掉文字之外别无他物的东西。

我们不应该歧视独白，但独白必须是独白者对于关闭了的门外的世界所发的怨愤与嗟叹。

“存在呢，不存在呢？”必须是纯洁的哈姆莱特对于腐败了的王朝所发的言语。

我可怜那些被形式所愚弄的人，像那眼睛被蒙住的驴子，沿着磨床兜圈子，却以为是在走着无数的路一样。这是一种悲剧。

愿那些把美当作女神而屈膝伏拜的人们有福吧！

而我们却应该把美当作女佣人，要她为人类扫刷门窗，整理床榻啊。

八

如果纸，装订，封面的图案，比我所写的诗美些，我们不印刷诗集吧。

如果我们的诗所能给予人类的，不能抵偿印刷工人，装订女工，书店店员对于它所花的精力，让我们的良心感到苦痛吧。

如果我们所写的东西，欺骗了那些最诚挚的读者们对于它的信任，让我们羞愧地哭泣吧。

曾问过自己吗——

我有着“我自己”的东西了么？我有“我的”颜色与线条以及构图么？

我的悲哀比人家的深些，因而我的声音更凄切？

我所触及的生活的幅员比人家的更广么？

还是我只是写着，写着，却是什么也没有呢？

诗的散步

一

白居易所说的："诗者，根情，苗言，华声，实义。"是相当的包括了诗的含义的。

"情"是一切思想、情感的活动。由思想、情感在我们的脑际所激起的灵感作为写诗的出发——这出发就叫做"根"。

"言"是指一切语言文学，作为表现诗的工具，是由出发到完成的最初过程——所以叫"苗"。

"声"是文字和语言所含有的美。指音节、旋律韵。是诗的形式和散文的区别。这区别使诗有了自己的美的外形——这外形叫做"华"。

"义"是诗作本身所可能带给社会的作用。这是一切作品的终点——也是一切生命的终点。所以叫做"实"。

二

"诗歌开始于人类语言开始之处"——波格达诺夫。

这应该只是说人类有了语言才能把诗歌成为可以向外表现的艺术。其实诗歌真正的开始之处该在人类生活开始之处，就是有了人类就有了诗歌。

谁能在人类没有表现工具之前去否认诗歌的存在呢？那存在于大自然里的丰富的幻变，那存在于无言的心中的有拍节的波动，那一个生命与另一个生命之间的契默，不也就是诗歌么？

诗歌是自然本身所含有的韵律。

诗的散文美

由欣赏韵文到欣赏散文是一种进步；而一个诗人写一首诗，用韵文写比用散文写要容易得多。但是一般人，却只能用韵文来当做诗，甚至喜欢用这种见解来鉴别诗与散文。这种见解只能由那些诗歌做法的作者用来满足那些天真的中学生而已。

有人写了很美的散文，却不知道那就是诗；也有人写了很丑的诗，却不知道那是最坏的散文。

我们嫌恶诗里面的那种丑陋的散文，不管它是有韵与否；我们却酷爱诗里面的那种美好的散文，而它却常是首先就离弃了韵的羁绊的。

我们既然知道把那种以优美的散文完成的伟大作品一律称为诗篇，又怎能不轻蔑那种以丑陋的韵文写成的所谓“诗”的东西呢?

自从我们发现了韵文的虚伪，发现了韵文的人工气，发现了韵文的雕琢，我们就敌视了它；而当我们熟视了散文的不修饰的美，不需要涂抹脂粉的本色，充满了生活气息的健康，它就肉体地诱惑了我们。

天才的散文家，常是韵文的意识的破坏者。

我们喜欢惠特曼、凡尔哈仑和其他许多现代诗人，我们喜爱《穿裤子的云》的作者，最大的原因是由于他们把诗带到更新的领域，更高的境地。

因为，散文是先天的比韵文美。

口语是美的，它存在于人的日常生活里。它富有人间味。它使我们感到无比的亲切。

而口语是最散文的。

我在一家印刷厂的墙上，看见一个工友写给他同伴的一张通知：

“安明！

你记着那车子！”

这是美的。而写这通知的应是有着诗人的禀赋。这语言是生活的，然而，却又是那么新鲜而单纯。这样的语言，能比上最好的诗篇里的最好的句子。

语言在我们的脑际萦绕最久的，也还是那些朴素的口语（对于韵文的记忆，却是像对于某种条文的记忆，完全是强制而成的）。

我甚至还想得起，在一部影片里的几句无关重要的话，是一个要和爱人离别的男人说的：

“不要当作是离别，只把我当作去寄信，或是去理发就好了。”

这也是属于生活的，却也是最艺术的语言，诗是以这样的语言为生命，才能丰富的。

最能表达形象的语言，就是诗的语言。称为“诗”的那文学样式，脚韵不能作为决定的因素，最主要的是在它是否有丰富的形象——任何好诗都是由于它所含有的形象而永垂不朽，却绝不会由于它有好的音韵。

散文的自由性，给文学的形象以表现的便利；而那种洗炼的散文、崇高的散文、健康的或是柔美的散文之被用于诗人者，就因为它们是形象之表达的最完善的工具。

一九三九年

诗与时代

如果一个诗人还有着像平常人相同的感官的话（更不必说他的感官是应该比平常人更灵敏的），他生活在中国，是应该知道中国正在进行着怎样伟大的事件的。如果他有眼睛，他会看见发生在他的国家里的和平的刽子手的一切暴行；他有耳朵，他会听见没有一刻不在震响的蒙难者的哀号与反抗者的呼啸；他有鼻子，他会闻到牺牲者的尸体的腐臭与浓重的硝烟气息……

如果一个诗人还有着与平常人相同的心的话（更不必说他的心是应该比平常人更善感触的），如果他的血还温热，他的呼吸还不曾断绝，他还有憎与爱，羞耻与尊严，他生活在中国，是应该被这与民族命运相连结的事件所激动的。他会对那在神圣的疆土上英勇搏斗的千百万兵士引起敬意，他会对那些领导着广大人民参加卫国战争的领袖们引起敬意，他会比一切个人的仇恨更深地去仇恨民族的敌人，他会比一切个人的爱更深地去爱苦难中的祖国和从水深火热中挣扎起来的中国人民……

在这战争中，中国人民是觉醒了；一切的束缚，无止的愚蠢与贫困，频连的灾难与饥荒，必须通过这酷烈的斗争才能解除。国家的独立，和人民的自由、幸福，不是由于祈祷获得的，而是由于广大人民的鲜血，和一片被蹂躏得糜烂了的土地所换取来的。现代中国的建设的基础不是奠定在空想与梦幻的沙滩上，而是奠定在它的人民的英勇牺牲所表现出来的意志的花岗岩上的。中国人民之将会有面包与教养的日子，也必须通过战争才能得到保证。这是真理，是每个谋解放的中国人民所应该把握的信心，没有这样信心的人，是不可能理解战争的。不能理解这战争的，又如何能理解时代的精神呢？

我们已临到了可以接受诗人们的最大的创作雄心的时代了。我们的时代，已能担待那能庄严地审判它的最高的才智了。退一百步说，每个日子所带给我们的启示、感受和激动，都在迫使诗人丰富地产生属于这时代的诗篇。这伟大而独特的时代，正在期待着、剔选着属于它自己的伟大而独特的诗人。这样的诗人，不是成长在灰暗的研究室和环垂着紫色帐子的客厅里；对于这样的诗人的预约，也绝不会落在那受着帝国主义奴化教养而不可一世地自矜着的教授的和不可能从百科全书的破烂的网缕间挣脱出来的大学生的身上。属于这伟大和独特的时代的诗人必须以最大的宽度献身给时代，领受每个日子的苦难像是那些传教士之领受迫害一样的自然，以自己诚挚的心沉浸在万人的悲欢、憎爱与愿望当中。他们（这时代的诗人们）的创作意欲是伸展在人类的向着明日发出的愿望面前的。唯有最不拂逆这人类的共同意志的诗人，才会被今日的人类所崇敬，被明日的人类所追怀。当然，这样的诗人现在还没有出现，不过，即使出现了，也不会被那些假装的绅士、自炫的教授和稚气而傲慢的遗少们所能理解的。诗人本身更不会由于那些人的理解而感到什么光荣的。

一个写诗的人（我依然不知道应否把那些专门堆砌着枯死的文字的人称为“诗人”；为了我尊重那些真正曾创造了“时代的诗情”的和现在还在创造着“时代的诗情”的“诗人”们，我只能对那些衰老在萎谢了的词藻里的写诗的人称之为“写诗的人”），专门写着狭窄得可笑的个人的情感的东西称为那才是“诗”，又疲惫地拖住一种形式作为那是诗的唯一的形式，更有甚于此者，竟会自满那种迂腐的见解，说那样的东西才是“真正文学的诗”，这究竟是可悲的现象。

诗，不外是语言的艺术。人类的语言，是由人类的生活情感所由发出的。人类的生活每天都在突飞猛进中，作为表达生活的工具的语

言，当然也每天都在变化进步中。这是一种最低限度的常识，没有这常识的人，无论他曾写过多少年的诗，或将还要写多少年的诗，也不过是像一头被蒙了眼的驴子，绕着磨床兜圈子，而自以为是在走着无数的路一样。

同样，诗的形式，也是随着人类生活的变动而变动的。人类永远在剔选使自己舒适、为自己爱好的外衣；诗的语言也永远在剔选适合自己的外衣。“各个年代和各个人事的变换，用它们自己所爱好的颜色，在你的脸上加彩涂抹”（引自拙作《巴黎》）。各种形式都紧抱了那藏在它们里面的内容，向人类无限广阔的创造的苍穹伸长，夸耀人类自己的智慧与能力。今天，再愚蠢不过的乡下女人，也不会说只有梳了发髻和缠了脚的女人才是真正的女人。当她们看见了女人可以剪发，可以保持天足，而这样更适合于生理的发展，因此，美学地说，也更能令人激起由于平均发育的健康而激起的喜爱之情，那些留有发髻与缠了脚的女人，一定要惊醒过来，对自己的那种萎缩与丑陋的样子引起嫌恶的。如果能力允许她们也可以剪发和放足而竟不做的话，我想不是由于她们愚蠢、顽固与懦怯，就是她们多少是有点神经病了。

中国新诗，随着中国社会的变动与发展而变动与发展着，而且也将随着中国社会变动与发展下去。如果所谓“时代”不是一个空洞的漂亮名词（因为有些人爱用漂亮名词，他们常常是连所写出的那些名词所含有的具体的东西是什么都不曾想起过的），我们正不妨把划分出中国社会在这二十年中间所曾激起的变动，来划分中国新诗在这二十年中的几个阶段。

中国新诗，是和中国的革命文学在同一起点上开始它们的历程的。中国新诗，在它作为中国的新文学样式之一的意义上，它和新文学的其他样式同样地，被作为中国革命的语言而提供出来。“五四”时代的许多在今日作为古典作品而保留下来的诗篇，在那广泛的人道主义的思想上，明显地反映了民主政体之迫切要求；众多的热情泛滥的情诗之产生，也只能从企图打破封建的婚姻制度这一意义上得到解释。“五卅”时代的呐喊，强烈地抒发了被帝国主义者与军阀残害的中国人民的悲愤与怨言。“九一八”与“一·二八”相继而来（啊，自以为在写着“真正文学的诗”的人真是何等幸福！他们说“七七”事件来得“奇突”），诗人们在这辛酷的现实面前选取了两条路：一些诗人是更英勇地投身到革命生活中去，在时代之阴暗的底层与艰苦的斗争中从事创作，他们的最高要求，就在如何能更真实地反映出今日中国的黑暗的现实；另一些诗人，则从这历史的苦闷里闪避过去，专心致志于一切奇瑰的形式之制造和外国的技巧的移植上。“七七”“八一三”这两个事件爆发，诗人首先被这伟大的历史变动所感动，以巨大的弦音抒出了民族求生存的愿望与争解放的狂喜。

从抗战发生以来，新诗的收获，绝不比文学的其他形式少些。我们已看到了不少的优秀作品，那些作品主题的明确性，技巧的圆熟，是标志了新诗发展之一定程序的。那些作品，无论在它们的对于现实刻画的深度上、文学风格的高度上，和作者在那上面所安置的意欲之宽阔上，都是超越了以前的新诗所曾到达的成就的。

我常常听到人家说起，某某人反对“抗战诗”，某某人说“抗战诗”是“八股”，某某人说“我不写‘抗战诗’”，等等。在这里，我不想给“抗战诗”下一种容易被误解为给它辩护的界说，我只要指明，诗人能忠实于自己所生活的时代是应该的。最伟大的诗人，永远是他所生活的时代的最忠实的代言人；最高的艺术品，永远是产生它的时代的情感、风尚、趣味等之最真实的记录：抗战在今天的中国，在今天的世界，都是最大的事件，不论诗人对于这事件的态度如何，假如诗人尚有感官的话，他总不能隐瞒这事件之触目惊心的存在。我永远希望诗人们能忠实于自己的世界观，假如他是一个勇敢的艺术家，他正不妨写出对这事件之藏在他心里的不同见解，他所把握的在他认为是真理的东西。不要忘记在诗的历史里，诗人为了忠实于自己的世界观而遭受放逐、监禁、绑赴断头台的英勇的记载啊！没有一种权力能命令诗人为他去歌颂的。在今天，诗人置身于这两种势力相斗争的事件里面，他应该有权利披露他的意见，拥护哪一面，勇敢地说来——在这还不曾分出胜负的日子！但是，千万不要卑怯地隐瞒了自己心中的见解，却又躲在文学的幌子后面含糊地来否认人家的见解。

至于说“抗战诗”怎样幼稚，怎样充满“标语口号”，怎样只是

“八股”，怎样只是“粗暴的叫喊”，却都是一种稚拙的战略。因为，抗战以来，诗的产量虽很丰富，像他们指责的如此这般的缺点，始终是少数。我所熟识的许多诗人，他们写诗的时候，努力避免的就是这些缺点；他们所发表出来的诗篇，除了极偶然的必要场合夹进几个比较现成的政治术语之外，都是以丰富的形象和朴素的语言，使我深深感佩的。这些诗篇，绝不会由于一两个文学绅士之流的否定就不再存在；反之，他们的这些诗篇，因为产生于祖国的苦难中，将和祖国的命运共存亡。

中国新诗，从“五四”时期的初创的幼稚与浅薄，进到中国古代诗词和西洋格律诗的摹拟，再进到欧美现代诗诸流派之热中的仿制，现在已慢慢地走上了可以稳定地发展下去的阶段了。目前中国新诗的主流，是以自由的、素朴的语言，加上明显的节奏和大致相近的脚韵，作为形式；内容则以丰富的现实的紧密而深刻的观照，冲荡了一切个人病弱的唏嘘，与对于世界之苍白的凝视。它们已在中国的斗争生活中起了积极的作用。

另外却也有着一些写诗的人，作为中国人是应该羞愧的。他们不愿意想起中国的经历了半个世纪的被帝国主义宰割的痛苦，他们也不会感到今天能抵御强暴、争取和平与幸福的民族战争的光荣。他们生活在个人的小天地里，舒适与平安把他们和大多数的中国人民隔开了；而他们的佯作有教养的样子，与傲慢的绅士派头，使他们失去了人与人之间应有的同情。但是，现实是可怕的，今日人家的不幸，谁能担保明日不会降落到自己身上呢？没有一个中国人（除非是汉奸）能自外于这全民族求解放的斗争的，这是中国人应有的最起码的觉醒，假如他们连这起码的觉醒都没有，假如他们连人与人之间的起码的恻隐之心都没有，其他一切又何必谈呢？

一九三九年七月

诗与宣传

文学是人类精神活动方向之一；人类借它“反映”“批判”“创造”自己的生活。它永远不可能逃遁它对生活所发生的作用。它应该植根在生活里——生活是一切艺术的最肥沃的土壤。

诗，如一般所说，是文学的峰顶，是文学的最高样式。它能比其它的文学样式更高地、更深地或者更自由地表现人类的全般生活和存在于生活里的全般的意欲。它对人类生活所能发生的作用也更强烈——甚至难于违抗。某些杰出的诗作里所传出的深沉的声音，萦绕在我们的记忆里多么久远啊……那些声音，常常在我们困苦时给我们以人世的温暖，孤寂时给我们以友情的亲切。我们生活得不卑污，不下流，我们始终挺立在世界上，也常常由于那些声音在我们危厄时唤醒我们的灵魂啊。

对于诗的评论，不应该偏重在：它怎样排列整齐，怎样文字充满雕琢与铺饰，怎样声音叮咚如雨天的檐溜，等等；却应该偏重在：它怎样以真挚的语言与新鲜的形象表达了人的愿望，生的悲与喜，由暗淡的命运发出的希望的光辉，和崇高的意志，等等。

诗，不是诗人对于世界的盲目的无力的观望，也不是诗人对于一切时代所遗留的形式之卑贱的屈膝；不是术士的咒语与卖艺者的喝叫，也不是桃符与焚化给死者的纸钱。诗，必须是诗人和诗人所代表的人

群之对于世界的感情与思想的具体的传达和为了适应这传达的新的形式之不断的创造。诗，应该尽最大限度的可能去汲取生活的源泉。

人类生活是丰富的，繁杂的。诗人生活在人类社会里，呼吸在人群的欢喜与悲哀里，他必须通过他的心，以明澈的观照去划分这丰富与繁杂的生活成为两面：美与丑，德性与恶行。他会给一面以爱情，给另一面以憎恨。不管诗人如何看世界，如何解释世界，不管诗人采用怎样的言语，隐蔽的也好，显露的也好，他的作品，归根结底总是表白了他自己和他所代表的人群的意见的。

因此，任何艺术，从它最根本的意义说，都是宣传；也只有不叛离“宣传”，艺术才得到了它的社会价值。

创作的目的，是作者把自己的情感、意欲、思想凝固成为形象，通过“发表”这一手段而传达给读者与观众，使读者与观众被作者的情感、意欲、思想所感染、所影响、所支配。这种由感染、影响，而达到支配的那隐在作品里的力量，就是宣传的力量。

发表是诗人与读者之间的桥梁，这桥梁由艺术的此岸达到政治的彼岸。诗人通过发表才能组织自己的读者，像那些英雄之组织自己的拥护者一样。发表是诗人用以获取宣传的效果的一种手段。

当诗人把他的作品提供给读者，即是诗人把他的对于他所写的事物的意见提供给读者，他的目的也即是希望读者对于他所提供的意见能引起共鸣。没有一个诗人是单纯为发表作品而写诗的，但他却不能否认他是为了发表意见而写诗。

因此，一个诗人，无论他装得怎样贞操，或者竭力说他的那种创作精神如何纯洁，当他把他的作品发表了，我们却永远只能从那作品所带给人类社会的影响（也包括那作品之对于全部艺术的影响）去下评判，就像我们看任何一个已出嫁了的女人之不再是处女一样，任何作品都不能而且也不应该推辞自己之对于社会的影响，就像任何女人都不能而且也不应该推辞那神圣的繁殖之生育的义务一样。

不要把宣传单纯理解为那些情感之浮泛的刺激，或是政治概念之普遍的灌输；艺术的宣传作用比这些更深刻，更自然，更永久而又难于消泯。如果说一种哲学精神的刺激能从理智去变更人们的世界观，则艺术却能更具体地改变人们对于他们所生活、所呼吸的世界一切事物之憎与爱的感情。读者对于自己所信任的诗人所给予他们的影响，常常是如此地张臂欢迎。我们在自己生活周围，对于某些典型引起尊敬，对于某些行为引起爱慕；而对于另外的一些典型引起嫌恶，另外的一些行为引起卑视，岂不就是由于艺术家们给我们的披示而更加显得明确吗？

宣传不只是政治目的的直接反映，不只是粗率的感情之一致的笼络，也不只是戏剧性的效果之急亟的获取；一件高贵的艺术品，一篇完美的小说，一首诚挚的诗，如果能使人们对于旧事物引起怀疑，对于新事物引起喜爱，对于不合理的现状引起不安，对于未来引起向往；因而使人们有了分化、有了变动、有了重新组织的要求，有了抗争的热望，这一切，岂不就是最明显的宣传力量吗？

中国抗战是今天世界的最大事件，这一事件的发展与结果，是与地球上四万万人的命运相关的，不，是与全人类的命运相关的。而中国人之能享受人所应有的权利或是永远被人奴役与宰割，将完全被决定在这次“抗战”的胜败上。诗人，永远是正义与人性的维护者，他生活在今日的世界上，应该采取一种明确的态度：即他会对于一个挣扎在苦难中的民族寄以崇高的同情吧？诗神如带给他以启示，他将也会以抚慰创痛的心情，为这民族的英勇斗争发出赞颂，为这民族的光荣前途发出至诚的祝祷吧？

我们，是悲苦的种族之最悲苦的一代，多少年月积压下来的耻辱与愤恨，将都在我们这一代来清算。我们是担待了历史的多重使命的。不错，我们写诗；但是，我们首先却更应该知道自己是“中国人”。我们写诗，是作为一个悲苦的种族争取解放、摆脱枷锁的歌手而写诗。诗与自由，是我们生命的两种最可贵的东西，只有今日的中国诗人最能了解它们的价值。

诗，由于时代所赋予的任务，它的主题改变了；一切个人的哀叹，与自得的小欢喜，已是多余的了；诗人不再沉湎于空虚的遐想里了；对于花、月、女人等的赞美，诗人已感到羞愧了；个人主义的英雄也失去尊敬了。

新的现实所产生的一切新的事物，带来了新的歌唱，作为中国新诗新的主题的应该是：这无比英勇的反侵略的战争，和与这战争相关联的一切思想与行动；侵略者的残暴与反抗者的勇猛；产生于这伟大时代的英雄人物；民主世界之保卫，人类向明日的世界所伸引的希望；等等。

人类世界将会有一日到达新的理想：那种横亘于几千年历史里的原始性的屠杀，国家与国家之间的战争，是会消灭的；全人类的智力与体力都在对于自然之更广大的利用与克服上显出力量来；而且，人类将会无限地发挥自己艺术的创造力，而所有的努力也将会专心在如何以增加万人的愉悦；这样的声音，已经召唤在我们这时代的最忠实的诗人的愿望中了。

但是，现在却是悲惨而又凄苦的一些岁月向我们流来。我们每天所过的生活都像是被压倒在一个难于挣脱的梦魇里，我们连呼吸都感到困难……中国实在太艰苦了，它正和四面八方所加给它的危害相搏斗。贪婪的旧世界想把它牺牲给法西斯的强盗们——以四万万的生命去喂养那些胸口长毛却又穿着燕尾服的军火商和军阀啊！以几千年来都是属于我们自己祖先的这国土，给那些手里握着血刃的残暴者去践踏，并且将由他们来奴役我们和我们的无数的未来者啊！

诗人们，起来！不要逃避这历史的重责！以我们的生命作为担保，英勇地和丑恶与黑暗，无耻与暴虐，疯狂与兽性作斗争！

在今天，无论诗人是怎样企图把自己搁在这一切相对立的关系之外，他的作品都起着或正或反的作用，谁淡漠了这震撼全世界的正义的战争，谁就承认了、帮助了侵略者的暴行。

有良心的不应该缄默。用我们诗篇里那种依附于真理的力量，去摧毁那些陈腐的世界的渣滓！而我们的作品的健康与太阳一样的爽朗的精神，和那些靡弱的、萎颓的、瘫软的声音相对立的时候，也是必然会取得美学上的胜利的。

一九三九年八月九日

诗与感情

有许许多多的青年朋友都喜欢写诗，这些青年朋友们散布在各种不同的工作岗位上，其中占最多数的是工人、战士和学生，所有这些青年朋友们都热衷于诗歌，他们不断地阅读着中外诗人的作品，自己练习着写诗，有的写了放起来，有的把自己写的东西给亲近的人们看，常常会遇见比较直率的批评，说他们写的不是诗，因此，他们就向他们所信任的诗人们和报纸杂志的编辑们提出一连串的问题。这些问题，由于提出的人的修养和理解不同，反映了他们所引起的苦恼的程度也不同，但是这些问题，大都是围绕着这样一个共同的中心：对于诗的认识问题，也就是诗所做的是什么和诗应该做些什么。

我以为，对于诗的认识的问题，不只是在初学写作的青年们中间存在着，同时也在经常发表诗歌的人们中间存在着，我自己也经常被这样的问题所苦恼。大家都希望把诗写得好，能感动人，而我们的许多诗却又的确写的不好，不能感动人。一个工厂和作坊，假如所出的成品都是废物，就非马上关门不可。我们的习作虽然无关于整个国家的生产，我们是在工作和学习的空隙里在进行写作，但无论谁都一样，总是希望自己所经营的园地能长出花木，有枝繁叶茂的一天；而接连的失败却嘲弄着我们的意志和毅力，日子久了，对诗的兴趣减少了，厌倦了，最后就不写了。

我们生活着，有的同志生活在非常激荡的斗争环境里，有的同志生活在比较缺少变化的环境里；有的同志，生活本身就是诗，有的同志，生活即使也有诗意，但这种诗意却也只有很聪明的人，才能感触得到。有些同志，常常想把自己十分简单的生活写成诗，把诗写成日记或杂文一样，或者说是用普通写日记或写杂文的方法来写诗，这样的东西，要使看了的人能感动是很困难的。

我们必须生活得很好，生活得很丰富，而且对生活感受得很深，热爱生活，在我们前进的道路上歌唱着，这种歌唱，是由我们的心腔发出来的，即使没有人听见，也还是抒发了自己的热情，我以为这样的歌唱虽然不一定就是诗，但它却已经具备了诗的素质了。

写诗要在情绪饱满的时候才能动手。无论是快乐或痛苦，都要在这种或那种情绪浸透你的心胸的时候。人并不是对任何事情或任何时候都充满情绪的，而每个人却都有这样的经验：忽然被某种事物所感动，而这种感动并不会延续得很久。只有我们对于这种感动产生了一种非把它保持下来不可的时刻，才是诗的创作的开始。

激起我们的情绪的，经常是新鲜的事物，是那些把我们从半睡眠的意识里惊醒起来的事物。我们经历了长期的灰暗的冬天之后，忽然，一天早晨，发现了金色的阳光照射在我们的窗户上，我们就会高兴：晴朗的春天来了。这种感觉会使我们产生一种力量。这种被外界的事物所唤起的新的情绪，常常是诗的情绪，这种新的情绪，对诗的创作来说，是最可宝贵的东西。

或许有人要问：每天经历同样的事情，都不可能写诗么？照你这样说，那些古诗人常常以身边的极细小的事情写成诗，那些事情又是每人每天所可以遇见的，这又该如何解释呢？

每天经历同样的事情，也可以写成诗。对于同一事物的延续很久的印象，也可以产生一种情绪，虽然这种情绪是比较平静的，但当你去把这些印象重新组织起来的时候，你还是要激起新的情绪，才能把原来平凡的印象，变成新的印象。

叙事诗的情况也一样。叙事诗里所包含的事件，显然不是诗人所完全经历过的，甚至也不是突然遇见的新的事件，但诗人在处理这些已经过去的事件的时候，也必须像是刚经历的事情一样，要充满新的情绪。

那么，别的文学作品难道不是这样产生的么？

是的，所有的文学作品，当作者处理它们所包含的事件和人物的时候，也都必须充满新的情绪，不管这些事件和人物是不是他们自己的亲身经历，也必须写得像自己亲身经历一样地真切，不然是不可能感动人的。

但是，作为诗，感情的要求要更集中，更强烈，换句话说，对于诗，诉诸情绪的成分要更重。别的文学作品，虽然也一样需要丰富的感情，但它们还可以借助于事件发展的逻辑的推理，来获得作者思想说服的目的；而对于诗来说，它却常常是借助于感情的激发，去使人们欢喜与厌恶某种事物，使人们生活得更聪明，使人们的精神向上发展。

当然，引起我们情绪的，不只是我们现在眼睛所看见的或耳朵所听见的事物；有时，过去的经历和对于未来的想望也能引起我们的情绪。关于回忆和理想的诗，就是在这种情况下产生的。

人总是有感情的，总是在喜爱一些事物和憎恨一些事物的，虽然每个人的感情的趋向和程度是有差别的。感情的变换和推移，实际上就是一个人对某些事物慢慢失去了感情，而对另外的一些事物生长了新的感情。每个人都处在新旧感情互相交替的矛盾中，艺术的作用，不仅是帮助人明辨事理，而且也在促进人们的感情上的变化。而对于诗来说，后者的作用，显得特别重要。

在诗里，就是直接反映社会生活的东西，也和小说与戏剧不一样，试图以写小说和写戏剧的方法来写叙事诗，其结果也只能产生有韵的小说或是歌剧，却不是叙事诗。在叙事诗里，依然需要很重分量的抒情的章节，而就是在描写具体生活的部分，也必须具备诗的那种更高的概括。以诗来解释一些哲学的命题，就往往会吃力不讨好。诗里可以出现一些格言式的语句，但这些语句也不会占很大的篇幅，这些语句不是详尽的逻辑的说明，而是对于生活经验的洞察事理的结晶，它们在整个诗篇里面，就像宝石之镶嵌在冠冕上一样。说理和辩解的成

分多了，就会相对地减少感情的成分，结果也就削弱了诗的感人的力量。这就是为什么哲理诗始终不能很发达的原因。

假如上面的话能够说明诗的基本属性的话，那末我们就可以确定在诗里感情是处于何等重要的地位了。诗人要写出新的诗，必须对新的事物有极强烈的情绪。当诗人不能爱什么东西的时候，他所写出的东西是不能叫人去爱它的。而假如诗人只有浮泛的感情就进行写作，人们也不会满足的，因为浮泛的感情是一般人都会产生的，用不到诗人来饶舌。人们喜欢读诗，最重要的是想从诗里获得感情上的启发或帮助。当一首诗缺少感情的时候，人们就开始对诗失去了信任。这就像我们和一个使我们觉得不诚恳的人在交往，心里难免有些隔阂。

每个人感情的容量是不相同的，正因为这个缘故，我们有时说："这是一个热情的人""这个人没有什么热情"。有些人对许多事物都很冷淡，而有些人则对许多事物都很容易兴奋。我们的工作，或者说我们的精神劳动，就是使人们对于在我们国家的发生的新的事物，都能引起浓烈的兴趣；使人们能生活得更美好，更有理想，人与人之间的关系更密切，互相理解得更深刻，在共同的事业中团结得更紧，发挥更高的创造性和更高的战斗力。

感情是能生长和培养的。更多地接近新事物，对新事物愈熟识，就自然会产生新的感情；反之，对旧事物愈留恋，愈不能摆脱旧的感情。

诗人在社会上有没有价值，就决定于他是否和公众的倾向相一致，是否和公众一起又引导公众前进。这里，就向诗人们提出了一个十分现实的严重问题：诗人能否在最先进的人们当中去吸收自己的营养，使最先进的思想感情成为自己的精神力量，再以这种精神力量去感动千百万人们，这就是他的创作能不能教育千百万人们的关键。诗人必须以人民群众中的最先进的思想感情，去影响千百万人的思想感情。所谓"时代的喇叭"也好，"时代的鼓手"也好，根本的意思就在这里；斯大林同志所说的"灵魂工程师"，以我的理解，对于诗人来说，根本的意思也在这里。

感情活动，首先是通过感官对于外界事物的反映所引起的。要是所有的感官都停止了活动，那就意味着死亡。人活着，就一定在感觉着，在思考着，才能产生各种不同的情绪。

人通过自己的感官和外界发生着联系，不同的感官使人和他周围的事物保持着接触。假如一个人是生下来就盲目的话，他对于色彩就不会有什么感觉，以后再和他说明各种色彩的区别，就简直不可能。

每个人的感觉力是有强弱的。就是在同一个人身上，不同的感官也有强弱。有的人对形体的感觉很敏锐，有的人对声音的感觉很敏锐。也有些人，各种感官都很强，他对外界事物的运动和变化都能得到非常迅速的反映。对于外界事物的形体，色彩，密度，温度，声音以及它们的运动和变化的正确而又迅速的反映，是一个写诗的人所应该具备的素质。

感觉力一样是能培养的。一个人只有他和外界的接触更多，和事物的关系更密切，他的感觉力也就更强。生活经验愈丰富，知识愈丰富，对人的理解和对社会的理解也愈深，他的感觉力也就愈强。

或许有人要反问：人们说年轻的人常常是诗人，难道不是因为他们感觉敏锐么；而有人说年老的人却常常失去对新鲜事物的敏感，这又该如何解释？

我以为这是说，年轻人看世界比较单纯，他们常常更多地是根据自己的直觉来判断各种事物；当一个人的经验愈多，就常常以比较冷静的反复思考对待事物，因此，那种好像出于直觉的判断的写诗冲动，就愈来愈少了。而只有那些始终保持着新锐的感觉和近乎天真的热情的人们，借用古话来说，就是保持着“赤子之心”的人们，即使到了老年，也能写出抒情气息很浓的诗篇。至于那种非常严峻地批判着人和社会的史诗式的巨大的诗篇，我以为只有人生经验比较丰富的年老的人才能完成。无论莎士比亚还是歌德都可以说明这个问题。

抒情诗所要求的，是诗人对世界的出于直觉的语言。诗人可以读而且应该读许多哲学的书，应该认识到事物发展和变化的规律。没有一个诗人是没有政治倾向的。但当诗人写作的时候，他必须把他从哲学书里所得到的东西，把他的对人生对社会的见解，化为直觉的东西，化为童年的天真，不然的话，他的诗就不能成为诗了，因为纯粹从理

论出发所写出来的诗，是不能感动人的。

我们的时代是一个新的时代，原是一个可以使感情充沛的抒情诗生长繁荣的时代；而这个时代却同样是处在非常激烈的斗争中，矛盾非常尖锐，各种新旧的观念在互相交替中，这个时代又需要人们以严格的理智来处理许多问题。这在表面上看起来似乎是矛盾的；其实连最抒情的作品，也一样是以很明确的理智作为基础的。我以为无论进行创作也好，还是为了更好地认识诗因而使诗能更向前发展也好，都必须理解诗的这种感情和理智之间的关系。

对生活所引起的丰富的、强烈的感情是写诗的第一个条件，缺少了它，便不能开始写作，即使写出来了，也不能感动人。当然，感情并不是写诗唯一的条件；要诗写得好，也还必须具备其它的条件，如丰富的想象、诗的语言、诗的表现手法、诗的韵律等。这些只有留待以后再谈了。

诗的形式问题

——反对诗的形式主义倾向

今天中国的诗，内容和形式都存在着一些问题。其中最中心的问题，是形式主义的倾向，这种倾向，反映在创作上，是内容的空虚和对于形式盲目的追求；反映在理论上，是对形式的一系列的混乱的观念，这些观念在各种不同的程度上妨害了创作。我以为，形式主义的倾向不克服，要使社会主义现实主义的诗有正常的发展，是很困难的。

现在我想就这次讨论会所提出的诗的形式问题，发表一些意见，供大家参考。

关于文学形式的论争，各种形式之间的对立状况，是古今中外都有的，这种论争和对立状况，说明了各个不同时代的人民以及同一时代的人民之间的爱好、欣赏趣味和审美观念是不同的。在文学上，也像在生活的其它方面一样，由于人们的生长环境和所受教育的不同，有的人喜欢这种形式，有的人喜欢那种形式，各种不同的爱好，逐渐形成习惯，发生一种支配感情的力量；而只有当人们的生活改变了，习惯也逐渐改变，新的形式也就逐渐代替旧的形式取得了人们的爱好，发生一种力量。这当然是指一般的情况而说的。有时，有些人，虽然物质生活改变了，而他们的精神生活却并没有很快就随之改变的。

在生活内容越来越丰富的时代，人们的爱好也越来越丰富，无论从为了表现生活的需要出发，还是从满足人们的爱好出发，都不可能

达到形式上完全的统一；要求形式上完全统一的想法是天真的想法。

有人想建立一种共同所遵奉的形式，说是为了国家过渡时期总路线的需要。我以为总路线不是需要某种统一的形式，总路线需要的是多种多样的形式；而任何哪一种新的形式，都必须服从现实生活的需要，符合国家社会主义工业化的需要，符合我国人民的日益增长的精神文化的需要。

因此，在诗的形式问题上，我以为也应该遵照毛主席关于旧剧改革的方针：“百花齐放，推陈出新”。只有这样，才能使我们从令人迷惘的论争中解放出来。

“百花齐放”，首先应该是花。花长在土地和水上，土地就是生活。一切艺术的根源是生活。不同的种子，在不同的土质和水里，因为不同的季节，长出不同的花。

各种各样的花，都有它自己的模样。桃花、梅花是五瓣的，主张写五言诗的人，不妨以这些花作为自己形式的理论根据；但并不是所有的花都是五瓣的，如牡丹、菊花、石榴花等等，谁也不知道它们究竟有多少瓣，难道它们就不美么？难道它们就不是花么？

花所具有的是水分、颜色、形状和香味，由于各种花所含有的水分、颜色、形状和香味不同，形成它们之间的区别；再愚笨的人也不会因为自己的偏爱，说除了他所喜欢的一种花之外，其余的都不是花。

有些花是不长在土地上的，也不长在水上的。像北京玩具铺里卖的纸花和绒花，这些花，虽然也有花的形式，却没有花的内容。它们既没有水分，也没有香味。

诗应该是诗。这意思就是说，我们应该从本质上来认识诗。

常常有读者来信问起：“什么是诗？”“如何理解诗？”“什么是诗的本质？”等等。

我们也有最早的诗教的，“诗言志、歌咏言”这六个字，大体上说明了诗的目的以及它和歌之间的区别。所谓“志”，就是思想感情，诗是思想感情的表现。

诗和其它文学样式不同的地方，在于它必须通过诗所特别具有的艺术，表现诗人的思想感情。所谓诗的艺术，包括诗的语言、诗的表现手段、诗的韵律。当诗人被某种事物唤起感情，产生一种为联想寻找形象的行动，通过富有韵律的语言，把这种感情表现出来，才能产生诗。写诗要有丰富的想象，而丰富的想象是由生活经验和知识的丰富所产生的。

社会生活很复杂，思想感情也很复杂，不同的社会生活所赋予的不同的题材和不同的思想感情，不可能凭借仅只一种形式来表现；就连相同的题材和相同的思想感情也可以出现不同的表现形式。

社会主义现实主义所企望于诗人的是：诗人必须具有正确的世界观，强烈的、社会主义革命的感情，以现实主义的创作方法，描画我们这个时代物质和精神的伟大变革，向人民进行共产主义的教育。

社会主义现实主义对于文学形式的要求是多样的。广大人民群众的不同的爱好，向诗人展开了自由创作的无限辽阔的天地。在多种多样形式中，要求它们自己的统一与完美，生动地反映新的现实，具有民族的气派，为广大的群众所欢迎。

诗的民族形式问题

有些人写的诗，没有中国诗的情调，在那些诗里，看不见中国人民的思想感情，即使他们写的是中国的事情，也好像是一个外国人在写中国的事情，因此读了觉得不亲切。那种诗，假如在作者名字下面再加上一个“译”字，我们就会以为是外国人写的，因为它们没有中国的气味。

过去我们曾看到有些外国人在旅行中国时所画的中国风俗画，这种画，常常出于作者的猎奇心理，不可能正确地表现中国人民的感情，因此看了叫人很不舒服。这是说，民族形式不只是题材就能决定的。

有时看见外国人穿了中国的长袍或旗袍在街上走，那种奇异的样子叫人要发笑，原因倒不是由于他（她）们的鼻子高，而是由于他（她）们的气质、风度和这种服装很不调和。这是说，民族形式不只是某种装饰就能决定的。

形式必须服从表现生活的要求。我们民族有自己的生活，有自己

的风俗、习惯，我们人民有自己的气质和风度。我们所生活的地理环境，也和别的国家不一样。我们有自己的文化传统，有自己的欣赏趣味和审美观念。

我们是中国人，生活在中国，无论写中国的事情和人物，还是写外国的事情和人物，都是写给中国人看；即使有时写给外国人看，也是中国人在和外国人说话。

只有当艺术家热爱自己的人民，熟识自己民族的风俗、习惯，熟识自己民族的文化传统，了解我们民族在世界上所处的地位，而且看见自己民族的发展前途，才有可能正确地、深刻地理解民族形式的意义。

凡是真正现实主义的作品，一定具有民族气派。我们必须更深地了解我们的人民，了解我们人民的思想感情，了解我们人民的气质，了解我们人民正在进行的伟大事业，我们的作品才会具有民族的新风格，人们才能看了我们的作品而认为是中国诗人的作品。

但是，我们对于民族形式的认识并不一致。有许多人，显然的把民族形式看成是某种简单的、固定的形式。

一谈起建筑，有人就以为只有宫殿式的、庙宇式的、牌坊式的建筑，是民族形式的建筑。他们常常忽略了大量的、因人民生活的不同、各地的气候和材料不同而创造的各种不同的住宅，才是研究和发展民族形式建筑的最可宝贵的根据。现在已出现了这样的一种建筑，在西式大楼的屋檐或窗檐上，装饰了一些从宫殿里抄来的图案，就算是民族形式了。这种原来用在木料上的图案，被放在砖石或水泥的建筑上，就显得很不调和。这种建筑，在抗日战争以前，在南京上海一带就已经出现，叫做“中西合璧式”，想不到今天又应运而生了。

在绘画上，也有人以为只有“单线平涂”是我们的民族形式，于是，有一个时期，“绣像图”式的画就代替了一切。在老解放区，由于印刷条件的限制，较多采用“单线平涂”的画法还是对的。我今天这样说，也不是反对“单线平涂”的画法，而是反对那种把一切的题材，都只用过去的某一种方法来表现，而把其它的方法都废弃的倾向。在装饰美术方面，有些人常常拿“龙”“凤”以及各种云彩图案作为我们的民族形式，以致使我们好像置身在古代的宗教的氛围里，而有一些人常常满意于这样做，以为这样就可以使我们的生活充满“古色古香”了。

也有人以为“章回体”是我国小说的民族形式，于是，有一个时期，以“话说”开头，以“且听下回分解”作为两章间前一章的结尾的小说就随之出现；听说，最近还有人主张用“章回体”写小说。而在曲艺方面，许多人始终停留在摹拟大鼓词和快板的如何开头、如何结束的格式上，里面常常充满了陈词滥调，很少生动活泼的东西。

这些做法，都是把民族形式局限在某种格式、某种体裁和某种方法里面了。就是因为这个缘故，我们文学艺术的各种部门，都有人在硬搬过去的某种体裁、格式和方法，作为民族形式的固定模型，而且想把这种模型推广，代替其它一切。这样做，都是把形式变成凝固的程式化的东西了。因此，形式仅只成了作品里面的一些装饰，而不是表现生活所必需的、本身就是有生命的、是一个作品的有机的构成部分。

我们民族的历史很悠久，分布地区广阔，经历朝代很多。这样的民族，必然有自己非常丰富的物质和精神的生活。适应这种丰富的生活，也必然具备了丰富的形式，把某种格式或体裁看做是我们民族的唯一的形式，这不仅是目光狭仄，而且曲解了民族形式真正的含义。

在诗歌上，有人以为只有“五言体”或“七言体”是我们的民族形式，他们甚至为自己的这种看法制造了一系列的理论，作为根据。

他们说，在我国诗的整个历史中，“五言体”和“七言体”流行时间最久，占有统治地位，因此“五言体”和“七言体”应该成为主要形式。

“五言体”或“七言体”，的确出现过许多好诗，将来也还可能出现“五言体”或“七言体”的好诗。至于它们流行的时间最久的原因是什么，我不敢轻易论断，但是，形式上的长期停滞状态，并不能认为是文化发展中的好现象。

他们说，民族形式是民族语言决定的，而“五言体”和“七言体”最符合民族语言的规律。他们解释我们民族语言的特征时，认为我们的语言是以单音字组成的，如：人、手、足、日、月、星等等。

不管是因为这种理论指导了创作也好，还是某些创作证实了这种理论也好，现在我国的确出现了这样的一些诗：因为主张多采用单音字，可以达到“单纯美”，几乎回复到用文言写；而当字数不够的时候，就掺进了一些白话的虚字。这类诗，语言极不纯洁，常常破坏了语法，有的竟成了文字游戏，把诗写成像“拗口令”一样的东西了。

试想一想，假如有人以为曾经在历史上出现过的骈体文是我们的民族形式，而且提倡大家回复去写骈体文，大家一定会以为他是疯子；而当以为这种或那种曾经在历史上出现过的诗体是我们民族形式，你就不觉得奇怪，这是什么原因呢？这难道不是对诗的看法比较保守么？

近年来，常常有人提出要建立“新格律诗体”，虽然各人的主张不同，大都想制定一种格式，作为诗创作的固定模型。无论是主张“五言体”也好，“七言体”也好，“九言体”也好，都无非想以一种固定的格式，代替多种多样的格式。

无论哪种形式的产生，都不是由某个天才的拟订而成的，而是由于作家们为了表现他们自己所生活的时代而进行的、长期的创作实践，和那个时代的社会风尚所形成的；各种形式都在产生它们的时代起过作用。新的生活要求新的形式，这种新形式和原有形式之间就产生了互相融合或互相排斥的现象。

无论“五言诗”也好，“七言诗”也好，也只是我国诗体中的一种旧有的体裁，这种体裁标志着我国文学发展的某个阶段，它既起过积极的作用，也起过消极的作用。我们并不反对利用旧形式，我们反对的是主张大家回过头去都写“五言体”或“七言体”，而且以为这种体裁是我们这个民族永远应该遵奉的形式。为了更好地反映我们的时代，更丰富地描画我们的生活，更深刻地表现我们的思想感情，我们要尝试更多的体裁，创造出适合我们这个时代的多种多样的新形式。

我以为，所谓形式，里面虽然包括着体裁和格式，却不尽是体裁和格式。在文学上，所谓形式，里面包含着体裁、格式、结构、手法、风格、韵律等等。而所有这一切，都是通过语言文字表现出来的。语言文字构成两部分：一个是它的外表，即所谓形式；一个是它的含义，即所谓内容。在这里，语言文字又是工具又是材料。

在文学上，体裁和格式在任何时代也都是多种多样的。

“社会主义的内容，民族的形式”，是我们社会主义文化建设的方向。中国是一个多民族的国家，各个民族都有自己的文化生活。在我们民族的大家庭里，汉族人口最多，文化历史也比较久，即使如此，我们也不能以汉族的某种格式来代替其它民族的格式。就以汉族的文学发展的历史来说，也反映了我们的文化是几经变迁，不是以某种统一的格式一直贯串下来的。在诗上，从诗经到楚辞、唐诗、宋词等等，也可以看出体裁和格式上的变化。而在各个时代，也常常是各种形式并存，逐渐消长，只是在总的趋势里可以看出愈到后来就愈繁复。

在民间歌谣中，在各种歌剧的唱词中，也出现了多种多样的诗的体裁和格式。

一个作品之具有民族气派，不是因为它仅仅在体裁上和别的民族的作品不同，而主要是由于那作品所反映的生活、思想、感情具有民族气派。

鲁迅的小说，不是用文言写，也不是“章回体”，但它们即使翻译成任何一种外国文，依然还是中国的东西，因为他深刻地理解了中国人民的气质，理解中国人民的痛苦与希望，充满了中国人民的生活中的人情味。

民族形式始终是民族生活所决定的。语言在创作中是表现生活的工具和材料。工具和材料会影响创作，有时这种影响甚至很大，但对形式起决定作用的，仍然是生活内容。假如民族形式是民族语言所决定的，那么许多外国作品翻译成中国文字之后，岂不都成了中国的作品了么？幸亏我们还能由一个作品的民族生活，鉴别出这个国家或那个国家的作品，不然的话，假如不懂外国文，岂不就会以为外国没有文学了么？

有人主张以中国诗的格式来翻译外国诗，这种主张也并不新奇，多少年前，苏曼殊就是把拜伦的作品以中国古诗体来翻译的。我以为这样做是不妥当的，把原来包含比较复杂意义的语言，压缩在五个字一句、七个字一句的文言里，多少都要损害原作。

民族语言的主要特征（或者说规律），不是什么单音字（词）；民

族语言的主要特征（或者说规律），是语言的构造——即所谓语法和基本词汇。

假如说我国语言的规律决定了诗必须五言或七言，而五言或七言又最符合我国语言的规律，那么所有的散文就要被看做是违反语言规律的作品了。

至于我国文字中单音字（词）特别多，那也只是说明一种情况：在我国语言发展的过程中，由于生活关系比较简单和传播文字的工具的限制（从刻在甲骨上，到刻在竹板上），非采用最节省的字眼不可，因此也形成了语言和文字之间长期分离的现象。而古文的构造，常常含糊不清，艰涩难懂，容易引起误解。人与人之间的关系越密切，传播文字的工具越进步（印刷术和造纸工业的发达），语言的构造也逐渐完善，采用复音字（词）也更多，意思也表达得更明晰了。近三十年间，我国语言的变化，新词汇的增加，外来语的运用，可以说是过去任何时代都不曾有的。当然，这些变化，并不能消灭我们民族语言的基本语法和基本词汇，恰恰相反，所有这些都使我们民族语言的语法和词汇更加发展、更加丰富了。

我们应该熟识各种语言的性质，在日常生活中，当人们为了适应繁复的事件，必须运用丰富的语言；语言是千变万化的，是和每个人的思想感情不可分离地联系着的。

现在我们所用的语言，是在我国原来的语言基础上发展起来的，这种语言，把文字和语言之间的鸿沟慢慢填平了。这种语言，成为我们团结人民、教育人民的有力的武器，而且使我们能把指导革命的原理和许多优秀的科学著作、文学著作传达到人民群众中间去。我们是依靠这种语言在生活、思想和斗争的。

近十年来，文学作者在学习群众语言上，有很大的收获，使我们的语言丰富了，作品也就充满了血液。

但是，这方面的工作，也只能说是开始，收获主要是在农民习惯语方面。对于其它各阶层的习惯语，还是不够熟识的。我这样说，并不是意味着各阶层都有它自己的独特的语言，而是说，在统一的民族语言中，统一的语言构造中，各阶层的习惯语，由于他们生活的不同，是多少存在着差别的。

一个诗人不理解语言的性能，是不会写出好诗的。就是说，一个艺术家即使有了很好的思想感情，有了很好的题材，但没有很好的材料，没有很好的工具，没有运用工具所必需的技术，仍然不可能很好地完成他的创作。

诗的语言和散文的语言是有区别的；文学的语言和人民的日常用语也是有区别的。虽然这种区别，也只是在加工程度上的区别。日常用语比较凌乱、芜杂，夹带了不纯粹的成分；日常用语因为借助于人物的表情、动作，即使省略了某些细微的部分，也能使对方理解他的意思。而文学语言则不同，它既要把事物表现得准确、明白，又要把意思说得很生动。文学语言是经过作家的选择、洗炼、重新组织了的一种语言。

> 我们把语言分做文学的语言和人民的语言，意思是说语言中有“未经加工”的语言和巨匠加过工的语言。对这点了解得最明白的是普希金。他是告诉了我们人所说的语言应该怎样利用，怎样加工的第一个人。
>
> ——高尔基

我们要求诗的语言比散文的语言更纯粹、更集中，因而概括力更高，表现力更强，更能感动人。

> 我确信在人类语言中真正美的，只有单纯的美，这是我素所不知的。
>
> ——托尔斯泰

> ……简洁，单纯，明白……荷马艺术的要素。
>
> ——罗曼·罗兰

所谓“加工”，就是去掉那些日常用语中不纯粹的东西。这种加工过程，可以拿铁矿石如何经过锻炼成为铁，铁经过锻炼成为钢的过程来说明。这种“单纯”“简洁”“明白”，是只有当一个人在思想和感情上都经过一些锻炼才可能达到的。也就是说，只有当一个人认识了事物的本质，才能达到语言的“单纯”。所谓“简洁”，就是要说得少，又要说得好。诗还是写得叫人能看懂，“明白”的意思包括两方面，诗人把意思说清楚，群众看得懂，要是看不懂，怎么能叫人感动呢？

最好的语言，也还是从生活里产生的。离开了生活就没有语言。有一次，一个我们大家所敬仰的人，为了鼓励人们对他们所从事的工作的信心，曾说过这样新鲜的话：

看到它开花，
看到它结籽。

在另一次，同一个人，为了安慰几个刚失去了父母的孤儿说：

我们的家，
也就是你们的家。

这样的话，深深地感动了我，多少年也不会忘记。

有一次，一个刚到解放区的女画家和我谈话时说：

这儿的人真好——
年长的是我的父母，
年幼的是我的姊妹。

有一次，一个学者和我说，他记得一个民歌，是写死了丈夫的女人在扶棺恸哭时说的几句话的：

我愿和你隔千山万水，
却不愿和你隔一层无情木。

仅只两句话，却充满了感情被切断的痛苦。

最近，在《人民日报》的副刊《农村速写》上有一张画，画着四个小孩在看合作社的四匹马，下面标题——

你家的，
我家的，
都是咱们社的！

这是由新的思想感情所产生的新的语言，是充分地表现了内容的语言。

这样的例子是举不完的。这样的语言就是诗的语言。它们所含的感情分量是这样重，它们简洁、明白、单纯。但它们并不是什么神秘的东西，它们存在于日常的谈话里。

诗是不是自己有一种特殊的语言呢？没有的。诗的语言也还是，而且必须是以日常用语做基础的。

当然，诗人的工作并不是记录语言，我们不是在编什么词典，我举这些例子的目的，只是想说明什么是好的语言，认识这些语言的特性，按照生活的要求和这种语言的规律，创造出新的语言，使我们的作品更动人，使我们的民族语言更提高、更丰富。

民族形式是发展的。

无论是叫做继承遗产也好，叫做学习民族遗产也好，都不是要我们把祖上留下的宝物箱打开来，再按照这些宝物的样子重新造上几套。我们的目的是找出它们哪些东西是好的、可以吸收的，哪些东西是可以发展；就是要学习它们如何表现生活。我们的目的是创造表现新生活的、具有民族风格的新形式。

从古到今，既不是以某种统一的形式来表现事物，我们也大可不

必停留在对于某种体裁的模仿而感到满足；我们更不必要求将来的人们也按照我们现在的形式来创作。“今天的我们，不同于昨天的我们；明天的我们，也将不同于今天的我们。”（日丹诺夫）“将来的光明，必将证明我们不但是文艺上遗产的保存者，而且也是开拓者和建设者。”（鲁迅）

形式发展的因素在什么地方呢？

对于形式发展起决定的因素，是生活的变革。不能设想，在生活上已经起了极大变革的时代，文学艺术一点也不受这种变革的影响的。事实上，每个伟大时代的变革，不只是在文学艺术的内容上留下了影迹，而且也在文学艺术的形式上或多或少的留下了影迹。

我们所处的时代，是我国历史上从来不曾经历过的时代。现在，我们正开始使原来的农业国在一定的时间内发展成为社会主义的工业国。在这样的一个过渡时期中，我们的生活面貌要引起多大的变化。这个时代，提供了人民可以最高限度地发挥创造才能的机会。我们必须具有新的眼光来迎接一切新的变革，我们的工作是应该帮助各种新的创造和发明都能得到正常的发展，却不是在某些新的萌芽刚出现的时候，就惊惶失措，并且给以限制和防止。

形式发展的第二种因素，是艺术家的劳动，这里面也包括群众在文学艺术上的劳动。艺术家的工作，是创造，是根据新的生活面貌，创造新的艺术。所谓“创作”，用现在流行的话来说，就是“创造性的劳动”。所以托尔斯泰说：“愈是诗的，愈是创造的。”人是按照美的法则来创造的。我们讨厌千篇一律的作品。连印花布都在不断的变换花样。人民希望诗人们创造新的东西，所谓“推陈出新”，就是一面继承传统，一面有新的创造。也只有真正理解遗产的人，才能真正继承遗产；而把我们的遗产只能从外铄的形式来理解的人，绝不可能真正爱护我们的遗产。这些人最多不过从遗产中摹仿某种体裁和格式就沾沾自喜了。因此，我们却常常在重复人民已经听厌了的声音。社会主义的劳动，就是在最高程度上满足人民的要求，这意思就是说，我们应该给人民以最好的东西，最有创造性的东西。假如我们不能有新的、更好的、更有创造性的东西，假如我们老是停留在抄袭与摹仿上面，那么，我们只要有故宫的“绘画馆”和“北京图书馆”的古代书籍的书库就行了。

形式发展的第三个因素，是外来的影响。外国文学作品影响了我们的创作。在我国历史上，当我们和世界的关系比较密切的那些时代，我们的文化和别的国家的文化就自然要发生交流作用。“五四”运动以来，外国的作品就像潮水一样涌到中国。过去我们有许多人曾盲目地崇拜西洋，盲目就是没有睁开眼睛，也就是没有分析，没有批判，也就是不知道剔除什么、吸收什么。好的东西进来了，坏的东西也进来了。现在，我们不会再那么傻了，我们多少也学会了选择。这里，我们撇开外国作品的内容暂且不谈，在表现形式方面，凡是那些与我们人民的欣赏趣味、审美观念不相抵触，而且会使我们在表现方法上更加提高的、有创造性的东西，我们就应该学习。大家都知道，普希金是俄罗斯民族的，他使俄罗斯文学提高到世界的水平；但谁也不能否认他受了外国文学的影响；屠格涅夫、托尔斯泰都和他们同时代的法国作家有很好的关系；大家也都知道，鲁迅是既熟识中国古代文学，而对外国文学的知识也很丰富的。

我们是爱国主义者，也是国际主义者。假如我们不理解或不爱护自己民族的文化，我们怎能是爱国主义者呢？假如我们不尊重人家的文化，我们又怎能是国际主义者呢？在我们生活的各个方面，都已经很显著地受到外来的影响。这种影响，无论在衣、食、住、行方面都可以看出来。杜甫旅行是坐船或骑毛驴，而我们的诗人旅行是坐火车或汽车。

有些人说，“民族形式是个原则问题”。这意思就是说，中国诗的传统是“五言体”和“七言体”，诗人要是不按照这种体裁写作，就违反了原则。这样的观点，在一次建筑师们的会议上也出现了；而现在有许多新的建筑，就是按照这种对于民族形式十分简单的理解建造起来的。

我以为，复古的倾向和爱国主义毫无关系。前者只是一种已经沉淀了几十年的旧意识的复活；而后者则是从中国人民革命的需要出发，目的是把人民引导到共产主义。

中国诗人写的诗，要有民族的气派、民族的风格，这种民族气派和民族风格，主要也还是内容决定的，这种民族气派和民族风格，可以在多种多样的形式中表现出来。

文学艺术的原则问题，是内容问题，是一个作品所包含的思想——作者对待现实生活的态度。形式问题只是形式问题。只有当某种形式的发展妨害了内容——形式和内容存在着严重的矛盾的时候，形式问题才有了特殊的意义。今天中国的诗，最根本的问题，也还是内容问题，是诗人对于国家现状的态度、诗人与人民的关系、诗人的感情和人民的建设社会主义的感情更进一步结合的问题，把形式问题看做是原则问题，把形式看得比内容更重要，倒的确是本末倒置了。这结果，只会引导诗人努力追求某种体裁和格式，最后也不过出现了一些似是而非的所谓“诗”的东西。这种东西，现在已经不少了，难道还嫌不够么？

自由诗与格律诗问题

诗的体裁是多种多样的，在多种多样的体裁中，大体上可以分为两类。一类叫“自由诗”，一类叫“格律诗”。这种分类，无关于诗的内容所属的性质，而只是从诗所具备的格式来给以区别而已。

什么叫“自由诗”？简单地说，这种诗体，有一句占一行的，有一句占几行的；每行没有一定音节，每段没有一定行数；也有整首诗不分段的。

“自由诗”有押韵的，有不押韵的。

“自由诗”没有一定的格式，只要有旋律，念起来流畅，像一条小河，有时声音高，有时声音低，因感情的起伏而变化。

这里，我引一首短诗作为例子，这首诗的题目叫《野火》——

在这些黑夜里燃烧起来
在这些高高的山巅上
伸出你的光焰的手

去抚扪夜的宽阔的胸脯
去抚扪深蓝的冰凉的胸脯
从你的最高处跳动着的尖顶
你的火星飞扬起来
让它们像群仙似的飘落在
那些莫测的黑暗而又冰冷的深谷
去照见那些沉睡的灵魂
让它们即使在飘渺的梦中
也能得到一次狂欢的舞蹈
在这黑夜里燃烧起来
更高些！更高些！

让你的欢乐的形体
从地面升向高空
使我们这困倦的世界
因了你的火光的鼓舞
苏醒起来！喧腾起来！
让这黑夜里的一切的眼
都在看望着你
让这黑夜里的一切的心
都因了你的召唤而震荡
欢笑的火焰呵
颤动的火焰呵

听呀，从什么深远的角落
传来了那赞颂你的瀑布似的歌声……

这首诗的内容，不必多加解释，写的是一九四二年的延安，这里可以听见的是光明世界的喧噪声。这首诗分三段，一、二两段虽然有些对称，并不整齐，而第三段只有两行。每行没有一定的音节。不

押韵。

这怎么是诗呢？有人或许要这样问。我以为这是诗，从题材到处理方法是诗，从情绪到语言也是诗。以野火象征光明，并给予活的形象而加以赞美，这个目的是达到了。它虽然没有韵脚，但节奏很显明，念起来是完全贯串的。这是诗，即使不是分行排列也是诗。它的缺点就是不够通俗。

在近代，以写“自由诗”而博得声誉的，是合众国民主诗人惠特曼。当时的合众国，是以一个年轻的、充满朝气的、纯朴人的姿态出现在世界上的。惠特曼成了这个新兴的国家的代言人。

产生这种诗体的时候，从诗的本身说，是为了适应表现新的思想感情的要求，突破了旧形式的束缚，是一种解放。

在中国历代的白话诗中，原也有接近“自由诗”体的诗，只是到“五四”时代更明确地被提出来。当时，反对用文言写诗，提倡用白话写诗，为的是白话有较大的语言容量，为广大人民群众所能接受，能更充分地表现新的生活和新的思想感情。另一方面，也受到外国“自由诗”的影响。产生这种形式也还是由于革命的要求。“自由诗”在中国革命的新文学中，的确也起了一定的作用。我们有很多以“自由诗”的体裁写的好诗。

但是，现在，或者更远一点说，自从新文学发展以来，也产生了许多散文化的诗。有些诗，假如不是分行排列的话，就很难辨别它们是诗。有的人挖苦自由诗是“无韵、带杠、有点、隔开、高低不平”。这虽然是属于形式主义的批评，却也说明了自由诗的庞杂现象。这种散文化的诗，缺乏感情，语言也不和谐，也没有什么现象；有的诗，语言构造很奇特，任意地破坏我们的语法。

诗的散文化倾向，不是由于写诗的人修养不够，就是由于写诗的人误解了诗。有些人以为写诗比什么都方便，既没有很好地选择和使用语言，也没有考虑到诗之作为艺术所必须具备的条件。有些诗，只把素材摆出来就算完了，没有任何艺术的加工。诗的散文化，是写诗的人在劳动和学习上疏懒的结果。也有一些人，他们并非不理解诗，但他们完全是有意地和“格律诗”对抗，过分地强调了“自然流露”，想到哪儿写到哪儿，语言毫无节制，常常显得很松散，这是“五四”运动后，一面盲目崇拜西洋，一面盲目反对旧文学的错误倾向的极端表现。

诗和散文是不同的两种文学样式，诗不能以散文来代替，就像散文不能以诗来代替一样。不同的样式，具有不同的性能，发挥不同的作用。有些题材，可以用诗的形式来处理，也可以用散文的形式来处理，而有些题材是只能用散文的形式来处理的。假如把只能用散文的形式来处理的题材，用诗的形式处理了，不管你是“自由诗”也好，是“格律诗”也好，结果都会出现散文化的倾向，因为它的题材性质首先决定了是散文的。

文学上的各种表现手法，可以用在诗上，也可以用在散文上；但各种表现手法之被用在诗上，是和用在散文上不一样的。在散文里，长篇的叙述是被容许的，但是在诗里，就要有节制得多。在散文里，对一个观念可以加上不厌烦絮的解释，而在诗里，这种解释就会显得累赘。在散文里，出现一些理智的分析的章段，并不足奇怪，这在诗里就会使人感到很不习惯。这两种样式，假如勉强要找比喻的话，就像两种不同的酒，一种酒精量多些，一种酒精量少些。在一篇散文里，掺进了一些诗的成分，就会使它有了诗意；而在一首诗里，散文的成分重了就会显得松弛无力了。

那么，诗里是不是能完全排斥散文的语言呢？不能。因为最好的散文的语言，也可以成为诗的语言，例如，在《哈姆雷特》里——

活呢，还是死呢？
这确是个问题。

“这确是个问题”这句话，是散文的语言，但当它被运用在适当的地方上——丹麦王子考虑生死问题的时候，就显得很有力量了。又如：

荷拉修，世间有些事是在你哲学以外的。

这样的话，也还是散文的语言，但由于它充分地表现了机智，也成了诗的语言。最好的散文的语言和诗的语言之间的距离，就像两只眼睛一样接近。

语言的效果，完全看作者把它安排在什么地方。语言和语言的关系，就像各种不同化学成分摆在一起，可以发生完全不同的效果。一根火柴放到水里就失去了作用，而当它被放到火里，就会突然燃烧起来。有时，出于冷静的理智的语言，被放在那些充满感情的章句一起，会引起一种反衬的作用，而且可以借它来暗示这些感情的章句是在明确的理智的基础上的。

但是，所有这些，都必须是作者意识明确的结果，却不是由于作者没有办法的时候随便发生的。这就和那些由于诗人修养差而陷入散文化倾向根本不同的地方。

有人说“散文诗”不是诗，因此，“自由诗”也不是诗。

这种看法，显然把这两种文学样式误解成一种文学样式了。“自由诗”和“散文诗”之间也是有区别的。“自由诗”是通过诗的形式，来处理一个具有诗的性质的题材；而“散文诗”则是以散文的形式，来处理一个具有诗的性质的题材。

至于“抒情的散文”呢，则是在一篇散文性质的作品里，含有若干抒情的成分。

什么叫“格律诗”？简单地说，这种诗体大体上是一句占一行，或一句占两行；每行有一定音节，每段有一定行数；也有整首诗不分段的。

“格律诗”要押韵，有的行行押，有的隔行押，有的交错着押；也有整首诗押一个韵的。

有各种不同的建行的意见，有的主张以统一的字数为标准，有的主张以统一的节拍为标准，字数则可伸缩。

“格律诗”总的解释是：无论分行、分段，音节和押韵，都必须统一；假如有变化，也必须在一定的规律里进行。

所有这些，也只有根据已经有的关于诗的格式的说明，对于写诗并不会有什么帮助。这里，我想引《王贵与李香香》中的一段为例子：

风吹大树嘶拉拉的响，
崔二爷有钱当保长。

一个算盘九十一颗珠，
崔二爷牛羊没有数数。

三十里草地二十里沙，
哪一群牛羊不属他家？

烟洞里冒烟飞满天，
崔二爷他有半个天；

县长跟前说上一句话，
刮风下雨都由他。

天气越冷风越紧，
人越有钱心越狠！

十八年庄稼没有收，
庄户人家皱眉头；

打不下粮食吃不成饭，
崔二爷的租子也难还。

饿着肚子还好过，
短下租子命难活！
……

——崔二爷收租

阳洼里糜子背洼里谷，
那达想起你那达哭！

端起饭碗想起了你，
眼泪滴到饭碗里；

前半夜想起你点不着灯，
后半夜想起你天不明；

一夜想你合不着眼，
炕围上边画你眉眼。

——羊肚子手巾

这就是一句一行，两行一段；音节大致相等，两行押一韵。这是根据陕北民歌的一种体裁写的。

现在一般流行的“格律诗”，大都是四行一段，行无一定音节，韵也常常不一致。有的诗，看去整齐，念起来不整齐，原因就是没有一定的音节。

“格律诗”的种类很多，有的是从我国原有的诗、词及民间歌谣发展起来的，有的是从外国传来的。

“五言”“七言”是中国原有的“格律诗”体，而像“楚辞”和“宋词”也是我国的“格律诗”体。“五四”运动以后，从西洋传来了许多“格律诗”体。

我们也的确产生了很多以“格律诗”体写的好诗。近十年来，由于诗人们对于民间歌谣和古典诗的研究，产生了许多比较优秀的“格律诗”，使“格律诗”有了新的发展。

但是，另一方面，却也产生了许多押韵的概念诗和标语口号排列起来的东西。这些东西，也只是因为排列整齐和具有的韵脚才看出是诗，它们既没有什么思想感情，也没有什么诗的艺术技巧。有些诗，为了要保持固定的格式，就显得是无可奈何地在拼凑字数和句子。

诗必须有韵律，在“自由诗”里，偏重于整首诗内在旋律和节奏；而在“格律诗”里，则偏重于音节和韵脚。

诗是借助于语言以表现比较集中的思想感情的艺术。语言是由声音组成的。把语言里的声音，按照它们的强弱，经过了配合，就构成了韵律。韵律是传达声音的有规律的表现。

无论诗人采取什么样的体裁写诗，都必须在语言上有两种加工：一种是形象的加工，一种是声音的加工。

所谓旋律也好，节奏也好，韵也好，都无非是想借声音的变化，唤起读者情绪的共鸣；也就是以起伏变化的声音，引起读者心里的起伏变化。关于韵律的解释，借用一段话：

> 韵的最简单的说明，就是一个字的母音。各种文字的读音都可以用子音母音拼切出来，诗歌中常在一句的末尾用母音相同的字，这便叫做协韵。韵的作用，在使读者读时感到句与句间的共鸣，可以激动联想，并修饰字句，使粗糙的处所成为光滑、流畅、平整。所以，这对于写诗者是有帮助的。但用多了也常使得诗句单调，并使读者的感觉麻木，只注意到音调的铿锵，而模糊了诗句的辞意与感情。所以要写好一篇诗，用韵是应该慎重的。新诗旧诗，都有不用韵的，但不用韵的诗比较难写，因为舍弃了韵的帮助，自非有更高的掌握语言文字的技能不可。
>
> ——锡金

对于这段话，我想要补充的只有一点：韵的运用方法有三种，一种是用在每句起首一字，一种是用在每句末尾一字，也有用在每句的任何一个节拍中的。而现在一般的对韵的方法，多只注意每句末尾一字上。

我同意鲁迅的主张，押“大致相同的韵”，废古韵，以现代语言

的发音，押现代的韵。这里面，虽然存在着各地发音不同的问题，大致也不会相差太远，比起古韵总要合适一些。

用韵的目的，就是为了念起来比较和谐、唤起读者的快感。我以为，这种念起来和谐、唤起读者快感的要求，在“自由诗”里也应该而且可能做到的。这就是“诗的音乐性”。当然，这种音乐性必须和感情结合在一起，因此，各种不同的情绪，应该由各种不同的声调来表现。只有和情绪相结合的韵律，才是活的韵律。

有些人以为要防止“自由诗”散文化的倾向，只有提倡诗人写“格律诗”。他们把散文化仅只看成了文字和声音的不整齐，只要文字排列整齐和有齐匀的韵，就不会散文化了。我以为不是这样解决问题的。优美的形式并不就是整齐的形式。优美的形式产生于对生活的强烈的感情，对艺术创造的诚实的态度。优美的形式就是那种和内容完全合致的形式。从肥沃的土壤里生长的树，即使不经过修剪也是美的。诗的散文化，正如我在前面所已经指出的，是诗人对新事物的感情，选择题材和艺术修养上都存在着问题。这意思就是说，诗的散文化，不只是诗人能不能拼凑字数和寻找韵脚的问题，因为，现在有许多以“格律诗”体写的诗里面，也同样存在着散文化的倾向，只是在“格律诗”里，这种散文化的倾向，由于排列整齐和韵脚作为掩蔽，不容易被人发觉罢了。

有些人，由于热心提倡写“格律诗”，就说“自由诗没有前途”，有的甚至责骂诗人：“群众不欢迎自由诗，诗人为什么还要写自由诗来与群众对立？”

我以为武断和责骂也一样不能解决问题。为什么有的人喜欢写“格律诗”，有的人喜欢写“自由诗”，也还需要冷静地分析，这里不仅是一个“能不能”的同题，而且存在着“愿不愿”的问题；而“愿不愿”的问题里面，就包含着诗人对群众、对现实生活的看法，以及诗人自己对于创作方法和美学观点所抱的一定的态度，等等。

无论诗人采取哪种诗体写诗，都一样要求在群众中发生影响；而无论哪个诗人又都是根据他自己的美学观点在对事物进行评价的。一面是群众的爱好，一面是作家创造的个性，只有具备了最高才能的作者，在这两者之间所存在的矛盾上会取得最好的解决。艺术也好，科学也好，都是很复杂的问题，对于很复杂的问题，是不能用很简单的方式来解决的。至于群众对待各种诗体所抱的态度，也要在多方面、在较长时间里，才能取得比较可靠的了解。

这里，我引一段老舍的一次座谈会上的发言，这段发言，至少也可以看见一部分人在诗的形式问题上所持的态度，这对于从事诗歌创作的人会有一些帮助——

> 最近我参加了两个诗歌朗诵会（一次是工人自己朗诵快板及诗），这两个诗歌朗诵会给我一个印象：文句有长有短，合乎口语条件的，都能念得好。因此我对于自由诗的前途，颇抱信心。另外是朗诵五言诗，关于这，有两种朗诵法，一种是如念古诗。这常因无韵，使人觉得就像我这条腿，走起路来是一跛一跛的。再一种是勉强用口语的语调来念，也显着不自然。所以我以为按照五七言的死板形式，并不是一条写新诗的好路子。还有一种诗，在新诗里往往搅上鼓词惯用的词汇，新旧掺杂，很难巧妙地结合。所以，这两者——诗与鼓词——将来能否归并到一起，我还不敢说。
>
> 总之，我是觉得按口语的长短句子写的自由诗，朗诵起来好。太整齐的句子，念起来蹩扭。混合（新旧词汇搅在一起）的因难于运用得恰好调谐，也不入耳。
>
> 工人诗歌朗诵会上，主要是念的快板，我以为这还是可利用的形式。快板贵俗，可以说是愈俗愈好。
>
> 关于民间的曲艺（鼓词等），我以为还是非突破形式不可。不然，就不能有新的发展。但目前是以普及为主，还谈不到突破。至于新诗，则我不愿意他再回头去走五七言或是太整齐的韵语的道路。

老舍是写过一些“格律诗”和大鼓词的，因此，在这个问题上，想不致会被怀疑有什么偏见。当然，朗诵的效果不能作为诗好坏的凭

证，但朗诵的确是使诗和广大群众结合的很好的方法。我也参加过一些朗诵会，听众们对于诗的那种热情，也常常使我感动。群众喜欢各种形式的好诗，至于不好的诗，无论它是哪种形式的，谁也不会喜欢。我们不能以自己的爱好，来代替群众的爱好，也不能以自己之所恶而篡夺群众之所爱。

一些形式主义的理论

诗的形式问题应该讨论，这种讨论，必须和诗创作的实际、必须和诗所反映的生活内容结合起来谈。

离开内容对于形式的要求而谈形式问题，是形式主义的理论；也就是说，凡是抽象地谈形式问题，把形式看作绝对的、一成不变的那种理论，就是形式主义的理论。

形式主义反映在两个方面，一面是否定艺术创作的规律，否定一定时代的审美观念，使诗的形式陷入虚无主义和无政府状态里；另一方面是把创作规律看得很简单，把创作活动限制在这种或那种形式的模仿里。

把民族形式从现实生活抽离开来；把民族形式简单地理解为这种或那种体裁和格式；把民族语言简单地理解为几个节拍或几个音数；把诗的形式用一种固定的模型来套；等等，那根本的性质，是形式主义。

有人说“写诗必须押韵”，把韵当作诗的唯一特征，只有押了韵的东西，才能和散文有所区别，也是形式主义地理解诗的理论。当然，这种理论也不是今天才有的。在《红楼梦》里，贾宝玉就说过“押韵就好”；法国唯美派诗人戈谛耶硬说“诗不仅不表示什么东西，并且不谈什么事情，诗之美是由音律韵律而定的”。这就把诗完全当作声音组合的东西了。事实上，就是音乐也不是“不表示什么东西”“不谈什么事情”的。

有些人，因为自己写格律诗，就说“马雅可夫斯基的诗也是格律诗，是中国翻译的人把它们翻译坏了”。好像诗人的工作就是寻找韵脚。这种说法，不但冤枉了诗人，也冤枉了翻译者。

押了韵的东西很多，有的是诗，有的不是诗。薛蟠学会了押韵，但写出的东西不是诗。《三字经》是押韵的，却不是诗。《百家姓》也是押韵的，却也不是诗，甚至也不是散文。

无论哪种形式主义的理论，都不是把文学的理解提高，而是把文学的理解降低到庸俗的程度，把文学的真正含义给以歪曲了。

这里，我引几段古人的话作为参考：

> 诗人和历史家的区别，并不在其一用韵文，其一用散文。希罗多德之作品即使改为散文，也仍不失为历史的一种。
>
> ——亚里斯多德

> 学者惟拘声韵为之诗，而不知言情达志、敷陈讽喻、抑扬涵咏之文，皆本于诗教。声韵之文，古文不尽通于诗。滨畴皇极，训诰之韵者也；所以便讽诵，志不忘也。六象赞言，支系之韵者也；所以通卜筮，阐幽玄也。六艺非皆可通于诗也，而韵言不废，则协音协律，不得专为诗教也。传记如左国，著说如老庄，其文逐声而逐谐，语应节而遽协，岂必合诗之比兴哉？焦贡之易林，史游之急就，经部韵言之不涉于诗也。后世杂艺百家，拾诵名数，率用五言七字，演为歌诀，成以取便记诵，皆无当于诗人之义也。而文诣存乎咏叹，取义近乎比兴，多或滔滔万言，少或寥寥片语，不必谐韵和声，而识者雅赏其为风骚遗范也。故善论文者，贵求作者之意诣，而不可拘于形貌也。
>
> ——章学诚：《文史通义》

这些话的意思就是：押了韵的并不一定就是诗，诗要真写得好，也不必拘于形式。

也在《红楼梦》里，曹雪芹所安排的林黛玉这个人物，在对于诗

的见解上，就比光说“押韵就好”的贾宝玉要高明些：

> 黛玉道：“什么难事，也值得去学？不过是起、承、转、合，当中承、转，是两副对子，平声的对仄声，虚的对实的，实的对虚的。若是果有了奇句，连平仄虚实不对都使得的。”
>
> ——《红楼梦》第四十八回

由此可见，形式主义和反形式主义之间的斗争，也是“古已有之”的，我们的文学事业，当形式主义占上风的时代，就形成了衰落，出现了各种各样的为艺术而艺术的倾向；而当每个上升时代，由于新的精神的冲击，就自然而然地要求在形式上突破各种各样的既成的束缚，向更高的境地发展。

至于马雅可夫斯基究竟是怎样写诗的问题，我实在不了解情况，还是请马雅可夫斯基自己来声明吧：

> 让我再声明一遍：我不是要来定出如何成为诗人如何写诗的什么规则。这样的规则是没有的。诗人的定义就是一个为他自己创造出这样规则的人。再说一遍，让我借助于我自己所爱好的相似体吧。
>
> 坦白地说，我自己一点也不知道什么抑扬和韵脚以及其他的，从来不知道，也不打算来区别它们之间的关系。并不是因为这样做有什么困难，而是因为，在实际中，我从来不需要这些“你也许会使唤它们的”东西。

这当然不是说马雅可夫斯基就是毫无准备地进行创作的。

> 你的准备工作必须整个时间进行。
>
> 如果你已经有了一大仓的“蓄藏品”，那是可能在规定时间

写出好诗来的。

搜集这样的“蓄藏品”占去了我一切的时间，我一天要花八到十小时做这些事，而且我几乎常常是我对自己在喃喃地讲些什么。因为集中心思于此，所以使诗人变得出名的精神恍惚。

我在我底“蓄藏品”上是如此的紧张工作着，在十五年写作过程中，我要告诉你十有九回是在什么恰当的所在，我接触到了这一种或那一种韵律，头韵，想象，等等。

诗人必须注意到他所看到的每一件事情，以作为写作底潜伏的材料。

由此可见，马雅可夫斯基是根据生活来进行创作的，是从群众语言中，从新的事件中来吸取新的声音的；却不是捧着什么“诗歌指南”来进行创作的。

创造格律的是诗人，而诗人是根据新的生活、新的语言在创造格律的；格律不是一成不变的东西，诗人应该根据他所要表现的题材的需要，自然地形成了这样或那样的形式。

有人把形式划分了阶级，说“自由诗”是小资产阶级的，而无产阶级则是主张“格律诗”的，等等。

这样说法当然是很荒谬的。马雅可夫斯基是写“自由诗”的，却是苏维埃时代最有才华的诗人；凡尔哈仑是写“自由诗”的，他是列宁所喜欢读的作者之一；聂鲁达是写“自由诗”的，他是今天著名的和平战士；希克梅特和阿拉贡也是写“自由诗”的，他们都是世界上著名的共产主义者。而英国资产阶级的幽灵爱略特也是写“自由诗”的。有些诗人有时写“自由诗”，有时写“格律诗”，难道他们的成分一下是小资产阶级，一下又是无产阶级了么？

“格律诗”也不是今天才开始的。远在无产阶级还没有出现之前，人类已有了很长的“格律诗”的历史。现代诗人中，伊萨柯夫斯基、

马尔夏克、吉洪诺夫、纪廉等著名的共产主义者，固然是写“格律诗”的；但是，也有许多资产阶级诗人是写“格律诗”的。

假如形式是有阶级性的话，在近代产业工人出现之前，既没有无产阶级，我们就没有什么形式可以利用了。

各种形式既可以为这个阶级服务，也可以为那个阶级服务，用划分阶级的办法来谈形式问题，只会产生笑话而已。这种人不知道，武器是多种多样的，目的都是为了战斗。我们常常从敌人手中夺过来武器，又再去打击敌人。我们应该容许各种各样武器存在，武器的原则是发挥最大的战斗作用，离开这个原则，我们的论争就要成为形式主义的争吵。不能因为看见一些不好的“自由诗”，就说“自由诗”要不得；也不能因为看见一些不好的“格律诗”，就说“格律诗”不能再发展。

有人说：“诗的形式问题，是一个思想问题，是诗人的良心问题。”这意思很明显，无非是说写“自由诗”的人在思想上有问题。我以为这就不是什么理论，而是一种恐吓了。

“格律诗”可以写得好，也可以写得不好；“自由诗”可以写得好，也可以写得不好；根本的问题，在于诗人如何提高修养，如何更好地与现实结合，如何加强政治锻炼，如何向人民的生活和人民的语言学习，如何选题材，采取什么艺术技巧，等等问题。

新诗虽然已有了三十年的历史，三十年在文学史上是很年轻的一段时间。就在这短短的三十年里，中国新诗也已经起了很大的变化，诗的题材扩大了，无病呻吟的声音绝迹了。诗的形式和语言也比过去丰富了。随着中国革命的形势，新诗将要继续发展。在新诗发展的道路上，我们所能做的工作是很多的，其中最重要的依然是创作，“光说不练是假把戏”；另一方面，“光练不说是哑巴戏”，认真地讨论一些问题，我以为也同样是很重要的。

在今天，我们所应该反对的，依然是文学艺术上的概念化和公式化的创作倾向，而这种创作倾向是和形式主义的理论分不开的。形式主义是教条主义的产物，追究它的根源则是哲学上的唯心论。

诗人完全可以根据他所表现的题材的需要，采取自己所认为恰当的形式来创作，一个诗人也不一定非老是用一种形式创作不可。一切形式之能否存在，只有看它是否很完善地表现了现实生活和是否为广大群众所欢迎。无论是创作和理论我们都要下更大的工夫，要更刻苦些。真正谦虚的人永远觉得自己不够，而自满的人却一定是浅薄的。我们的生活是在日新月异地变化着；广大群众也正处在一个成长的过程里，他们的爱好与趣味也将逐渐地更广、更高、更丰富。让我们看得更远，容量更大，越丰富越好。

让我们的诗能发达，让各种各样为人民所喜爱的文学形式都有繁荣的机会；让我们所有的形式都能达到社会主义现实主义的要求。让我们能听见这个大时代的繁复又洪亮的声音。让我们条条道路通向共产主义。